동주

동주

구효서 장편소설

자음과모음

차례

더듬는 말 _7

참람한 말 _33

사이의 말 _69

숨은 말 _97

어머니의 말 _129

기억하는 말 _167

없어도 있는 말 _211

피 같은 말 _247

본래의 말 _273

물가에서 나눈 말 _315

허공중에 떠도는 말 _351

꽃의 말 _383

작가의 말 _422

더듬는 말

냄새가 먼저였다. 갈대 바구니. 그걸 열었을 때 확 끼친 것. 잠시 숨을 멈추었다. 매캐한 안개 같던 냄새가 옅어졌다. 시야가 걷히고 종이뭉치가 보였다. 백상지白上紙. 오래되어 고지藁紙*처럼 누랬다.

색깔과 탄력을 모조리 잃은 종이뭉치는, 한 덩이 나무토막이었다. 그것을 담고 있던, 오래된 바구니 빛깔과 다르지 않았다. 한 장의 종이를 따로 들어 올리는 것마저 어려웠다. 다른 종이가 붙어 따라 올라왔다.

---

* 볏짚의 섬유를 원료로 하여 만든 하치(그릇) 종이.

첫 장의 글자들은 희미하고 어지러웠다. 연필로 쓴 글씨였다. 첫 장에 적힌 글은 이랬다.

제기랄. 웃겨. 웃기지 맘. 모모와레逃割れ*. 모모와레. 모모와레를 안다. 모모와레를 한다. 하고 싶다. 사람들 웃어. 웃습니다. 싫어. 한자 안 돼. 그린다. 그립니다. 열심히 그림이다. 그래도 모모와레는 합니다. 하고 싶다. 나는 열다섯 살입니다. 텐도 요코. 내 이름. 열다섯 살 모모와 레가 좋다.

사토 상은 마루마게丸髷**를 좋아한다. 열세 살 마루마게를 좋아한다. 열세 살 때 그래놓고, 그따위 해놓고, 제기랄, 나를 매우 벗깁니다. 내 젖을 만지고 문다. 작은 젖은 아프다. 사토 상 고추. 그 가지 고추. 크고 꺼멓고 길어. 털. 부엌칼로 싹뚝 잘라서, 싹뚝 싹뚝 그걸 잘라서 싹뚝 싹뚝 죽인다. 사토 상 죽이고 싶다. 열세 살. 나는 만날 아프고 만날 숨이 찬다. 숨이 찼다. 막 찼다.

여기는 타케다武田 아파트アパート. 가타카나가 쉬워. 아파트 가케안돈懸行燈***은 빨갛습니다. 나는 숨고 사토 상 이제 없다. 죽어버려, 사토 상. 가케안돈. 저녁 복도에 사람들 다닌다. 타케다 아파트. 한자 어렵고 가타카

---

* 16~17세 소녀의 머리 모양의 한 가지. 머리를 좌우로 갈라 고리를 만들어 뒤꼭지에 붙이고 살쩍을 부풀림.
** 일본 여자 머리형의 하나. 후두부에 약간 평평한 타원형의 트레머리를 단 모양. 옛날, 주로 결혼한 부인들의 머리형.
*** 문간 또는 복도 등에 걸어놓는 초롱불. 교토·오사카 지방에서 주로 사용한다.

나 쉽다. 일본 사람 중국 사람 조선 사람. 아파트에는 백 명도 산다. 지겹다. 싫어, 다. 지금은 일흔일곱 명. 타케다 아파트. 긴 마루 복도. 다야마는 발소리가 크다. 교토제국대학 미친놈. 마루야마 목소리 크다. 구마모토 촌놈. 맨 뒤엔 소리 없다. 그 사람 히라누마. 맨 뒤, 말 없는 사람. 히라누마 성 괜찮은데 이름 짜증 나. 히라누마가 낫지. 낫다. 조선인이다. 그 사람 히라누마. 부르기 힘든 이름. 돈주.

두번째 종이는 잉크 글씨였다. 선명하고 가지런했다. 내용은 이랬다.

글을 늦게 배웠다. 말하는 것처럼 쓰지 못했다. 열다섯 살이었다. 열다섯에 처음 히라가나와 가타카나를 배우고, 조금씩 한자를 익혔다. 말은 그럭저럭 했으나 글은 말처럼 되지 않았다. 내가 쓴 글을 내가 읽고 있으면 바보 같았다. 그래도 무언가를 쓰고 싶었다.

저녁에 다다미에 엎드려 종이를 펴고, 연필에 침을 발라 썼다. 저녁 내 써도 종이 한 장 채우기 힘들었다. 오래 엎드려 있으면 허리가 아팠다. 종종 종이에 구멍이 났다. 쓰는 게 아니라 그리는 거였다. 히라가나든 가타카나든 한자든. 말이 글자가 된다는 게 신기했을 뿐이다. 바보 같아도 상관없었다. 열다섯 살이었다.

그때까지 누구도 나에게 글을 가르쳐주지 않았다. 글을 가르쳐주는 사람도 글을 못 쓰게 윽박지르는 사람도 없었다. 그저 글을 배우지 않았고 그래서 쓰지 못했을 뿐이다.

　글자를 알려 하지 않고, 서둘러 피했다. 모르는 건 막막하고 무서웠다. 나는 글자를 모른다……. 이 생각이 떠나지 않았다. 글자들이 나를 무시하는 듯해서 내가 먼저 눈을 돌려 글자들을 무시했다. 여기저기서 글자들은 나를 노려봤다. 반사적으로 외면했다. 그때까지 글을 배우지 못한 까닭이다.

　환갑이 넘도록 글을 깨치지 못한 사람들. 그들의 사정을 나는 잘 안다. 어려워서가 아니라 외면했기 때문이란 것을. 게을러서가 아니라 무서웠기 때문이란 것을.

　나는 훨씬 더 늦게, 마흔이 넘은 나이에, 또 하나의 말과 글을 배웠다. 태어나 절로 익힌 입말과 열다섯에 깨친 글말과도 전혀 다른 말과 글. 지금 나는 그 말을 하고 그 글을 쓴다. 새로운 이름도 생겼다. 이타츠 푸리 카. 언어의 비단이란 뜻이다. 과분하다. 마쓰이 쓰네유키松井恒幸 선생님이 지어주셨다.

글은 계속되었다.
이쯤에서 먼저 말해두어야겠다. 우선 나에 대해.

나는 이 글을 한글로 쓴다. 나는 한글을 몰랐다. 일본에서 태어나 자라고 공부했다. 나는 일본인이었다. 내가 한국인이라는 사실을 1996년, 열세 살 때 알았다. 이삼 초쯤 멍했다.

그러나 금방 아무렇지도 않게 되었다. 아무렇지도 않을 수밖에 없었다. 한국인이라는 사실을 안 뒤 내가 할 수 있었던 건 아무것도 없었다. 두 번 눈을 끔뻑거렸을 뿐이다. 내가 한국인이라는 말을 듣지 않았을 때와 들었을 때, 그사이에 아무것도 달라진 게 없었기 때문이었다. 이삼 초쯤 멍했고, 눈을 두 번 끔뻑거린 뒤에도, 세상은 그대로였다.

그 뒤로도 십 년 동안, 나는 이전의 십삼 년처럼 살았다. 넌 조선 사람이야. 낫도*를 밥에 비비던 어머니가 그 말을 한 뒤에도 여전히 낫도를 비볐던 것처럼.

사는 데 특별히 불편한 건 없었다. 그때나 지금이나 불편한 거라곤 시도 때도 없이 비어져 나오는, 왼손 엄지손톱 가장자리의 거스러미뿐이다. 거스러미. 국적과도 언어와도 상관없는 것. 그뿐이다.

내 한국어 공부는 스물셋에 시작됐다. 지금은 스물일곱. 사년 동안 열심히 배웠다. 배워서 쓸 줄 알게 되었다. 히토쓰바시 대학 이연숙 교수의 책을 읽으며 힘을 냈다. 일본에 뒤늦

---

* 푹 삶은 메주콩을 볏짚 꾸러미 등에 넣고 띄운 식품.

게 왔지만 일본어를 아주 빠르게 익혀 일본 사람보다 더 잘 말하고 쓰는 한국인 하자.

이 년 반 동안 한국에 유학했다. 연세대에서 한국어를 배우고 민속학을 수학했다. 나에게 한국어 욕을 제대로 가르쳐준 동갑내기 태용이 놈, 떡볶이 도사 슬기, 스타크래프트의 제왕 현석이, 소주를 다섯 병이나 처먹는 진석이. 모두 그립다.

이 글을 쓰게 한 것이 위에 인용한 종이뭉치다. 부장품 냄새를 풍기는, 갈대 바구니 속 오래된 종이뭉치.

"글로 써야겠군."

그걸 입수한 사정을 내비치자 일본인 친구 히토시가 말했다. 내 얘기가 끝나기 무섭게 튀어나온 반응치고는 지나치게 조용하고 은밀했다. 친구의 서늘한 음성이, 정말 글로 쓰지 않으면 안 되겠다는 마음을 순간적으로 먹게 했다. 신주쿠 어느 술집에서 맥주를 마시던 중이었다.

"책 내줄 거야?"

친구에게 물었다. 출판사 교정 아르바이트를 하던 친구였다.

"노력해볼게. 에이전시를 아니까."

에이전시라니. 한국에서 출간하라는 얘기였다. 그냥 해본 소리란 걸 그제야 알았다. 언제 한번 보자. 그런 것과 비슷한 말.

두 주일 뒤 에이전시로부터 연락을 받았다. 계약 의사를 밝혀왔다는 한국 출판사 이름을 알려줬다. 내게서 들은 얘기를 히토시가 시놉시스로 작성해 한국으로 발송했다는 말과 함께. 지나칠 만큼 꼼꼼하고 세세한 시놉시스였다고 했다.

나는 고민에 빠졌다.

① 일본어로 쓴다. 한국의 누군가가 번역한다.

② 일본어로 쓰는 것도 한국어로 번역하는 것도 전부 내가 한다.

③ 직접 한국어로 쓴다.

한국어라면 기역 자도 읽고 쓰지 못했다. 그러면서 고민했다. 고민 끝에 내린 결론은 ③이었다.

일본어는 문제없었다. 당연히 말하고 썼다. 글 쓰는 일도 남에게 특별히 뒤지지 않았다.

다만 내 글이 번역되는 게 싫었다. 그래서는 안 될 것 같았다.

한국어를 배워 직접 쓴다면 '바보' 같을 게 분명했다. 일본어로 쓰고 그걸 내가 번역하면 어떨까. 바보 같지는 않겠지. 오래 망설였다. 그리고 결정했다. ③.

번역할 수 있다면 어찌하여 직접 못 쓸까. 쓸 수 있을 것 같았다. 바보스러움을 개의치 않는다면. 더 열심히 한국어를 배우자고 다짐했다.

한국어로 쓴다는 건 모든 걸 애당초 한국식으로 생각한다는 뜻이다. 내가 쓰고 내가 번역하는 일일지라도 그렇게는 하고 싶지 않은 이유였다.

시간이 걸리는 일이었다. 그때까지 기다려달라는 게 나의 계약 조건이었고, 못 기다릴 이유가 없다는 게 한국 출판사의 응답이었다.

사 년이 걸렸다. 나는 지금 한글로 이 글을 쓴다. 벅차다. '확 끼친' 같은 말을 쓰는 내가 신기하다.

한국어 사전에 나오지 않는 '고지藁紙'라는 단어를 부득이하게 쓰기도 하지만 '가지런했다' '끔뻑거리다' '거스러미' '처먹는' 따위의 말을 쓸 때면 나도 모르게 전율한다. 이런 말까지 쓸 줄 알다니!

내가 여기에 적는 글은 히토시에게 했던 이야기다.

맥주 세 잔 마실 동안의 짧은 얘기를 부풀리고 있을 뿐이다. 부풀리는 게 아니라면, 히토시에게 술집에서 했던 말이 외려 지나치게 축약되었던 건지도.

확실히 그런 것 같다. 그랬기에 히토시가 그토록 시놉시스를 훌륭하게 쓸 수 있었던 것 아닐까.

지금 나는 부풀릴 것도 줄일 것도 없이, 쓰고 있을 뿐이다.

도입부에 인용한 글에 대해서도 말해둘 게 있다.

앞엣것은 희미하고 어지러운 연필 글씨, 뒤엣것은 선명하고 가지런한 펜글씨라는 점은 이미 얘기했다.

덧붙이자면, 그 두 글은 한 사람의 것이다.

앞엣것은 그녀가 열다섯에 막 글을 배우면서 쓰기 시작한 것이고, 뒤엣것은 중년에 이르러 쓴 글이다. 필기도구와 필체는 물론 종이도 다르다. 텐도 요코, 이타츠 푸리 카. 이름마저 다르지만 둘은 분명 한 사람이다.

연필 글씨와 펜글씨가 번갈아 나온다. 연필 글씨가 본문이고 펜글씨가 각주라면, 각주가 훨씬 긴 아리스토텔레스의 『시학』 주해본 같다.

두 글을 나란히 놓고 보자면 확연히 다른 점이 있다. 두 글 모두 번역된 데다 한국어 활자로 실리기 때문에 여기에선 구별이 안 된다. 번역은 그런 것이다.

연필 글씨는 미숙한 히라가나와 가타카나, 그리고 획수가 정확치 않은 한자가 드문드문 섞였다.

펜글씨는 전혀 그렇지 않다. 모두 로마자다. Tanpe anakne seta ne. 이런 식이다.

그녀가 '마흔이 넘은 나이에' 새로 배운 언어다. 열다섯의 어린 텐도 요코가 쓴 글은 일본어였기 때문에 내가 번역했다.

중년의 이타츠 푸리 카가 쓴 글은 그럴 수 없었다. 로마자로 쓰인 그녀의 글을 번역할 수 있는 사람은 지구상에 몇 되지 않았다.

지독한 고립어. 아이누어였다.

아이누어 연구가가 일본어로 번역한 것을 내가 한글로 중역重譯할 수밖에 없었다.

나는 내 글이 한국어로 번역되는 걸 원치 않았다. 내가 번역하는 것도 싫었다. 직접 쓰고자 했다.

그랬으면서, 그녀의 글은 번역했고 번역을 의뢰했다.

그녀의 글들을 번역해도 되겠다고 생각한 이유는 이랬다. 번역을 해도 원문은 남는다는 것. 이미 홋카이도 니부타니=風谷 아이누 문화자료관에서 그녀의 기록을 보관하고 있다는 것. 원문이 있어서 오역과 의역을 크게 두려워하지 않아도 된다는 것. 언제든 대조가 가능하니까.

원문 없는 번역이 어디 있으랴. 그러나 원문이 소실되고 번역만 남는 경우가 적지 않다. 적어도 그녀의 글들은 그리되지 않을 거라는 확신. 이 점이 번역 결정의 부담을 덜었다.

내 글을 일본어로 쓰고 한국어로 번역한다면, 그리고 원본이 남게 된다면, 남는 원본은 일본어일 수밖에 없다. 내 원본이 일본어로 남길 바라지 않았다. 나는 한국어 원본으로 남기고 싶었던 것이다.

이것은 중요하다.

이타츠 푸리 카는 마흔이 넘어 새로운 언어를 배웠다. '언어의 비단'이라고까지 불리게 되었다. 왜 그녀는 그래야만 했을까. 홋카이도 주민들도 다 일본어를 쓰고, 아이누어는 일상어가 아니며, 보존이 시급한 유물이나 유적 같은 것인데.

그녀보다 훨씬 이르게 나는 새 언어를 시작했다. 한국어 또한 고립어로 분류되나 엄연히 살아 있는 국가 공용어며 실용어며 일상어다. 캄보디아에서는 한국어 능력시험에 합격하는 것을 로또 당첨에 비유한다.

중요성. 그녀보다 내가 덜 절박하다 하여 그 언어의 중요성이 달라지는 건 아닐 것이다. 사용인구의 많고 적음을 떠나 언어라는 것이 갖는 특별한 의미가 있을 것이다. 그게 무언지 한마디로 말할 수 없어 나는 다소 긴 글을 쓰고자 했는지 모른다.

그리고 또 말해야겠다. 다는 아니지만 매우 많은 분량의 글을 그녀는 '동주'에게 할애하고 있다는 점.

윤동주尹東柱. 한국 사람 중 이 시인을 모르는 사람은 없을 것이다. 일본인 중에도 윤동주를 좋아하는 사람이 많다. 윤동주가 그런 윤동주이기 전에 그녀는 이미 '동주'를 알고 있었다.

그녀는 시종 '동주'라고 썼다. 처음엔 성과 이름 모두 히라가나로 썼다.

히라누마ひらぬま 돈주どんじう.

히라누마는 윤동주의 창씨創氏인 '평소平沼'의 일본식 훈독訓讀이다. 이름을 일본식 음독音讀인 토-쮸-とうちゅう라 하지 않고 한국식 발음에 가까운 '돈주'라 한 것만 봐도 그녀가 시인의 이름과 표기에 얼마나 민감했는지 알 수 있다. 웬만큼 귀담아 듣지 않고는 どんじう라 표기하기 어렵다.

한자가 익숙해지면서 나중에는 東柱로만 썼다. 펜글씨에는 모두 Toncu다.

どんじう든 東柱든 Toncu든, 그녀가 알았거나 쓰거나 발음했던 동주는 지금 내가 발음하는 동주와는 달랐을 것이다. 나는 지금 완벽히, '동주'를 발음하고 쓴다. 동주. 동주.

요코는 타케다 아파트의 사동使童이었다. 시인이 경찰에 연행될 때도 요코는 그 아파트에서 일했다. 잡혀가는 시인의 마지막 뒷모습을 바라본 것도 요코였다.

요코의 글에 시인의 모습이 자주 등장하는 까닭은 한 건물에 기숙하고 있었기 때문일 것이다. 그런데 이타츠 푸리 카의 글에도 시인은 자주 등장한다. 단순히 펜글씨가 연필 글씨의 각주이기 때문만은 아닌 것 같다.

타케다 아파트에는 시인 말고 다른 학생들도 많았을 것이다. 입주자 수가 많게는 백 명에 이르렀다지 않은가.

그녀는 어째서 각별히 시인을 기억하는 걸까. 그녀의 글을 더 꼼꼼히 읽으면 알 수 있을지 모른다. 그녀가 굳이 연필 글씨에다 기나긴 펜글씨 각주를 달아야 했던 이유도.

그 이유의 중심에 혹 윤동주 시인이 있었던 건 아닐까. 나의 글쓰기는 그 궁금증을 추적하는 일이기도 하다. 어쩌면 나는 답을 알고 있는지도 모르겠다. 그러나 답이라고 하여 언제나 명백한 형태를 띠는 건 아니다.

막연한 답도 있고, 막연함으로써 분명해지는 답도 있을 것이다. 그러니, 나의 작업은 명백한 답을 향한 '정리'의 글쓰기 성격을 띠겠지만, 끝내 명백해질지 어떨지는 모르겠다. 명백하면 명백한 대로, 막막하면 막막한 대로 답이 될 거라는 기대를 가질 뿐이다.

열다섯에 처음 배운 요코의 일본어는 미숙하고 어색하다. 언어의 비단이라고는 하나 마흔 넘어 익힌 이타츠 푸리 카의 아이누어도 비장한 경직감에서 자유롭지 못하다.

내 글은 어떨까. 예전의 나 야마가와 겐타로가 쓰는 일본어가 아닌, 지금의 나 김경식이 쓰는 한국어는 어찌 보일까. 하나의 문장을 완성하기 위해 수험생처럼 끙끙거린다.

여기엔 요코의 글과 이타츠 푸리 카의 글과 내 글이 섞인다. 세 글 모두 어딘가 좀 '기어간다'는 느낌이다. 애면글면. 그런 말들로 채워질 것이다. 더듬는 말들로.

요코의 글에 자주 보이는 동어반복을 이해한다. 글을 처음 배워 쓰는 사람들은 그런다. 이 말 저 말 자꾸 쓰고 싶은 것이다. 되든 안 되든. 쓴 것도 또 쓰고 싶어진다. 나도 문득 문득 그러고 싶다. 얼라리요, 됐거덩, 뜬금없이, 나 원 참, 아니라고 봐, 잘났어요, 정말……. 이런 말들을 아무 데나 끼워 넣고 싶다. 아롱지네, 화들짝, 벙찌다……. 이런 것들을 기꺼이, 설레며, 더듬고 싶다.

끊겼던 이타츠 푸리 카의 글부터 마저 옮긴다.

내 연필 글씨는 어눌하다. 글의 느낌이 다소 완곡해 보인다면 전적으로 어눌한 글투 때문이다. 덜된 문법과 철자 때문이다.

완곡한 성격과는 거리가 멀었다. 나의 유년은 사나웠다. 외로웠고 우울했다. 아프고 무서웠다. 좋은 것보다 싫은 게 많았다.

좋은 것이라는 것도, 썩은 우유죽을 먹고 토하는 어머니를 바라보는 일 정도였다. 어머니 등 뒤에 우두커니 서서, 고통스러워하는 그녀의 등을 물끄러미 바라보는 것. 그런 것에서 나는 쾌감을 얻었다. 빚을 지고 점점 망해가는 아버지의 어둔 얼굴을 훔쳐보는 것에서. 상한 우유를 새 우유 통에 넣은 것은 나였다.

미리 밝히는 게 나을까. 어머니는 나를 낳지 않았다. 나의 출생과 관련하여 아버지가 한 일이란 마을 수호신당에서 울고 있는 나를 주워온 것뿐이다. 나는 생후 오 개월쯤 된 벌거숭이 계집아이였다. 그날은 4월 4일 안팡의 날*이었고, 수호신당은 우거진 노박덩굴로 뒤엉켜 있었다.

포대기를 들추자 눈부신 흰 것이 버르적거리고 있었지. 아버지의 말이었다. 그 말을 할 때마다 아버지는 목소리를 낮추었고 은밀해졌다. 어머니가 듣지 않는 곳에서만 하는 말이었다. 눈부신 흰 것이 버르적거리고 있었어.

아버지는 눈을 번득였다. 나를 처음 발견했을 때도 그랬다는 듯이. 아버지는 성장해가는 내 몸을 언제나 번득이는 눈으로 바라보았다. 눈부시면 감을 것이지 어째서 번득였을까.

요코洋子. 내 특이한 용모와 피부를 보고 대번에 떠올린 이름이라고 했다. 길고 가늘고 백지처럼 하얀 피부. 야자 잎에 실려온 서양 귀족 딸임이 분명하댔다. 태평양이든 대서양이든, 건너서.

어린 나는 그 말을 믿기도 했다. 종종 마을 뒤 콤피라金比羅 산기슭에 올라 먼 나가사키 항을 바라보았다. 야자 잎처럼 떠다니는 선박들을

---

* 안팡은 팥빵을 말함. 1875년 4월 4일에 메이지 천황이 키무라야(팥빵을 처음 만든 제과점)의 팥빵을 먹었다는 데서 유래함.

보며 중얼거렸다. 귀족이라던 내 부모는 어떻게 되었을까…….

왕위를 찬탈하려는 세력에게 목숨을 잃었을 거야. 어머니도 이비지처럼 말했다. 그런 어머니가 나는 제일 싫었다. 아버지는 내 젖을 물어서 싫었고, 어머니는 아버지에게 하녀같이 굴어서 싫었다.

싫었던 건 친부모가 아니어서가 아니었다. 아버지가 내 젖을 깨물지 않았어도, 어머니가 하녀처럼 굴지 않았어도, 나는 그들을 싫어했을 것이다.

사람 싫어하는 게 천성이었다. 그렇게 여겼다. 여기고 싶었다.

나는 구질구질하게 집 없는 고아나 비련의 여주인공 따위는 되고 싶지 않았다. 오히려 비련의 여주인공을 살해하는 악당이길 바랐다. 그런데 사실 나는 많이 아팠다. 외롭고 우울했다. 세상과 사람이 무섭고 싫었다. 그래서 사나워졌다.

겉으로까지 마냥 사나울 수만은 없었다. 여전히 세상이 무섭고 사람이 싫어서였다. 하지만, 그래서, 나는 호락호락한 아이가 아니었다. 구마모토 촌놈 마루야마의 우편물. 그걸 난로에 처박거나 하쿠가와白川 개천에 내다버린 게 열 통도 넘었다. 놈은 걸핏하면 나에게 아비가 양키냐고 물었다. 다야마의 가죽 신발을 감춘 것도 나였다. 그 신발을 슬며시 가모오하시加茂大橋*의 교진橋人** 늙은이에게 갖다 준 것도.

---

* 교토 시내를 동서로 나누는 가모가와鴨川 위에 놓인 다리. 賀茂大橋라고도 쓴다.
** 가모오하시 밑에 사는 노인에게 주변 사람들이 붙여준 별명.

나는 그런 일을, 재밌어하지도 않았으면서 하릴없이 즐겼다.

타케다 아파트에는 마루야마나 다야마 같은, 학생이라는 이유로 잘난 척하는 인간들이 득시글거렸다. 내겐 미친놈이거나 그저 촌놈에 지나지 않았다. 잘났으면 어째서 타케다 아파트인가. 집을 사거나 통째로 얻거나 반찬 좋은 하숙을 택할 일이지.

나는 그렇게 생각했다. 그래야 속이 편했다. 일본에서든 대만에서든 조선에서든 그들은 그다지 부자의 자식들도 아닌 것이라고. 부자인 것과 잘난 것과는 아무 상관 없다는 사실을 모르지 않았으면서.

그들이 정말 거만하고 잘난 척했던 걸까. 내 자격지심이었을지도 모른다. 자격지심일 거라는 사실을 모르지도 않았다. 아파트 전체 입주자 일흔일곱 중에 이래저래 학생이 반이었다. 그중 사 할이 남고생이었다. 나는 그들을 애 취급했다. 내 앞에서 제대로 말도 못하고 눈만 끔벅거리는 그들에게 호의를 가장한 비웃음을 날렸다. 바보들은 그런 나를 실없이 좋아했다. 거만한 건 나였다.

나는 알면서도 모르는 척했고, 모르면서도 아는 척했다. 사람을 골탕 먹이려면 그러는 게 최고였다. 왜 골탕을 먹이고 싶은 건지, 나는 내 속내를 알고 싶지 않았다. 세상의 이유 따윈 어떤 것도 알고 싶지 않았다. 나는 나쁘고 사납고 교활했으니까. 나쁘고 사납고 교활했다. 그렇다는 걸 깨닫고 스스로 인정해야 마음이 겨우 놓였다.

눈에 띄는 조선인 학생이 있었다. 또래들보다 나이가 한두 살 많았다.

히라누마. 이름 동주.

쪼다같이 그 먼 도시샤 대학을 묵묵히 걸어디녔다. 뻔했다. 그의 사촌 소무라 무게이宋村夢奎가 아파트를 소개했을 게.

소무라는 교토제국대 학생이었다. 학교와 오 분 거리에서 하숙을 했다. 하숙집에서 가까운 타케다 아파트를, 뒤늦게 교토에 온 동주 사촌에게 급히 소개했을 것이다.

동주는 도쿄 릿쿄 대학을 잠깐 다니다 왔다고 했다. 동주와 무게이(조선식 발음을 알었었는데 잊어버렸다)는 저 만주 땅, 같은 마을에서 같은 해에 태어난 외사촌간이라고 들었다. 글을 배우기 시작하면서 나는 아파트 입주자 신상身上綴을 슬금슬금 훔쳐보았다.

동주.

우글거리는 공동주택에선 살 수 없는 사람처럼 보였다. 조용한 사람이었다. 말이 없었지만 단지 말이 없다는 뜻의 조용함만은 아니었다. 하여튼 조용했던 사람 동주.

생긴 건 뭐랄까. 수려했다? 그렇게밖에 말 못 하겠다. 내가 본 일본 사람 중엔 그토록 수려하게 생긴 사람이 없었다. 고요한 아침이었다고 해두자, 느낌이. 그는 아침마다 산책을 했다. 그가 아파트를 나서면 그 앞에 펼쳐지는 아침이 고요해졌다.

그렇다고 내가 그를 가상하게 본 건 아니었다. 그러는 건 내 방식이 아니었으니까. 나는 그를 쪼다나 바보라고 생각했다.

어쩌다 한번 어원御苑에 가는 놈들조차 달리는 전차에 몸을 날려 무임승차를 하곤 했다. 아파트에서 전차 오가는 게 보였다. 어원과 도시샤 대학은 거기서 거기 아니던가. 그런데도 동주는, 매일 학교를 오가면서도, 전차에 한 번도 뛰어들지 않았다.

바보지 뭔가. 여름이고 겨울이고 묵묵히 걸어 학교를 오갔다. 재미없는 인간이었다.

난 산책이 좋은걸…….

어느 날 그가 말했다. 나는 픽, 콧방귀를 뀌었다. 만날 그 먼 길을 걸으면서 아침마다 따로 산책이라니.

그런 그가 어째서 내 눈에 띄었을까. 포식자가 한눈에 먹잇감을 알아보는 것과 같은 이치였을까. 그렇듯이 동주는 내게 만만했고 필요했고 측은했다. 그때까지 내게 만만했고 필요했고 불쌍했던 건 어머니밖에 없었다.

마침 잘 되었다고 생각했던 걸까. 나는 나가사키를 떠났다. 아버지에게서 도망쳤다. 어머니와도 헤어질 수밖에 없었다. 어머니처럼 만만한 상대를 찾아야 했다. 나는 끝없이 나쁘고 사납고 교활해야 했으니까. 그래야 위안을 얻을 수 있었으니까.

세상에 만만한 건 없다. 있다면 그것은 믿음이라는 이름일 것이다. 날 제압하거나 해치지 않을 거라는 턱없는 믿음이 나를 거만하게 만든다.

그때는 알지 못했다. 알려 하지 않았다. 나는 어렸고 외로웠고 무서웠으며, 그리하여 짐짓 나쁜 년이었을 뿐이니까. 어머니의 한없는 용납이 아니었다면 사납지도 못했을 거라는 것, 동주의 너그러움이 아니었다면 교활하지도 못했을 거라는 것. 그때는 몰랐다. 스스로 아버지에게서 도망친 것만 중뿔나게 대견스러웠다.

교토로 숨어들기 전 나는 오사카의 유곽 포주집에 머무르며 춤을 배웠다. 그곳 유바에야夕映え屋에는 나 말고도 춤을 배우는 여자아이들이 셋 더 있었다. 모모코, 메구미, 코요오.

방이 여덟 개나 되는 삼나무 집이었다. 반듯하고 튼튼하고 아름다웠다. 문을 여닫거나 마루를 딛는 감촉이 좋았다. 저녁마다 현관에 내걸리는 둥근 종이등 불빛을 나는 특히 좋아했다.

아버지 성을 버리고 포주 성을 따랐다. 사토 요코가 아닌 텐도 요코가 되었다. 이름은 그대로 썼다. 내가 좋아하는 이름이기도 했지만 누구보다 텐도 상이 좋아했다. 요코라는 이름만큼은 어쩐지 나와는 뗄 수 없는 운명처럼 느껴졌다. 텐도 상은 세 여자아이와 나를 마이코舞子로 대우해주었다.

지금의 새로운 이름을 얻기까지 나는 텐도 요코였다. 텐도……라고 가끔 혼자 소리 내어 불렀다. 유바에야 주인이 떠오르는 게 아니라, 저녁마다 그 집 현관에 내걸리던 둥근 종이등 불빛이 떠올랐기 때문이었다.

유곽 조방助幇 놈의 더러운 농간으로 그곳을 떠나오기까지 종이등 내거는 일은 내 차지였었다. 원래는 모모코가 하던 일이었다. 그걸 내가 하고 싶었다. 그래서 빼앗았다. 모모코는 끽소리도 못했다.

나가사키에서 오사카로, 오사카에서 교토로 도망쳐 오는 데 이 년 걸렸다. 아버지 사토가 멀어진 건 다행이었으나 만만하고 불쌍한 어머니도 멀어졌다는 건 불행이었다. 나는 나를 위로해야 했다. 그러기 위해선 여전히 나쁘고 사나워야 했다. 상대가 필요했다. 자꾸 그가 눈에 띄었다. 동주.

2005년 여름. 나 야마가와 겐타로는 무언가를 추적하고 있었다. 그때까지 나는 야마가와 겐타로였다. 김경식이라는 이름은 사 년 전 내가 직접 지은 것이다.

추적한 건 윤동주 유고遺稿였다.

빛을 보지 못한 채 소실되고 만, 일본에서 쓰인 많은 시 원고들. 그것이 일본 땅 어딘가에 있다는 정보를 접했다. 어딘가에 있다는.

여기에 인용하는 요코, 즉 이타츠 푸리 카의 글은 유고 추적 과정에서 입수한 것이다. 앞에서도 말했듯, 지금부터는 그 종이뭉치가 내 손에 들어오기까지의 사정을 말하려는 것이다.

유고의 자취를 더듬어가다 만난 그녀의 기록에 '동주'가 등장한다. 유고의 행방과 그녀의 글. 어떤 관련이 있는 걸까. 그 궁금증을 더듬는 일이 내가 지금 하고 있는 글쓰기다. 그런 뜻에서도 내 글은 더듬는 말일 수밖에 없다.

 잠깐, 주의를 환기시킬 필요가 있다.

 유고에 대한 정보를 접하고 그것을 찾아 나섰다는 말이 아니다. 내 추적의 출발은 유고가 아니었다. 시작은 다른 데에 있었다.

 윤동주를 몰랐던 건 아니지만 잘 알지도 못했다. 내 관심사에서 시나 문학이 차지하는 비중은 극히 낮다. 선뜻 윤동주 유고를 찾아 나서려면 내게는 시나 문학 말고 다른 동기가 필요했을 것이다. 말하자면 민족애?

 그런 거라면 나는 뜨뜻미지근한 사람이었다. 열세 살에 조선인이라는 사실을 알고도, 몰랐던 때처럼 산 나였다. 일본에 사는 조선인으로서라면 나는 어떤 결정도 어떤 포즈도 취하지 않았다. 이전의 삶을 관성으로 이어가고 있었을 뿐이다.

 어린 요코가 글자를 애써 외면했던 것과 비슷했달까. 이런 고백이 이 글을 읽을 한국 독자들에게 어떻게 받아들여질지 모르겠다. 일본에 사는 나 같은 사람들은 전적으로, 모든 삶에 있어 자기 본위의 결정을 내리고 그것을 따른다. 일본에 사는 일본인, 한국에 사는 한국인도 마찬가지다. 누구나 그러하므로, 양심에 따른 자기 결정은 존중받을 필요가 있다는 뜻이다. 그렇다고 생각한다.

국적이라든가 민족과 관련된 사안이라 해서 특별히 다른 기준을 적용할 필요가 있을까. 나는 우선, 나일 뿐이다. 국가와 민족은 다음이다. 다음이었다.

한국인이라는 사실을 주변에 알리지 않았다. 한국인이란 걸 알고 난 뒤 달라진 거라곤 축구 한일전. 이전에는 일본을 응원했지만 이후에는 축구를 보지 않았다.

그런 내가 국적이라든가 민족과 관련된 이유로 윤동주 유고를 찾아 나설 리 없었다. 문학에 대한 관심도 윤동주에 대한 개인적인 궁금증도 내겐 없었다.

친구 때문이었다.

어느 날 친구가 사라졌다.

한 마을에 살았고, 고등학교 때 잠깐 학교가 달랐던 걸 빼면 그와 나는 줄곧 같은 학교엘 다녔다. 나츠메 시게하루. 당시 그는 방송학과였고 나는 건축학부여서 캠퍼스가 약간 멀었다. 그러나 자주 만나는 데는 아무런 장애가 되지 않았다.

그가 감쪽같이 사라졌다.

그런 일이 생길 기미도 없었고, 찾아 나설 단서도 없었다. '증발되었다'고 해야 할 만큼 깨끗했다. 최선을 다하고 있습니다……. 담당 경찰관의 답변은 매번 같았다. 도무지 억양이 없는 어투.

나는 손을 놓고 있을 수밖에 없었다. 아무것도 안 했다는 뜻이 아니라 하던 일을 계속했다는 말이다. 친구의 증발과 관련하여 먼지만큼의 낌새나 실마리가 있었다면 그를 찾아 나섰을 것이다. 결과 따위 생각지 않고 무조건.

하던 일을 계속하다가도 짚이는 것이 있으면 언제든 뛰쳐나갈 참이었다. 그해 여름 도쿄는 지독하게 더웠다.

결국, 하던 일을 계속했던 게 주효했다. 그 여름 내가 하던 일이 친구의 증발과 관련 있어 보였으니까. 일을 하며 백방으로 친구의 행방을 추리하던 중, 윤동주 유고에 관한 정보를 얻었다. 나는 그것을 추적할 수밖에 없었다. 유고를 찾아 나서는 일이 친구의 행방을 쫓는 일과 다르지 않게 되었기 때문에.

나의 일이란 별게 아니었다. 여름방학 아르바이트였다. 국립 국회 도서관 디지털 센터에서 도서 자료를 검색하는 것. 행방이 묘연해지기 전까지 시게하루도 나와 함께 그 일을 했다. 그 일을 주선했던 게 시게하루였으니까.

참람한 말

"이토록 일당 센 아르바이트 흔치 않아."

시게하루가 말했다.

나는 포도 주스를 쪽 소리가 나게 빨았다. 그랬을 뿐이다.

"하는 거지?"

친구가 물었지만 나는 고개를 끄덕이지도 젓지도 않았다.

"뭐가 문젠데?"

그가 거듭 물었고, 나는 주스를 천천히 밑바닥까지 빨아들이고 나서 되물었다.

"일당이 세다?"

"보통의 두 배잖아."

"보수만 세면 청부살인도 하는 거야?"

"물론."

"너 혼자 해."

"친구, 무슨 그런 말씀을?"

그해 여름 도쿄는 너무 더웠다. 컵 속의 얼음알갱이를 입안에 털어넣었다.

"청부살인, 나는 안 하거든."

"언제 청부살인이라고 했어?"

"아니라고도 하지 않았잖아."

시게하루와 나는 티격태격, 더운 여름 한낮을 견디고 있었다. 시부야 노천카페였다. 서로에게 나쁜 감정 따위 있을 리 만무했다. 있었다면 우의友誼와 무더위였다.

"시원한 도서관에 앉아서 컴퓨터 자판이나 또닥거리는 일이야."

"그런 일이 어째서 일당은 두 배일까?"

"뭔가 더 있을 거라는 뜻이야?"

"그렇지 않고서야……."

"없어……. 보통의 일당을 준대도 난 할 거야. 쉽잖아."

"청부살인이?"

"왜 자꾸 청부살인이라고 하지?"

"컴퓨터 자판 또닥거리는 일로도 사람을 죽일 수 있어."

"아니라니까."

"아닌 이유를 대봐."

나와 시게하루는 똑같이, 사귀던 여자와 봄에 헤어졌다. 그런 것까지 똑같을 필요는 없었지만 그리됐다. 열패감과 자괴감이 슬슬, 외롭고 한심한 서로를 향해 공격적으로 변해가던 즈음이었다.

"소장 자료 찾기에 들어가서 찾고자 하는 자료의 검색어를 입력창에 탁탁탁 치는 거야. 해당 리스트가 쫙 나오잖아. 단행본, 연속간행물, 학위 논문, 고서, 비도서, 기사 색인, 해외 수집 기록물 등등. 그 리스트를, 따로 만든 문서창으로 옮기는 거야."

"그리고?"

"끝이야."

"안 해."

"왜?"

"끝이 아닐 것 같아."

"물론 리스트를 보고하는 거지. 일을 준 사람에게."

"보고?"

"전송."

"이메일로?"

"빙고."

"일을 준 사람이 누군데?"

"유."

"탕湯*?"

"아니, U."

"이봐, 시게하루."

내가 정색했다.

"왜 그러시나, 겐타로."

친구도 정색했다. 잠깐 시원한 바람이, 우리가 앉아 있던 시부야 노천카페 가로수 그늘을 스치고 지나갔다.

"그 아르바이트 말이야, 진심으로 나와 함께하고 싶은 거 맞아?"

내가 물었다.

"맞아."

"아닌 것 같아. 넌 지금 나한테 시원하게 말하지 않아. 가뜩이나 더워 미치겠는데."

"미안해. U에 대해서는 그럴 수밖에 없어. 사실 나도 U에

---

* 훈독이 유ゆう다.

대해 아는 게 없어."

"이상한 아르바이트 구직 사이트에서 만난 거지?"

"사실은 호호, 오오피에스OOPS."

"야동 사이트? 그런 데서 아르바이트생도 구하나?"

"아니 저, 그러니깐……."

"그러니깐 뭐?"

"거길 가다가 어딘가에 잘못 접속된 듯했는데 일당 짭짤한 아르바이트가 뜬 거야. 짜안, 하고."

"너랑 정말 말 안 된다. 뭘 믿고 일을 하겠다는 건지."

"돈!"

시게하루가 눈을 과장되게 떴다. 홍채가 오백 엔짜리 동전만큼 커졌다.

"돈?"

"우리가 뭘 믿고 일하겠어. 돈뿐이지."

"돈이 필요해서 아르바이트 하는 거니까라고?"

"아니니?"

"그렇긴 하지."

"선불이야. 주급."

"그거였군."

나는 빈 주스 컵을 슬쩍 구겼다.

"맞아, 겐타로. 그거였어. 두 배인 까닭. 네 말대로 뭔가 더 있는 셈이지."

"U의 정체를 알지 않는다는 조건?"

"굳이 알 필요 있을까. 계좌번호 불러주면 당장 입금된다는데."

"그 조건이 전부야?"

"하나 더 있긴 한데……."

"제발 한꺼번에 다 말할 수 없니, 시게하루?"

"이제 정말 끝이야. 음, 우리가 목록을 보내면 그중 몇 개를 저쪽에서 체크한 뒤 다시 보내줄 거야. 우리는 체크된 자료를 읽고 요약하는 거지."

"방학인데도 지겨운 리포트를 또 써야 하는 거네."

"요약이래 봤자, A4 한 장 정도인데 뭘."

"일당이 센 게 아니라 일의 강도가 센 거네. 한 장을 쓰든 두 장을 쓰든 자료는 반드시 다 읽어야 하는 거잖아."

"정말 그것으로 끝이라니까. 더 이상은 없어. 그리고 이건 일당이야. 빡빡한 건당 지급이 아니라고. 어떻게든 하루만 때우면 일당 나오는 거야. 그러니 좋잖아."

"좋다구?"

"느긋하게 할 수 있고, 학점 따는 일도 아닌데 뭘. 페이가 보통의 두 배인 게 맞아."

"모든 건 이메일로 이루어지나?"

"응. 그것도 편하잖아."

"U라고 했던가. 불분명하고 석연찮은 상대를 어째서 넌 개의치 않으려는 거지?"

친구가 일에 덤비는 것 같았다. 나와 함께가 아니더라도 그는 그 일을 하고야 말 것 같았다. 슬그머니 손가락 두 개를 펴 보이는 시게하루의 표정이, 익살스러우면서도 비장했다.

"두우 배니까……. 돈을 이십 퍼센트만 더 썼더라도 치카가 그렇게 나를 떠나진 않았을 거라 생각해. 경애하는 친구 야마가와 군! 사랑스런 치카가 돈을 밝힌다는 뜻이 아니란 거 잘 알지? 내 지출이 이십 퍼센트 부족하면 나 스스로 이십 퍼센트 더 구질구질하게 느껴진다는 게 문제지. 그게 슬픈 거지. 그러니까 우선은 나를 위해, 그리고 치카를 위해 돈이 조금 더 필요해. 난 그녀를 도저히 포기할 수 없거든. 반드시 되찾고 말 거야."

그의 울상엔 호소력이 담겨 있었다. 예나 지금이나 너와 나는 계급적으로 같은 처지 아니냐는. 너의 후유미도 네 곁을 떠나지 않았느냐는. 우리는 기쁨의 친구고 슬픔의 동지며 나눔의 가족 아니냐는. 이런저런 이유 다 그만두더라도 지난겨

올에도 그랬듯 이번 여름에도 우린 아-르-바-이-트를 해야 하지 않지 않지 않느냐는.

나는 생각했다. 치카나 후유미가 돌아올지 어떨지는 모르겠다고. 하지만 두 배짜리 아르바이트를 하면 이토록 더울 때 시원한 포도 주스 한 잔 정도는 더 먹을 수 있을 거라고. 2=1+1이니까.

"마지막으로 물을게."

내가 말했다. 시게하루의 표정이 반짝 밝아졌다. 내 목소리가 가벼워졌다는 뜻이었다.

"뭐든."

친구의 말도 짧고 가벼워졌다.

"입력창에 칠 검색어라는 게 뭐야? 탁탁탁이야?"

"그럴 리가."

"그럼 뭔데?"

"만주."

"만주?"

친구는 고개를 끄덕이며 중얼거렸다.

"응. 만주."

시모가모 신사에 돈주 있습니다. 예쁜 여학생 있습니다. 모모와레가 예쁘다. 나도 여학생 모모와레 하고 싶어. 금요일. 지난 금요일. 낮에 가모가와 건너 두붓집에 다녀온다. 두붓집은 가모가와 뚝방. 숲에서 까마귀가 운다. 시모가모 숲은 넓어요. 축축하다. 어둡다. 앞에 돈주 가고 여학생 뒤에 간다. 나 요코는 보고 있다. 돈주는 요코 보지 못한다.

돈주 여학생 신사 연못 구름다리 지난다. 여학생 밀어 빠뜨리고 싶다. 풍덩. 요코가 여학생을 빠뜨린다. 돈주는 안 빠뜨리고 봐준다. 연못은 작고 얕다. 죽지 않는다. 여학생은 옷 버리고 울고 창피하고. 연못 속 진흙. 똥 묻은 것 같애. 여학생. 개똥, 돼지똥, 사람똥. 하하. 돈주는 어쩔 줄 모른다. 여학생 돈주는 요코 보지 못한다. 생각이다. 여학생 빠지는 거 다 생각. 나는 생각만 한다.

두 사람 꼬마 신사로 간다. 닭띠 신사. 그런 게 열두 개다. 개띠 신사. 용띠 신사. 말띠 신사. 두 사람이 웃는다. 거기다 뭘 빈다. 두부가 자꾸 무겁다. 주방 오카미 상은 한 시간 안에 돌아오라고 했다.

오카미 상은 무섭다. 두부가 너무 많다. 가모가와 뚝방 두붓집 영감. 발 다쳤다. 구루마를 못 끈다. 나는 세번째 두붓집에 다녀온다. 두부는 이 사람 저 사람 다 먹는다. 어른도 먹고 애들도 먹고 아파트 학생도 먹는다. 돈주도 먹는 두부. 나는 두부 무겁다. 팔이 늘어진다. 돈주는 여학생과 연애질인가. 무겁다.

돈주 방에서 책 하나 훔친다. 어떤 책인지 알게 뭐. 사루마다에 넣고 나온다. 딱딱하고 차갑다. 찢어버릴 데 없고 묻어버릴 데 없다. 오카미 상 눈치 보고 아궁이에 넣는다. 불이 활활 탄다. 아궁이 곁에 서 있는다. 오래 티서 불안하다. 오래 탄다. 오래 지켜본다. 재만 남는다. 속이 시원하다. 두부가 무거워서, 팔이 떨어져나갈 것 같다.

아아아아, 입학 선물이야, 제발 돌려줘.

가죽신 잃어버렸을 때 다야마 소리 질렀다. 삼 년째 신는 신발. 아파트 꽝꽝 울렸다. 그때도 불안하고 속 시원했다. 내가 훔쳤다. 다야마는 미친 듯 신을 찾습니다. 그놈은 그런 식이지. 걸리면 죽을 것 같아. 미친놈이니까.

돈주는 소리 같은 거 지르지 않는다. 책이 없어져도 괜찮다. 입 꾹 다물고, 표정 없습니다. 더 밉고 만만하다. 때려도 괜찮을 것 같다.

하지만 나는 그런 쪼다 바보를 때리지 않습니다. 두고두고 괴롭히지. 미친놈이나 까다로운 놈보다 만만한 놈에게 난 더 사납다. 두부가 무거웠고 여학생 모모와레가 너무 예뻤어. 대학생이 모모와레라니. 철이 없나. 모모와레 하고 싶다. 열다섯 모모와레가 딱 좋다. 나처럼 가늘고 길고 하얀 년한테도 어울릴까. 오카미 상은 뭐랄까. 늙은 돼지 엉덩이 같은 여편네.

내 머리는 거칠었다. 자라는 대로 내버려두었다. 길게 늘어뜨리면 얼굴을 온통 가렸다. 얼굴에 검은 그늘 지는 게 좋았다. 머리카락이 눈앞을 가리면 편안했으니까. 옷으로 온몸을 감싼대도 흰 얼굴은 가릴 수 없었다. 흰 피부가 싫었다. 성가신 일들은 모두 그것에서 시작됐다.

세수도 제대로 하지 않았다. 땟국물이 살에 배어 피부가 어두워지길 바랐다. 빗질도 하지 않았다. 더러운 년. 오카미 상은 나를 구박했다. 더러워질까 봐 그녀는 손찌검조차 하지 않았다.

나가사키에서는 머리를 뒤로 묶었었다. 어머니는 오래오래 빗질을 했다. 넋이 나간 사람처럼 앉아 내 머리를 빗겼다. 노래를 하고 셈을 하고 알 수 없는 말을 병신처럼 중얼거리며 내 머리를 만졌다. 아침을 먹고 앉아서 점심을 먹을 때까지 그랬다.

아버지가 장에서 사온 가느다란 자주색 가죽 끈으로 꽁꽁 묶었다. 머리가죽이 벗겨질 것처럼 아팠다. 아야, 아파······. 비명을 지르며 나는 어머니의 허벅지를 발꿈치로 짓이겼다. 아프다니깐! 앉은뱅이가 되어 다시는 일어설 수 없도록 세게 세게 밟았다.

그보다 더 어렸을 적엔 정수리에 꿩 털을 꽂은 것처럼 머리를 묶었다. 두 귀를 함께 끌어올려 잡아매는 것처럼 아팠다. 몸을 비틀고 눈물을 흘리다가 나는 소리를 질렀다. 껍질을 홀랑 벗기려는 거야? 어머니에게 함부로 해댔다. 어머니도 그러고 싶어 그러는 게 아니란 걸 어린 나는 알았다.

함부로 해대도 어머니는 꿈쩍도 하지 않았다. 말을 못 알아듣는 소 같았다. 머리를 빗기거나 묶을 줄만 아는 미련한 소. 나는 소의 허벅지를 걷어차며 소리를 질렀다.

어머니는 아프다는 말 한마디 안 했다. 한숨조차 쉬지 않았다. 징그럽고 무서웠고 한심했다. 아무리 세게 걷어차고 짓이겨도 앉은뱅이가 되는 법도 없었다.

훤하고 좋잖니. 아버지는 새로 묶은 머리를 보고 흡족해했다. 눈부신 것은 눈부시게 봐야 하느니. 아버지는 병적으로 눈을 번득였다. 어머니는 병적으로 유약했다.

아버지의 어떤 명령도 어머니는 거역할 줄 몰랐다. 내 지독한 반항과 모멸을 말없이 견뎠다. 아버지보다 나는 그런 어머니가 훨씬 미웠다. 아버지에게 갈 미움의 몫까지 고스란히 어머니에게로 갔다.

어그러지고 흉악한 아버지를 거역할 수 없어 어머니는 내 머리를 아프게 빗기는 거였다. 모를 내가 아니었다. 알면서도 나는 어머니를 윽대겼다. 가장 만만하고 섬약한 자가 모든 손해를 끌어안는 게 세상 이치였다. 나는 결코 손해의 끝자리에 서고 싶지 않았다.

나는 내가 누구인지 몰랐다. 부모가 어떤 족속인지 알 수 없었다. 야자 잎에 실려온 서양 귀족의 딸이라고? 개가 먹다 뱉어놓을 소리!

나는 아프고 두렵고 외로울수록 사나워졌다. 내가 누구인지 몰라도 될 만큼 사랑이 넘치는 가정이었다면 좋았을까? 사랑이 넘치는 가정이라면 굳이 내가 누구인지 알려 하지 않았을 테지. 불행하게도 내 가정은 그러하지 못했다. 가족이라는 이름으로 족쇄가 채워졌을 뿐 가족 취급을 받지 못했다. 딸을 범하는 아비는 아비가 아니니까.

처음부터 나는 내가 누구인지 몰랐다. 모른 채 밥을 먹고 잠을 자고 거칠게 자랐다. 애당초 비겁하고 사나운 씨앗의 계집아이였을까. 사광

이아재비풀처럼? 더듬어볼 기원과 원형 따위 없으니 어떻게 해도 알 수 없는 노릇이었다.

내가 사람의 말을 처음 제대로 알아들었던 것은 어머니의 '죽고 싶다'였다. 어쨌든 그렇게 기억한다. 내 입으로 처음 했던 말도 엄마나 아빠가 아니라 '싫어'였다. 어머니의 기억이니 분명할 것이다.

나는 그런 말처럼 자라고 그런 말처럼 키워졌을 것이다. 그런 말을 듣고 그런 말을 하며 그런 말 가운데 살았을 테니까. 어머니의 말, 아버지의 말, 나의 말. 그것이 그때까지의 나였을 것이다. 그 말을 하던 그때까지의 나. 참담했던 나. 참람했던 말들. 사광이아재비 같은.

그 '나'는 늘 머리가 아팠다. 어려서는 이마가 벗겨지도록 머리를 위로, 뒤로 묶었다. 훤히 드러난 얼굴은 아버지 차지였다. 손바닥과 손등으로 번갈아 내 얼굴을 쓰다듬으며 아버지는 부르르 떨었다.

아버지 사토는 종종 어린 나에게 마루마게를 강요했다. 오쿤치 마츠리 기간과 세쓰분, 하나 마츠리, 다나바타*에는 반드시 기모노를 입고 마루마게를 얹게 했다.

머리를 빗어 모양을 내주는 것은 언제나 어머니였다. 마루마게를 한 저녁에 무슨 일이 일어날지 어머니는 뻔히 알고 있었다. 그러면서도 머리를 다듬는 어머니의 손끝은 조금도 떨리지 않았다.

---

* 나가사키 지방의 축제들.

그런 어머니를 향해 나는 언제나 모질고 참담한 말들을 쏟아냈다. 그랬다. 마루마게를 강요하는 게 아버지였고, 묵묵히 숨만 쉬며 내 머리를 올리는 게 어머니였고, 그런 어머니에게 패악을 부리는 게 나였다. 나의 가족이란, 그것뿐이었다.

집에서 도망쳐 나왔으나 나는 한동안 더 마루마게에 짓눌려 살았다. 오사카 포주집 유바에야에서는 저녁 유시酉時 이전에 반드시 마루마게를 얹어야 했다. 점심을 먹은 뒤 머리 손질을 하고 화장을 하고 모리노히메를 입으면 유시였다.

함께 기숙했던 세 여자아이는 내 마루마게가 잘 어울린다고 했다. 옥주屋主인 텐도 상과 춤 선생 가게야마 히테코(히테코가 맞을 것이다)도 내 마루마게를 흐뭇해했다. 그들의 웃음이 자꾸 아버지를 떠올리게 했다. 세상을 사는 한, 마루마게의 멍에에서 영영 벗어나지 못한단 말인가. 암담하고 슬펐다. 제기랄. 걸핏하면 욕을 뱉었고, 그것에서 스스로 용기와 위안을 얻었고, 멍청한 년! 만만한 모모코를 끝없이 괴롭혔다.

내 발로 걸어 들어간 유바에야였으나 끝내 남자들 앞에서 춤을 추거나 노래 부르고 싶지 않았다. 당장 먹을 곳과 잘 곳이 필요했을 뿐이었다.

먹고 잘 곳이 필요합니다.

내가 말하자 텐도 상은 단번에 나를 반겼다.

저것 봐, 남자가 꾈 살이야…….

춤 선생에게 은밀히 했던 텐도 상의 말을 나는 기억한다. 사토라는 여우를 피하자 텐도라는 범을 만난 셈이었다. 대처에서 겁부터 먹고 성급히 유곽의 포주집을 찾다니. 내 발등을 내가 찍은 꼴이었다.

텐도 상이 마루마게를 내려줄 거라고는 생각하지 못했다. 조방 놈을 보란 듯 때려 내쫓고 나를 교토로 보내줄 거라고는.

교토에서 나는 머리를 올리지도 묶지도 않았다. 자르지도 기르지도 않았다. 열다섯에 비로소 머리에서 해방되었다. 그렇다는 걸 사람들이 알 리 없었다. 나는 언제까지고 머리를 내버려두었다. 머리에 얽힌 기억이 고스란히 잊힐 때까지.

내 머리는 잠자는 사이 쑥떡 잘렸다. 대개는 아파트 관리인인 오카쿠라 상과 급식 담당 히구치 아줌마 짓이었다. 잠에서 깬 나를 보고 그들은 킥킥 웃었다. 그때마다 머리가 가벼워진 걸 느꼈다. 제기랄. 투덜거렸지만 그들에게 더 이상 뭐라 하진 않았다. 아무려나 나는 머리에 신경 쓰고 싶지 않았다.

그랬던 내가, 모모와레를 하고 싶었다.

특별한 머리 모양이 아니었다. 내 나이 또래들이라면 너나없이 모모와레였다. 모모와레가 이상하고 우스울 건 없었다.

우습고 이상하다면 모모와레를 한 나, 요코일 것이었다. 머리 길이를 우선 가지런히 다듬고, 깨끗이 감고, 정성스레 빗어 두 갈래로 나누고, 각각 고리를 만들어 뒤로 묶고, 살쩍을 살짝 부풀린다……. 그런 머리를 하고 맘껏 제기랄! 소리칠 수 있을까. 혼자서 모모와레, 그걸 할 수나 있을까. 누가 도와주겠는가. 멋쩍고 가당찮은 일이었다.

그런데도 모모와레가 하고 싶었다.

예쁜 여학생 때문이었을까.

스무 살 넘어 모모와레를 하는 사람은 드물었다. 대학생이라면 더 그랬다. 열아홉이 넘으면 족쇄를 풀듯 먼저 모모와레를 풀었다. 나는 성인입니다, 대학생입니다, 라고 말할 수 있으려면 우선 모모와레가 아니어야 했다. 그런데 그 여학생의 모모와레는 어색하기는커녕 예쁘기만 했다.

여학생이 예뻤기 때문에 모모와레도 예뻐 보였을까. 나는 여학생을 연못에다 밀어 빠뜨리는 상상을 했다. 미웠다. 대학생인 게 미웠고, 성인답지 않는 모모와레가 미웠고, 동주와 웃으며 신사를 기웃거리는 사뿐사뿐한 걸음걸이가 미웠고, 나는 사람을 미워하는 인간이니까 그녀가 미웠다. 꼬마 신사 앞에서 나란히 기원하는 게 싫었고, 가지런히 모으는 두 손이 싫었고, 검은 교복 치마 아래로 드러난 가느다란 종아리가 싫었다.

그런데도 모모와레가 하고 싶었다.

여학생과 모모와레가 예뻤던 것, 미웠던 것, 싫었던 것 모두 동주 때문이었다는 사실을, 어린 나는 인정하지 않았다. 뭘 인정한단 말인가. 나에게는 동주가 말이 없는, 그저 묵묵히 먼 학교를 오가거나 기분 나쁘게 슬며시 웃거나, 아침 산책을 위해 맨 먼저 아파트 마당을 혼자 나서는, 소 같고 어머니같이 답답한 쪼다일 뿐이었다.

그런데도 모모와레가 하고 싶었다.

뭔가를 하고 싶었던 건 그때가 처음이었다. 전에는 무엇도 하고 싶지 않았다. 머리를 묶고 싶지 않았고 기모노를 입고 싶지 않았고 마츠리 구경도 싫었다. 다 싫었다. 춤추는 것도 노래하는 것도 싫었다. 청소하는 것, 발병 난 두붓집 영감 때문에 가모가와 뚝방까지 다녀오는 일, 파를 다듬고 불을 때는 일 따위 하고 싶지 않았다.

도망치고 숨고 피하는 데만 선수였다. 잘못을 감추려고 모함하고 고자질하고 거짓말했다. 끄덕이는 건 못하고 도리질만 잘했다. 구실을 둘러대는 일이라면 누구에게도 뒤지지 않았다.

양갱이 먹고 싶을 땐 먹고 싶다 말하지 않고 훔쳤다. 잠이 자고 싶을 땐 자고 싶다 말하지 않고 숨었다. 이상하게도 아파트 주인인 모리 상은 그런 나를 내치지 않았다. 타케다 아파트가 모두 그의 소유였던 건 아니지만 전체 과세물건 중 사 할이 모리 상의 몫이었다.

그는 교토부 내에 또 다른 건물을 갖고 있었다. 주택을 임대하거나 공동 하숙을 치는 게 그의 직업이었다. 나 같은 것에는 관심도 없었다. 내가 이 년 넘게 타케다 아파트 신세를 질 수 있었던 것도 바로 그 때문이었을 것이다. 오사카의 텐도 상과는, 닮은 데라고는 한 군데도 없었지만, 형님 아우 하는 사이였다.

여하튼, 그때 나는 처음으로 무언가를 하고 싶었다. 여학생 때문에,

여학생과 함께였던 동주 때문에, 나는 무언가를 하고 싶어졌다. 그게 모모와레였다.

그러나 끝내 나는 그걸 하지 못했다.

여전히 오카미 상은 내 머리가 더럽다며 조리솥 근처에도 얼씬 못하게 했다. 오카쿠라 상은 잠든 내 머리를 쑥떡 쑥떡 잘랐다. 히구치 아줌마는 내 얼굴에 바케스째 물을 들이붓고 비누를 던지며 놀렸다. 요코 머리에~ 이가 양¥처럼~ 토실토실 살찌네, 요코¥子, 요코, 요요코.

하고 싶은 걸 못해서였는지 나는 그 여학생이 더 예뻤고 미웠고 싫었다. 하지만 연못에 빠뜨릴 수 없었듯이, 나는 그녀의 다리를 걸어 넘어뜨릴 수도 모욕하거나 저주할 수도 없었다. 이름이 뭔지 집이 어딘지 몰랐다. 다시 보게 될지 어떨지도 알 수 없었다. 그녀는 멀었다. 가까웠던 건 만만한 동주였다. 그에게, 어느 날 내가 물었다.

동주는 왜 말이 없나?

시비조였다. 늘 그랬으니까.

그는 웃었다.

소처럼 숨만 쉬나? 일본말 잘 할 줄 모르나?

그럴 리가?

그걸 리가라니?

나는 뚝뚝 끊어 말했다. 그래야 속이 편했다.

말해 봐, 그럴 리가라니?

영어도 할 줄 아는걸.

귀축미영鬼畜米英말 해서 뭐하나?

중국말도 해.

동주, 조센징 아닌가?

나는 동주라 불렀다. 그렇게 그가 부르라 해서 대뜸 그렇게 부르기 시작했으니까.

조센징이지.

어째 중국말까지 하나?

만주어도 하는걸.

조선말, 일본말, 미영말, 중국말, 만주말?

그가 또 웃었다.

어째 그러나?

그런 데서 살았으니까.

그런 데서 살았다고 했다.

그런 데가 있어?

고향.

고향에서 정말 미영말도 쓰나?

미영말 쓰는 선교사들이 많았어. 그들이 세운 학교에도 다녔어. 나는 미영말 하는 걸 좋아해.

선교사가 뭐나?

예수 그리스도 말씀 전하는 분들.

뭔데, 그게?

요코 고향이 나가사키 아닌가?

나는 갑자기 짜증이 나려고 했다.

나가사키는 왜?

많은 선교사들이 목숨을 잃었던 곳이니까.

나가사키라면 아버지라는 인간이 먼저 떠올랐다. 목숨을 잃었더라면 좋았을 아버지.

동주는 예수인가 뭔가를 믿나?

예수인가 뭔가가 아니라, 예수 그리스도.

한심하군.

거기까지도 웃던 그가

어딘데? 동주 고향. 거기 조선 맞나?

라고 내가 물었을 때 잠깐 미소가 사라졌다. 고약한 말은 그럴 때 쏟아붓는 거였다.

그 여학생과 연애하나?

동주의 굳은 얼굴이 펴지지 않았다.

뽀뽀도 했나?

상대가 흔들릴 때를 놓치면 안 되었다.

철없는 모모와레가 좋더나?

동주의 눈빛이, 어디 아득히 먼 곳에서 천천히 돌아오고 있는 듯했다. 그런 동주의 눈빛이라면, 지금도 생생하다.

그딴 데도 만지고 막 그랬나?

내 엉뚱했던 말도 생생하다.

요코······.

동주의 나직한 목소리가 들렸다. 정신을 차려야 할 쪽은 나였다.

동주의 눈이 어느새 나를 보고 있었다. 아버지의 번득이는 눈과는 전혀 다른 눈빛이었지만 나는 수치심으로 온몸이 닳아 올랐다.

모모이 상? 본 모양이로구나.

모모와레가 모모이였나?

그래. 모모이 소라미.

내가 물었던 건 동주의 고향, 거기가 조선이냐는 거였다.

돌아온 대답은 모모이 소라미였다. 어떻게 된 영문인지 나도 알 수 없었다. 흔들린 건 나였다. 그래서 수치스러웠을 것이다.

나 두부 든 것 못 봤나?

나는 소리를 질렀다.

두붓집 다녀오는 길이었니?

그가 물었다.

더럽게 무거웠어.

학교 오가는 길이잖아. 두부 같은 건 이제 나라도 가져올 수 있어.

동주가?

물론.

착한 척하는 건 질색이야. 이 말은 삼켰다.

대학 친구가?

아무래도 나는 모모와레가 궁금했다.

경대생京大生이야. 내가 연출할 연극 여자 주인공 출연을 부탁했어.

연출이 뭔데?

감독.

동주가 감독?

11월에 도시샤에서 공연. 미리 초청할게. 요코도 와서 봐.

오카미 상이 못 가게 할 거야. 나쁜 여편네.

도망치고 숨는 거 요코 장기잖아.

슬슬 화가 나려고 했다. 화내는 것도 내 장기였으니까.

나 지금 놀리는 건가?

약속할게. 내가 허락받아줄게.

동주의 부탁이라면 오카미 여편네는 반드시 들어줄 거였다. 동주라면 사족을 못 쓰는 늙은 돼지 엉덩이였으니까.

무슨 연극이야?

내가 물었고

〈파우스트〉.

동주가 대답했다.

파우스트라는 말을 제대로 알아들었던 건 아니었다. 뭐가 뭔지 하나도 알아먹을 수 없었던 그해 11월의 연극. 그러나 선명한 인상은 오래 남았다.

그럴 수밖에 없었다. 연극이란 게 처음이었고, 서른 살에 〈오셀로〉를 보기까지 내가 봤던 유일한 연극이었으니까. 게다가 소라미의 가녀린 연기를 맘껏 미워했었으니까.

선명했던 기억 덕에 그것이 〈파우스트〉였다는 걸 나중에 어렵지 않게 확인할 수 있었다. 다시 〈파우스트〉를 본 것은 마흔두 살 때였다.

내 기억이란 거의가 이런 식이다. 뒤늦게 시작한 공부가 아니었다면 어린 시절 인상들은 대부분 인상에서 멈추었을 것이다. 소라미의 배역이 그레첸이었다는 것도 알지 못했을 것이다. 동주의 방에서 훔쳐 불에 태웠던 책이 키르케고르의 『이것이냐 저것이냐』였다는 것도.

동주가 여러 언어를 익혔다는 걸 그날 알았다. 조선어, 일본어, 영어, 중국어, 만주어······. 말할 줄 모르는 사람이 아니었다. 말을 몰라 말을 못하는 사람이 아니라, 어쩌면 너무 많은 말들이 그의 안에서 충돌하고 있었던 건지도.

그의 방에는 수없는 말들이 수런거렸다. 그가 밤늦도록 혼자 책을 읽을 때거나, 뭔가를 쓸 때거나, 혹은 그가 없는 빈방에도, 말들은 저들끼리 살아 두런거렸다. 그가 읽다 만, 그가 쓰다 만 말들이 어둔 방

허공중에 맴돌았다.

 방구석에 쌓인 책들은 깊은 한숨 소리를 냈고, 펼쳐진 공책과 흰 종이들은 뭔가 흐뭇하지 않은 듯 서걱거렸다. 글을 읽고 쓰는 일이 동주에겐 말하는 것과 다르지 않았을 것이다. 동주는 그저 묵묵히 읽고 뭔가를 열심히 썼다. 일본어였든 조선어였든 나는 그걸 읽지 못했다. 그가 공책에 쓰는 글자가 일본어인지 조선어인지, 아니면 중국어인지 만주어인지 영어인지 몰랐다.

 허리를 곧게 펴고 앉은뱅이책상을 배꼽 가까이 끌어당겨 쓰던 공책 위에는 푸른 잉크로 가득했다. 줄을 맞춰 가지런히 내려 쓴 글씨들과 비스듬히 여백을 채운 작은 글씨들이 때로는 정겹게 어우러지다가 때론 어지럽게 소용돌이쳤다.

 글자 모양만 봐도 한숨과 격정, 망설임과 회한이 느껴졌다. 언제나 가장 늦게까지 불 켜져 있던 곳이 그의 방이었다. 모두가 잠든 새벽에는 종이 위를 달리는 그의 펜촉 소리가 복도까지 들릴 정도였다.

 뭘 그토록 쓰는지 알 수 없었다. 동주는 말없는 사람이 아니었다. 입을 열어 말하는 대신 속으로 삼켰고, 삼키고 남더라도 종이에 적는 사람일 뿐이었다.

 하고 싶었으나 끝내 못 했던 게 모모와레였다. 그러나 하고 싶어서 한 게 있었다. 글쓰기였다. 세상에 태어나 두번째로 하고 싶었던 것이었다. 첫번째가 모모와레, 두번째는 글쓰기. 나도 놀랐다. 공포스럽던 글자를 더 이상 피하지 않겠다고 맘을 먹은 것이다.

비로소 의지라는 것을 내어 뭔가를 추구할 줄 아는 요코가 돼가고 있었던 것이다. 피하고 숨는 것과는 정반대쪽 현상이었다. 역시, 동주 때문이었다.

쉿!

검지를 입술에 대고 그가 작은 종이쪽지를 내밀었다. 어느 날 저녁이었다.

종이에는 다섯 개의 글자가 적혀 있었다. 다섯 개인 건 분명했으나, 아득했다.

술판을 벌였는지 옆방이 떠들썩했다.

동주는 은밀하면서도 익살스러운, 묘한 표정을 짓고 있었다.

웬일로 쪼다가 귀여움을 떠나?

나는 속으로 비웃었다.

동주가 입술에 댔던 검지로 종이 위의 글자를 콕콕 찍었다. 그리고 그 손가락을 다시 입으로 가져가 꿀꺽 삼켰다.

나는 우두커니 서 있었다. 글을 모른다는 걸 그가 알 리 없었다. 오카미 상 말마따나 나는 열다섯, 클 만큼 큰 년이었으니까. 동주에겐 잘못이 없었다. 그래도 그가 미웠다.

주의를 빠르게 휘둘러본 뒤 동주가 도둑놈처럼 말했다. 잔뜩 후두염에라도 걸렸는지, 쉰 목소리였다.

만쥬—.

만쥬. 낮에 빚은 만두가 남았으면 갖다 달라? 나는 척 알아들었다. 글을 모르면 눈치가 빠른 법. 옆방 모르게 살짝 가져오라는 뜻이었다. 급식 담당 히구치 아줌마가 뭐랄지 약간 걱정이 되었다. 여의치 않으면 훔치지. 훔치는 건 내 장기고 즐거움이었다.

동주의 귀에 입술을 가져다 댔다. 그가 그랬던 것처럼 나도 후두염 걸린 쉰 목소리를 뱉었다.

방금 도둑놈 같았다는 거 아냐?

동주가 준 종이쪽지를 버리지 않았다. 찐만두 끄트머리를 콩알만큼 떼어 종이 뒤에 으깼다. 내 방 벽에 꽝 붙여두었다. 볼 때마다 작게 소리 내어 읽었다. 만쥬—. 만쥬—.

처음으로 읽고 쓰게 된 글자가 만쥬まんじゅう였다.

내 방에 종이쪽지가 하나 둘 늘어나기 시작했다. 종이에 글자를 써 주었던 건 동주가 아니었다. 그에게 부탁하고 싶지 않았다. 가모加茂 다리 밑에 사는 늙은 거지, 교진橋人에게 써 달라고 졸랐다.

요코가 처음 읽고 쓴 글자가 만쥬まんじゅう였다면, 그 여름 내가 검색창에 하염없이 친 글자는 만주まんしゅう였다.

滿洲.

글자를 칠 때마다 시게하루의 음성이 떠올랐다.

"소장 자료 찾기에 들어가서 찾고자 하는 자료의 검색어를 입력창에 치는 거야, 탁탁탁."

시게하루는 그렇게 말했다.

"어째서 군이 국회 도서관까지 가야 하는 거지?"

그때 나는 물었다.

"그렇게 하라니까지."

내가 그 일을 하게 될 거라고, 시게하루는 굳게 믿는 눈치였다.

"U인지 뭔지가?"

"하여튼 뭐, 그곳에 자료가 가장 많기 때문 아니겠어? 그건 누구나 다 아는 사실이니까. 국회 도서관 검색 끝나면 슬슬 전국 대학 도서관으로 확대할 것 같아."

"졸업하고 취업할 때까지 아르바이트 걱정 안 해도 되겠군."

"바로 그거지. 겐타로 너도 안 하곤 못 배길 거야."

"집에서도 할 수 있는 일이라야 하거든, 내 말은."

"이 미치도록 더운 날 집에서? 에어컨 빵빵한 도서관이 낫지."

"슬슬 게임도 하고 싶으니까."

"목록만 보는 거라면 집에서도 가능하지. 하지만 체크된 도서를 서가에서 찾든 대출대에서 빌리든 읽어야 하잖아. 아직 DB문서들은 관외 송출이 안 돼. 전자 자료실 모니터로 다 읽어내야 한다고."

"더워도 집이 좋아."

게임에 대한 미련을 나는 버리지 못했다.

"기동성이 있어야지. 체크된 목록을 잽싸게 찾아 읽어야 하잖아."

"잽싸게라니? 일당이라며? 건당 지불이 아니고."

"일당인 건 맞지만, 젠타로."

시게하루가 심각한 표정을 지었다.

"또 무슨 조건이 붙나? 분명 일당이라고 했어, 너."

"우리 둘만 이 일을 할 거라고 생각하는 거야? 일 처리 속도 꽝이면 그냥 잘리지 않겠냐구. 통장에 돈 안 들어오면 그 날로 캭, 끝이잖아. 나의 사랑하는 친구. 날씨는 덥지만 제발 우리 좀 집중하자."

"일당이라더니, 확실한 저의가 있었군."

"이제 좀 정신이 드는 모양이네. 거저 돈 주는 세상 아니잖아. 정말 덥지? 도서관에서 일하는 게 좋아. 우리 돈 벌어야 해. 그래야 치카도 후유미도 찾아오지."

"치카라면 모를까, 난 아니거든, 후유미."

"너 후유미 굉장히 좋아했잖아."

"그랬지. 그 애라면 죽어도 좋다고 생각했으니까."

"지금은 아니야?"

"지금도 그래."

"그런데 아니라는 건 뭐야?"

시게하루가 물었고, 나는 있는 힘껏 소리 질렀다.

"후유미가 전당포에 잡힌 물건이 아니잖아!"

"미안, 미안. 하지만 지금으로선 치카나 후유미의 맘을 돌려놓을 방법이라곤 돈밖에 없어. 난 그렇게 생각해. 돈을 주고 데려온다는 뜻이 아니잖아. 걔네들이 어디 인질로 잡혀 있는 것도 아니고. 주머니에 돈이 있으면 내가 많이 달라질 거 같다는 말이야. 왠지 스스로 그렇게 될 것 같아. 진심이야. 그러면 치카는 꼭 돌아올 것 같고. 내 말이 이상해?"

"이상하진 않아."

"이상하진 않지?"

"알량해."

시게하루의 계급이 너무 낮다, 고 나는 생각했다. 대대로 그의 집안은 계급이 낮았다고. 그런 시게하루가 나에게 항상 하는 말은 '너와 나는 계급적으로 같은 처지 아니더냐?'였다.

"알량?"

시게하루가 물었다.

"아르바이트 두세 달 해봤자 얼마나 번다고."

"시작일 뿐이지. 아르바이트 잘하는 놈이 나중에 돈을 많이 번다는 통상산업성 공식 통계가 있어."

"그걸 치카가 믿겠니?"

"치카가 알려준 통계거든."

"아……무래도 넌, 그래, 돈을 많이 벌어야 할 것 같아."

"그럴 거야. 씩씩하게."

이런 말들, 더 이상 주고받을 수 없게 되었다.

어느 순간, 씻어놓은 접시 위의 수분이 마르듯, 시게하루는 깨끗하게 없어졌다.

그가 도서관에 나오지 않았다.

날짜는 정확히 모르겠으나 그가 나오지 않던 날짜의 신문 기사는 이상하게도 명확하게 기억한다. 서른여덟 살의 노장 투수, 기요하라의 짝꿍 구와다가 메이저리그 피츠버그 파이리츠 입단에 합의했다는 보도였다.

신문을 보면서 생각했던 것 같다. 그들이 유명한 이유는 높은 몸값 때문이라는.

결국 유명해서 몸값이 오르는 걸까 몸값이 높아서 유명해지는 걸까라는, 도무지 쓸모없는 생각을 하고 있었다는 말이다. 아무래도 나와 시게하루는 아무리 콤비를 이루더라도 유명해지거나 몸값이 오르지는 못할 거라는 생각도 했던 것 같다. K.K. 콤비가 유명하고 몸값이 높은 까닭은 어디까지나 실력과 성적 때문이라는 사실을 나는 왠지 그날따라 모른 척하고 싶었다.

시계하루가 없는 그날의 도서관은 고즈넉했다.

그가 늘 앉던 옆자리는 종일 비어 있었다. 내가 앉던 책상은 하이그로시인 데 반해 그의 자리는 의자며 책상이 모두 나왕 소재였다. 표면이 꺼끌꺼끌해서 좋다고 했던.

아무리 에어컨을 빵빵하게 틀어도 디지털 센터는 늘 후텁지근했다. 건물을 확대 리모델링하면서 지나치게 창을 크게 낸 탓이었다. 하늘도 보이고 구름도 보여서 좋은 점이 없지 않았으나 엄청난 태양빛을 제대로 차단하지 못했다.

"이런 게 다 관료들의 수의계약 때문이라구."

관공서 건물 리모델링 사업의 근본적인 문제까지 다 알고 있다는 듯 말할 때만 해도, 시계하루는 나왕 책상에 앉아 있었다. 에어컨 운운하며 나를 도서관으로 이끈 것을 멋쩍어하면서.

후텁지근한 도서관에서는 하이그로시보다 나왕의 감촉이 단연 좋았다. 도서관에서 일하자고 꼬신 주제에 나왕 책상은 먼저 차지한 시계하루가 고까웠다. 다 때려치우고 집에 가서 선풍기 쐬며 게임이나 하고 싶은 마음이 굴뚝같았다.

그런 날들이었는데, 시게하루가 사라진 날은 분위기가 고즈넉했고 전혀 덥지 않았다. 어느새 입추가 지난 건가, 달력까지 흘끔거렸다. 기온을 오 도쯤 거머쥐고 시게하루가 멀리 도망 가버린 듯했다.

묘하게 고즈넉하고 서늘한 도서관 분위기가 전적으로 시게하루의 부재 때문인 것 같았다.

친구는 당연한 듯 전화를 받지 않았다. 그가 나타나지 않았고, 기온이 오 도쯤 하강했고, 도서관 내부가 전에 없이 잠잠하다고 느껴졌던 순간 이미, 나는 친구가 전화를 받지 않을 거라 예감했다.

다음 날도 시게하루는 나타나지 않았다. 아무 근거도 없이 나는, 그가 천 미터 지하방에 혼자 유폐되어 있을 거라 상상했다. 막막해서였는데, 그냥 막막한 느낌보다는 그렇게라도 상상하는 쪽이 훨씬 숨통이 트였다.

사라진 이튿날 저녁, 그의 집으로 전화를 했다.

"연락이 오겠지. 기다려보자, 겐타로."

친구의 아버지는 저녁식사 중인 것 같았다. 밥을 입에 넣고, 반찬을 넣고, 씹고, 국물을 마시는 느낌이 그대로 전해져 왔다. 밥 먹는 모습을 생생하게 그릴 수 있었다. '연락이 오겠지'가 '밥 먹고 오겠지'로 들렸다.

이상하게도 그의 어머니 움직임까지 눈에 보이듯 느껴졌다. 그의 어머니 역시 남편 곁에서 밥을 입에 넣고, 반찬을 넣고, 씹고, 국물을 마셨다.

다음 날 아침 치카에게 전화했다.
"알고 있니? 시게하루가 없어졌어."
"그래?"
"이틀째 전화도 안 받아."
"전화 안 받는다고 없어졌다고 말할 수 있는 걸까?"
시게하루 부모와 크게 다를 바 없는 반응이었다. 침착하다기보단 무관심에 가까웠다. 갑자기 시게하루가 더 멀게 느껴졌다.
"부모님과도 불통이래."
"곧 돌아오지 않을까?"
영국으로 일 개월 단기 언어연수, 시간이 되면 집으로 돌아오는 것……. 그런 반응이었다.

그들의 무감정한 응답이 나까지 무감정하게 만들진 못했다. 그들에게선 일종의 안도감이랄까 안정감 같은 게 느껴졌다. 내 의혹은 커졌다. 그들은 뭔가 알고 있는 듯했다.
사정을 알면서도 침묵을 지키는 사람들한테 둘러싸여 있

다고 생각하니 기분이 안 좋았다. 물론 아무 근거 없는 생각이었지만, 어쨌든 나 혼자 친구의 행방을 알아낸다는 건 왠지 불가능한 일처럼 여겨졌다.

하지만 나는 일을 게을리 하지 않았다.

'검색어를 입력창에 치는 거야, 탁탁탁.'

주문呪文 같던 친구의 말이 자꾸 떠올랐다. 계시를 훌륭하게 받드는 맹신도처럼 자판을 두드렸다. 탁탁탁. 친구의 말을 떠올리지 않으려 해도 저절로 떠올랐다. 탁탁탁. 여름 내내 그렇게 입력한 검색어가 '만주'였다.

요코에겐 만쥬まんじゅう가 글의 세계로 출발하는 첫 신호였다면, 비슷한 입말인 만주まんしゅう는 내가 그 무덥고 비밀스럽던 여름으로 들어서는 관문이었다.

처음으로 내가 어떤 묘문妙門 앞에 다다라 있다는 암시를 직접 받았던 날도, 나는 검색창에다 맹렬히 만주를 치고 있었다. 탁탁탁.

사이의 말

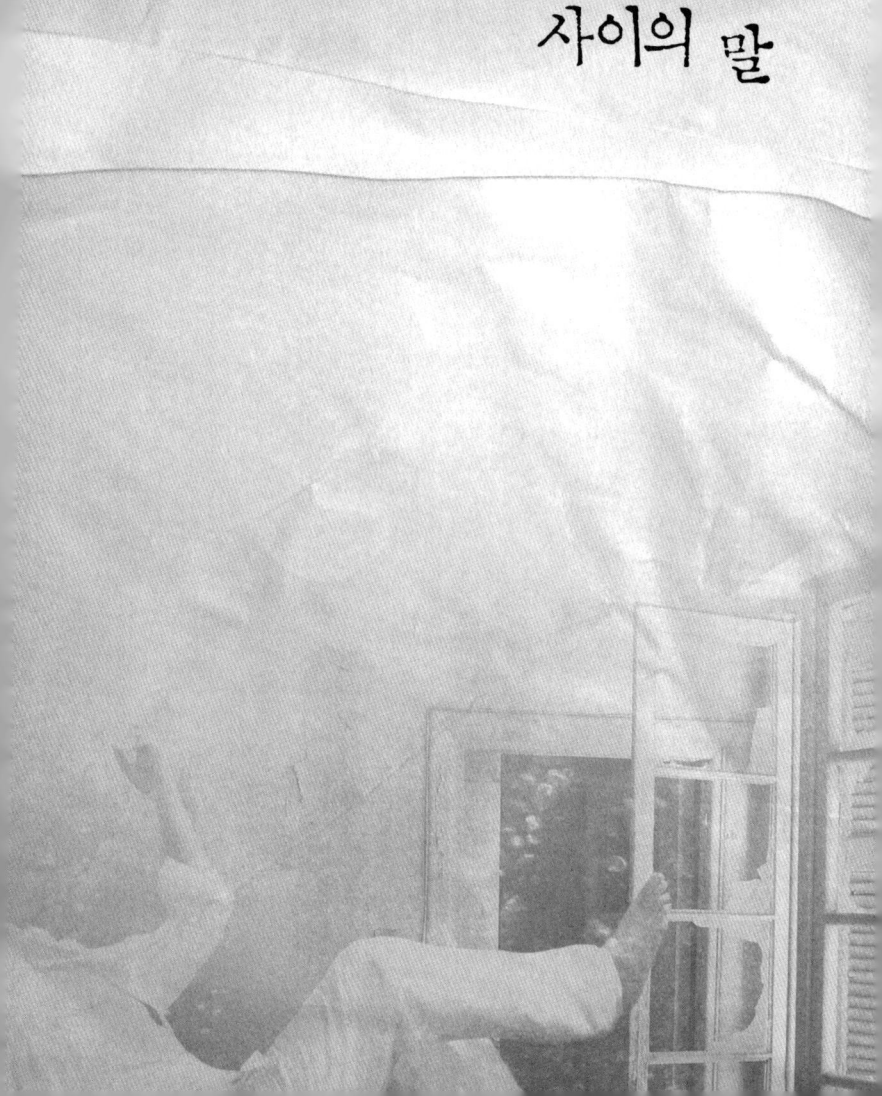

에비라江平에서 도망친다. 에비라 마을. 요코. 도망칩니다. 잘했다. 그딴 에비라. 수군거리는 소리 싫다. 시바사키네, 아오키네, 이케다네 모두 모두······. 나가사키 여편네들.

못생긴 여편네들 천지. 다리가 통 둘레처럼 휘고, 목소리 웃음소리 칼칼칼. 귀신 같은 것들이 나를 놀려. 희다고, 살 희다고 누에라 놀려. 세상 제일 싫은 누에라 놀려. 나는 너희들이 싫어. 벌레 같아 싫다. 더러운 여편네들.

사토 상 전차 타고 드나드는 길. 콤피라 산. 산기슭 에비라 마을 남자들 술 먹고 돌아오는 길. 소리 지르는 길. 어두운 길. 안개가 벽처럼 쌓이는 새벽길. 바깥세상으로 통하는 길. 요코 봐두길 잘했다. 어머니, 시바사키

네, 아오키네, 잘 있어 나는 가. 그딴 에비라. 해 늦게 뜨고 널판집들, 춥고 그늘지고. 그딴 에비라. 세상 살기 좋은 곳이라고. 시바사키네, 아오키네, 뭐가 좋아. 나 없이 어머니 혼자 누구 머리 빗길까.

시바사키네보다 어머니가 천 배 좋다. 좋지만, 정말 지겨워. 말없이 병신처럼, 말없는 어머니는 사람도 아니야. 말이 없는데 사람인가. 개나 돼지다. 지렁이. 뱀. 나는 누에 싫다.

밥하고 빨래하고 잔치하고 꽃 심고 나들이 하고 놀고 노래하고 싸우고 애 낳고 해 지고 비 내리고 먹고 폭풍 오고 춥고 죽고.

사람들은 고향이라 그렇게 찾아오고 꽃처럼 비처럼, 고향이라 죽어 묻히고 나비처럼 폭풍처럼, 고향이라 사랑하고 잔치처럼 나들이처럼. 그런 에비라는 요코 고향 아니다. 그딴 에비라. 좋지 않아. 나는 고향 없습니다. 부모 없습니다. 그러니 싫은 에비라, 싫은 어머니 아버지 떠납니다. 떠났습니다. 교토에서 나가사키는 멉니다.

달 뜨는 에비라가 싫습니다. 달이 져도 싫습니다. 해가 떠도. 명절 에비라, 마츠리 에비라, 밤낮의 에비라 모두. 떠났다 돌아올 고향 아닙니다. 요코는 고향도 부모도 말도 웃음도 없는 사람입니다. 하늘에서 하느님이 떨어뜨렸거나 어디 저기 멀리 딴 곳 흙 속에서 피어났거나.

요코에게는 고향도 부모도 나가사키 산천도 다 가당치 않습니다. 내 것 없습니다. 괜찮습니다. 나도 그들 것 아닙니다. 괜찮습니다. 나는 땅이 없습니다. 동주도 그런가 본데 잘은 모르겠습니다.

나는 말이 늦었다. 세 살을 넘겨서 겨우 한 마디 했단다. '싫어'라는 말이었다.

'싫어'라는 말, 살면서 참 많이도 했다. 그랬다는 사실이 이제 와서 싫다.

말이 늦었던 데다 고향 말은 더 늦었다. 갓난애 때부터 그곳에서 컸으니 고향 말을 따로 배웠을 리 없었다. 배울 필요 없이 그냥 내가 하는 말이 고향 말일 수밖에. 그런데도 '고향 말이 더 늦었다'고 하는 까닭은 뭘까.

요코 공주께서는 언제쯤 나가사키 말을 배우실까.

이웃 아낙들은 말 더듬는 나를 그렇게 놀렸다.

말을 약간 더듬을 뿐 나가사키 말이 아니라고는 생각지 않았다. 그런데 '여편네들'은 내 말이 나가사키 말이 아니라고 했다.

당연히, 나는 나가사키에서 처음 말을 배웠다. 비록 '싫어'이긴 했으나 처음 했던 말도 나가사키에서였다. 나가사키 말이 아니고 무얼까. 말을 더듬었다고 해도, 더듬는 나가사키 말이었을 것이다.

요코 공주께서는 언제쯤 나가사키 말을 배우실까.

나가사키 사람이 아니라는 뜻이었다. 그네들은 알았다. 주워온 아이라는 것 말고 좀 더. 사토 상이 나가사키 바깥에서 낳아온 아이라고, 열이면 다섯이 수군거렸다. 러시아 배에 올랐던 데지마出島* 창녀의 아이라고도 했다. 그네들 말대로라면 내 아비와 어미는 백 명도 넘었다.

어떻게 말하든, 거기엔 경멸이 묻어 있었다. 모를 내가 아니었다.

요코 공주께서는 언제쯤 나가사키 말을 배우실까.

버려진 공주란 공손히 받들어 모실 대상이 아니었다. 백정으로부터도 천시당하는 게 망한 나라의 버려진 공주니까.

내가 무슨 말을 어떻게 하든, 그들에게 내 말은 나가사키 말이 아니었다. 나가사키 사람이 아니었다. 나는 그들이 아니었다. 나는 다 싫었고, 싫다고 했다.

싫다는 말, 싫다는 뜻도 모를 적에 나는 그들에게 무시당했다. 그 무시와 경멸이 쌓여 내 말이 되었고, 첫 마디가 되어 튀어나왔다. 그들은 나를 멀리했다. 싫지 않고는 멀리할 수 없는 거라 생각했다. 그런 생각들을 나는 곰곰이 하거나 진지하게 한 게 아니었다. 나도 싫어……. 생각 이전에 나는 그렇게 말했다. 말하기 전에 행동했다.

시바사키네가 아끼는 애호박을 따다 아오키네 돼지한테 주었다. 시바사키네가 아오키네 뒤에서 땅에 침을 뱉고 발바닥으로 비비는 것을 보았다. 비비는 것을 보았다, 고 은밀히 아오키네에게 고자질했다.

나는 그들에게 거짓말하고 고자질하는 걸 즐겼다.

저치들은 내 거짓말과 고자질하는 말도 나가사키 말이 아니라고 생각하는 걸까? 그러겠지. 나가사키 말이 아닌 말에 좀 당해보시지. 그런

---

* 나가사키에 건설된 외국인 거류 인공섬이었으나 나중에 육지에 이어짐.

심보였다. 나는 나가사키가 아니었고 그들이 아니었으니까.

바깥양반이 팽나무집 뒷간을 훔쳐보며 수음을 했다고 이케다네한테 일러바친 것도 나였다. 에비라 마을 팽나무집에는 젊은 과부가 내 또래의 칠칠치 못한 아이 둘과 살고 있었다.

어쨌는데? 어쨌냐고?

이케다네는 눈에 불을 켜고 다그쳤다. 죄 없는 나를 잡아먹을 것처럼 덤볐다. 그럴 때 사실은 기분이 최고로 좋았다. 나는 웃음을 참고, 교활하게도 한껏 망설이며, 바깥양반이 했다는 동작을 흉내 냈다. 정말 아주 많이 머뭇거리며. 하지만 결코 미세한 동작 하나까지 빼놓지 않고.

꾸며낸 말일 수 없었다. 어린 여자아이의 망측한 손동작과, 몽롱해지고 부르르 살짝 떠는 모양을 이케다네는 끝까지 지켜봤으니까. 못된 아비와 사는 나로서는 그런 흉내 따위 누워서 떡 먹기였다.

다음 날 이케다 상의 멍든 왼쪽 뺨을 보았다. 내 거짓 고자질 하나로 이케다네와 그네의 바깥양반이 쌍으로 속불이 나고 썩고 상했을 걸 생각하니 고소했다.

그날 나는 이케다 상한테 큰 주먹으로 머리통을 얻어맞았다. 거짓 고자질한 대가였다. 세상이 무너지는 것처럼 아팠다.

병신.

맞으면서도 속으로 비웃었다. 내가 일러바쳤다고 이케다네가 지 남편에게 말한 거겠지. 쌍으로 무식한 인간들. 나는 에비라 마을이 다 떠나가라 고래고래 소리치며 울었다.

결국 온 마을 사람들이 이케다 상 면상에 난 멍자국의 정체를 알게 되었다. 그리고 다음 날부터 이케다 상은 오른쪽 뺨에까지, 전날 것보다 훨씬 크고 짙은 멍을 달고 다녔다.

요코 공주께서는 언제쯤 나가사키 말을 배우실까.

이 말 한마디가 그토록 실망스러웠을까. 단연코 그랬다. 구구하게 쓰기 싫어, 그들이 했던 말 중 가장 얌전한 축에 속했던 말을 한 마디만 골라 적었을 뿐이다.

말은 말로만 말이 아닌 것이다. 그들이 나를 바라보고, 눈빛을 짓고, 말없이 웃을 때, 해일 같은 경멸이 나를 덮쳤다. 아니라고 살갑게 말한들, 아닌 게 아닌 것이다. 나쁜 여편네들이라고 생각했다.

내가 그들을 떠난 게 아니었다. 에비라 마을이 나를 몰아낸 거였다. 친절과 우호를 가장하여 그들은 나를 점잖은 말로 업신여기고 깔보았다. 에비라에 살고 있을 때마저도 나는 그곳을 떠나 있었다.

나를 감싸줄 사람이 있었다면 어머니나 아버지뿐이었다. 그러나 어머니는 못났고 사토는 막무가내였다. 마을 사람들은 두 사람을 탐탁찮게 여겼다. 두 사람은, 나에 대한 마을 사람들의 경멸에 일조를 했을 뿐이다. 나를 동정하지 않는 마을 사람들이 조금도 서운하지 않았다. 그들을 맘껏 우롱하는 걸로 되갚았다.

어머니는 말없는 등신이었다. '죽고 싶다'는 말이 전부였다. 움직임이 없었다. 존재가 아니었다. 아버지가 시키는 대로 밥을 하고 이불을 꿰매고 중뿔나게 내 머리만 빗기고, 올리고, 맬 줄 알았을 뿐, 나에게 아무런 바람막이도 돼주지 못했다. 내게 고향이 있다면 그건 정말 어머니 같을 뿐이어서, 존재하지 않았고 작동하지 않았다. 나는 그것의 존재를 인정할 수 없었다.

아버지는 어땠나. 말해 뭣할까. 축제가 오면 마루마게를 얹게 하고 종일 나를 못살게 굴었다. 정말 말해 뭣할까. 축제가 지난 계절이면 아버지는 콤피라 산에 달이 떠오르길 기다렸다.

아버지는 달에 미친 인간이었다. 달빛 어린 창가에서 어린 나는 별짓을 다 당했다. 그러는 동안 어머니는 잠만 처잤다. 정말 자고 있었는지는 모르지만. 아, 말해 뭣할까.

나는 미련 없이 에비라를 떠났다. 어머니와 아버지와 마을 사람들, 고향이라는 말에 집어넣을 수 있는 모든 것들이 머리에서 지워지길 바랐다. 하나도 남아 있지 않길. 고향을 버리는 데 아무런 망설임도 없었다. 나는 그 무엇도 다 그렇게 버릴 수 있을 것 같았다. 나마저도.

동주에게 고향을 물은 적 있었다.

어딘데? 동주 고향. 거기 조선 맞나?

동주는 대답하지 못했다.

이야기가 소라미라는 여학생에게로 옮겨가는 바람에 더 묻지 못했었다.

 언젠가 그에게 또 물었다. 교토의 지독한 더위가 한풀 꺾이던 날 저녁이었다.

 중국어도 쓰고 조선어도 쓰고 만주어도 쓰고 일본어도 쓰고 영미어도 쓰는 그곳, 조선 맞나?

 동주는 그날도 대답하지 않았다.

 조선 맞나?

 내 질문이 밉살스러웠을 것이다. 시비조였으니까. 언제나 그랬지만 그날따라 나는 만만한 동주에게 심하게 굴었다.

 동주 고향 말이야. 그곳이 어디든, 그곳이 조선이 맞느냐고 묻는 거거든?

 나는 신경질을 부렸다. 동주는 내 눈만 빤히 내려다보았다. 도무지 속을 알 수 없는 눈빛으로. 그의 어깨에서 팔, 팔에서 손목으로 이어지는 수려함이 아까워서

 아깝다 아까워…….

 혀를 찼다.

 그의 눈은 저녁 어둠을 모두 빨아들인 듯, 검고 깊기만 했다.

 그날 저녁을 특별히 기억하는 이유는 날씨 때문인 듯하다. 지구는 천천히 공전하지만, 갑자기 뜨거워지고 갑자기 식는 게 날씨였다. 교토의 가을이 그토록 성큼 다가오는 것은 다른 지역과 차별되는 지독한

더위 때문일 것이다.

바깥공기가 선선해지면 타케다 아파트 사람들은 여간해선 집 안으로 들어갈 생각을 하지 않았다. 갑자기 시원해진 바람을, 갑자기 받은 선물처럼 좋아했다.

학생들은 더 오래도록 밖에 남아 제가끔 잘난 척 떠들었다. 그저 배우는 게 일이니, 잘난 척마저 안 한다면 먹고 사는 재미도 없겠지. 고까웠다.

잘난 척들을 하다 보면 종종 싸움으로 번졌다. 토론이 말싸움이 되고, 말싸움은 결국 주먹다짐이 되었다.

잘난 것들은 싸움도 저따위로 하나?

그들의 주먹다짐을 보며 비웃곤 했다. 돌이나 몽둥이 따위 쓰지 않고 끝까지 맨몸 맨주먹으로 승부를 가리는 것. 그게 정정당당한 걸까? 멋진 걸까?

도무지 비겁하거나 치사할 줄 모르는 것들. 나와는 정반대였다. 싸움이란 이기는 게 목적인데 가릴 게 뭐 있나? 이게 요코의 생각이었고, 어린 나는 그러는 게 외려 온당한 거라 여겼다.

전쟁에서도 총과 칼과 대포를 쓰지 않던가. 일본은 그때 전쟁 중이었다. 총과 칼과 대포, 비행기와 군함을 몰고 끝내는 미국과 붙었다.

싸움이란 그런 거였다. 맨몸 맨주먹으로 승부를 가리는 건 잘난 척하는 놈들의 사치스런 놀이일 뿐이었다. 머잖아 나라의 간성이 될 놈들. 그리되고 나면 수단과 방법을 가리지 않고 간교하고 악랄해질 가소로운 놈들.

그날 저녁을 기억하는 또 하나의 이유가 바로 그거였다. 싸움. 선선해진 늦여름 밤 잘난 것들의 패싸움. 일본인 학생과 조선인 학생 간의 주먹다짐.

그런 일은 종종 있었다. 두 패 사이에 심상찮은 분위기가 감돌기 시작하면 나는 막 설렜다. 후박나무 그늘에 숨어서 그들이 어서 붙기를 바랐다. 지르고 넘어지고 터지는 싸움의 열기가 좋아서 나는 어쩔 줄 몰랐다.

누군가의 주먹이 누군가의 옆구리를 지를 때마다, 그 둔탁한 소리가 저녁 어둠을 흔들어놓을 때마다, 나는 침을 삼키며 속으로 열광했다. 내 몸 속을 조용히 흐르던 피가 빨라지고 뜨거워지는 순간을 즐겼다. 그날도 그랬다.

일본인 학생들은 어떻게든 명분을 앞세웠고 조선인 학생들은 울분을 앞세웠다. 어느 쪽이건 나에겐 아무 상관없는 거였다. 격렬해진 그들의 몸이 가혹하게 부딪히기만 하면 그만이었다.

양쪽 모두 약속이나 한 듯, 입 꾹 다물고 주먹을 뻗고 발길질을 했다. 그래선지 지르고 맞고 넘어지고 구르는 소리가 어둠 속에서 적막하기조차 했다.

아무도 말릴 생각을 하지 않았다. 병원에 실려갈 만큼 부상을 입지 않았다. 형사적 책임을 면하기 위해 서로 큰 상처를 내지 않는 거라고, 오카쿠라 상이 말한 적 있었다. 내 생각이 맞는 거였다. 그들의 싸움은 사치스런 놀이였다.

그것마저 나는 상관하지 않았다. 보고 듣고 느끼며 즐기면 되는 거였다. 누가 이기든, 결과 따위 나에겐 하나도 중요하지 않았다. 어둠 속을 빠르게 가르며 달려오는 파열음. 그 소리에 내 몸이 깜짝깜짝 놀라고 흩어지고 떨었다. 그것만으로 나는 좋았다. 뭔지는 몰라도 뭔가가 급작스럽게 내 안에서 해소되는 것 같은 기분.

대개는 조선인 학생들이 이겼다. 이유는 알 수 없었다. 공분公憤이라는 것이 사람을 강하게 만드는 거란다. 오카쿠라 상의 말을 나는 믿지 않았다. 그들의 공분이란 것을 잘 몰랐지만 어쨌든 울분 같은 게 그들을 강하게 만든다고 생각하지 않았다. 내가 보기엔 그냥 조선인 학생들이 싸움을 잘했을 뿐이다.

겉으로만 봐도 조선인 학생들이 이길 것 같았다. 체격과 몸집이 그랬다. 기운이. 싸움에 자주 끼어드는 조선인 학생이 정해져 있긴 했다. 그들은 단단하고 늠름하고 빨랐다. 그들이 대적할 일본인 학생이 몇 명이냐에 따라 승부가 조금씩 달라졌다.

조선인 학생들이 더 자주 이길 것 같아 나는 걱정했다. 승부가 짐작되는 싸움은 싱거울 수밖에 없는 법. 어느 쪽이 이기든, 나는 될 수 있으면 더 치열하게 붙고 아프게 깨지길 바랐다. 승패가 안 나길 바랐다. 다행히 승부는 쉽게 나지 않았고, 심심찮게 그들은 붙었다. 나는 좋았다.

동주는 싸움에 가담하지 않았다. 그날도 마찬가지였다. 선선한 저녁 공기가 팽팽한 긴장으로 당겨지는 순간, 동주는 슬그머니 자리를 떴다. 비겁하게.

나는 눈을 흘겼다. 누구보다 비겁하고 간사했던 나는, 남의 비겁함을 참지 못했다. 요코다운 요코라는 게 있다면 바로 그런 거였다.

오카쿠라 상이 말하는 조선인들의 공분이라는 것을 나는 몰랐다. 알아야 할 이유도 없었다. 동주를 비겁하다고 생각한 건 공분이니 그런 것 때문이 아니었다. 끼었어야 할 때에 끼지 않았다는 것. 어디까지나 그 때문이었다.

막 싸움이 벌어지려는 숨 가쁜 순간에 뒤로 슬쩍 빠지는 놈이란 재수 없는 인간일 뿐이었다. 그런 인간들 때문에 싸움이 싱거워지고 마니까.

한번 뻗어봄 직하게 생긴 게 동주의 팔이었다. 그렇게 생각했다. 가붓한 어깨며 긴 팔이며 작지 않은 주먹이 제법 날렵해 보였다. 휙, 공기를 가르며 상대의 몸 깊이 경쾌하게 꽂힐 만했다. 그런데 그는 회피했다. 나는 수려하기까지 한 동주의 팔을 흘기며

아깝다, 아까워…….

혀를 찼다.

중국에서 온 놈들은 끼고 싶어도 못 낀다는 거 모르나?

나는 함부로 지껄였다.

요코…….

나를 불러놓고 그는 또 아무 말 하지 않았다. 그만하라는 뜻이었겠으나 그만하면 요코가 아니었다. 동주는 만만했다.

조선 학생 수가 그만큼은 되니까 붙는 거야. 중국 것들은 쨉도 안 되잖아, 숫자가. 오늘도 조센징들이 이길 것 같았는데 함께 덤비지 그랬어?

요코…….

요코 요코. 부르지만 말고 말 좀 해봐.

열다섯 살짜리 계집아이의 말투라기엔 지나치게 버릇이 없었으나 나는 그때 정말 그랬다. 동주는 스물여섯 청년이었다.

요코는 어느 쪽이 이기길 바라지?

질문이었다. 난 즉각 대답했다.

상관없어. 싸움 구경을 즐길 뿐이거든.

나는 내 대답이 멋지다고 생각했다.

요코는 일본인인데 어째서 상관없다는 걸까?

일본인이라고 일본 학생 편이어야 하나?

그럼 조선인이라고 조선 학생 편에 가담해야 하나?

오호!

말이 된다. 말이 된다고 생각했다. 대학생이라 역시 다른 건가? 나는 잠깐 기선을 빼앗긴 듯했다.

일본이 내 나라라는 생각이 없기 때문이야, 라는 말을 침과 함께 목구멍 깊숙이 넘겼다. 정말 그런 생각을 했던가.

어머니 아버지는 분명 내 어머니 아버지가 아니었다. 나가사키 에비라 따위, 나는 고향으로 생각하지 않았다. 그 둘을 버렸다. 그렇담 일본은? 일본이 내 나라일까.

망설이는 사이 동주가 말했다.

어째서 싸우는지도 모르고 무조건 자기 나라 편에 서는 게 옳을까?

아, 동주는 옳고 그르고 그런 걸 따지는구나?

비아냥거렸다.

따지지.

언제까지?

판단이 설 때까지겠지.

아휴, 관둬 관둬. 그러다가 싸움 다 끝나겠네.

그러려나?

동주의 말이 무지 짜증스러웠다.

지고 나면 무슨 소용 있나? 조센징들 다 깨지고 나면.

조센징이 늘 옳다고 보나, 요코는?

아, 아, 그래. 맞아. 동주는 옳고 그르고 그런 거 따진다고 했지.

응.

어련하실까…….

잠시 대화가 끊겼다. 내 공박이 갑자기 무뎌진 것 같아 기분이 더러워졌다. 언제까지고 옳고 그른 것만 따지다 밤이나 새워라. 싸움 다 끝난 뒤에 달려와 봤자 비겁한 놈일 뿐이지.

동주는 옳고 그른 게 뭔지 아나?

내 편이 옳지 않을 수 있다는 건 알지.

조선 학생들이?

응. 만일 내가 일본인이라면, 일본 학생들이.

조선이 옳지 않을 수도 있나?

응. 일본이 옳지 않을 수도 있듯이.

조선인이게도 조선이 항상 옳은 건 아니라구?

일본인에게도 일본이 항상 옳은 건 아니듯이.

왜 따라해?

대답하는 거야.

그럼 동주는 늘 옳은 쪽 편인가?

그러려고 해.

옳지 않으면 조선 쪽에도 안 서나? 옳으면 일본 쪽에도 설 수 있나?

…….

왜 말 못 하나?

늘 고민이지.

고민만 할 건가?

늘 부끄럽지.

말장난하나?

귀여운 네 앞에서도 내 대답은 늘 망설이고…….

내가 귀엽나?

예쁜 네 말에 죄인처럼 머뭇거리지.

빠카나마네오싯데이루네ばかなまねをしているね.*

나는 그가 측은했으나, 나를 바라보는 그의 눈이 훨씬 더 측은해 보였다.

아, 나는 정말 이런 게 기분 나쁜 것이다…….

속으로 중얼거리고 나서 물었다.

그곳, 조선 아니지?

대답하지 않았다. 다시 물었다.

중국어도 쓰고 조선어도 쓰고 만주어도 쓰고 일본어도 쓰고 영미어도 쓰고 그랬다는 곳, 조선 아니지?

응.

그가 밤하늘을 바라보았다.

그럼 그렇지. 동주도 조선인 아니지?

• 지랄하고 있네.

조선인이야.

조선 아니라며? 그곳에서 태어나 자랐다며? 그런데 어째 조선인이야? 조상이 조선인이니까 자동으로?

동주는 대답하지 않았다.

조선 옷 입어서?

대답하지 않았다.

어딘데 거기가?

간도.

간도? 일본말로는 어떻게 부르나?

같아. 간도間島. 사이 간, 섬 도.

간도. 간도……. 무엇과 무엇 사이에 있는 섬이란 뜻? 무엇과 무엇 사이에 있는데?

중국 만주 일본 조선, 그리고…….

그들 나라 사이에 섬이 있나?

섬은…… 아니야.

섬이 아니라구?

응.

간도라며?

섬이라면 이상하고 복잡한 섬이겠지. 그 섬에서는…….

섬에서는?

조선어로 시를 쓰면 조선 사람인 거야.

아, 씨. 점점 모를 소리.

어머니에게 배운 말이 조선어면 조선 사람인 거지. 요코가 어머니한테 일본어를 배워서 일본인인 것처럼.

엄마가 날 낳진 않았어.

비밀이랄 것까진 없었지만 그 말을 내 입으로 처음 한 게 동주한테였다.

낳진 않았어도 젖은 줬겠지.

그가 말했다.

말은 젖 같은 거야. 그게 육신이 되고 영혼이 됐을 테니까. 젖과 같은 어머니의 조선말을 나는 먹고 자랐어. 그래서 내가 조선인인 거라고 생각해.

엄마 젖도 난 못 먹었어. 안 먹었대. 갓난쟁이 때부터 꼴통이었던 거지.

그래도 말을 배웠잖아. 젖 먹은 거랑 같아.

달라. 동주는 엄마가 있고 젖이 있고 고향이 있고 말이 있어. 나는 입만 까져서 겨우 말만 알지. 병신같이 쓰지도 못……

거기서 그만두었다. 나는 그때 겨우 '이것은 구루마입니까'를 쓰던 때였다.

말을 돌렸다.

동주…… 시 쓰나?

또 대답이 없었다.

기다려주기로 했다. 늘 고민하고 늘 부끄럽다는 고백도 들은 터였으니까. 망설이고 머뭇거린다고 제 입으로 말했으니까.

잘 쓰려고 해. 잘 쓰고 싶다.

반짝 그의 눈이 빛났다. 나를 측은해하던 눈빛이 사라진 곳에 결연한 의지가 깊은 밤처럼 고이고 있었다.

그래서 조선말 하면 조선인인 거라고 했구나. 시인이라서.

동주가 조용히 고개를 끄덕였다.

밤늦게까지, 새벽까지 쓰는 게 시였나?

끄덕이던 고갯짓을 멈추었다.

발표도 했겠네, 어디엔가. 응?

아무 반응이 없었다.

보여줄 수 있나?

읽을 수도 없을 거면서, 물었다. 조선 글씨일 텐데.

그는 머뭇거렸다.

일본 와서 일본어를 쓰니 이젠 일본 사람인가? 일본말로도 시 쓰나? 응?

그는 망설였다.

뭘 그리 주저하나, 늘, 동주는? 응? 응?

그가 흡, 하고 어두운 밤공기를 들이마셨다. 잠깐 멈추었던 숨을 다시 천천히 들이켰다.

그렇게 시작된 들숨은 그치지 않았다. 까만 밤하늘을, 광대한 우주를 다 들이켜듯 길게 길게 숨을 들이마셨다.

뱉지 않고, 들이켜기만 했다. 어찌 그럴 수 있는 건지 의아했다. 내 눈앞에서 그의 가슴이 터질 것처럼 부풀어 올랐다. 얼굴이 서서히 팽창했다. 거대한 공기 자루가 된 그가 어느 순간 폭발해버리거나, 나를 통째로 집어삼킬 엄청난 괴물로 둔갑할 것 같았다. 나는 슬슬 무서워지기 시작했다.

요코, 집 안으로…….

그가 간신히 신음을 흘렸다.

들어가. 날…… 혼자…… 내버려둬.

필사적으로 내뱉었다.

제발…….

숨이 넘어갈 듯 보였지만 나는 그의 말이 냉큼 반가웠다. 도망치고 싶었으니까.

서둘러 뒷걸음질치며 나는 투덜거렸다.

들어가라면 못 들어갈 줄 알고?

아파트 문 안으로 들어서다 말고 잠깐 눈을 돌렸다. 그는 후박나무에 기대어 숨을 몰아쉬고 있었다. 어두웠지만 그의 창백한 낯빛이 고스란히 느껴졌다. 어느새 바람이 다 빠져나간 그의 몸은 길고 가늘고 초췌했다. 세상에 그렇게 안쓰러운 사람의 모습은 처음이었다.

나로 인해 누군가 괴로워하는 것을 나는 개의치 않았다. 여간해서는 사과 따위 하지 않았다. 즐겼다. 그러나 그날 저녁은 즐겁지 않았다.

그에게 다가가 어쭙잖게 사과할 내가 아니었다. 정말 그건 내가 아니었다. 안 하던 짓을 하면 내가 전혀 다른 계집아이로 확 바뀌어버릴 것 같았다. 바뀐 나를 감당하기가 무서웠다.

어찌 되든 말든……

다시 뒤돌아보지 않고 아파트 안으로 들어섰다. 그럼으로써 나를 지켰다. 방에 들어와 두 문장을 썼다. '이것은 구루마입니까.' '아니오, 그것은 타쿠시입니다.' 그리고 잤다. 아침에 산책을 나서는 동주를 조리실 창밖으로 보았다.

시인의 뒷모습이란 저런 건가?

혼자 중얼거렸다.

그날 아침 동주의 뒷모습은 지금도 선하다.

그를 바라보다 오카미 상한테 뒤통수를 얻어맞았다.

똑바로 젓지 못하겠니? 다 눋잖아. 꼴통아.

타케다 아파트에서 도망치는 날 오카미 상한테 맞은 매를 반드시 한꺼번에 되갚겠다고 별렀다.

그날 밤 어째서 동주가 그토록 괴로워했던 건지 나는 알지 못했다. 무엇이 그를 건드렸던 거며, 어디를 건드렸는지 알 수 없었다. 그의 기억 어딘가에, 치명적인 급소가 자리하고 있다는 사실만 알게 되었을 뿐이다.

간도라는 곳이 어디인지, 나는 오랜 세월이 지나서야 알게 되었다. 그가 이 세상을 떠나고 나서도 한참 뒤에.

지금 생각건대, 교토에 살면서도 동주는 간도를 떠나지 못했던 것 같다. 무언가의 사이에 존재한다는 뜻으로서의 간도를. 고향과 나라와 이름과 말을 잃은 사람이었으나 그는 그때껏 멍에처럼, 간도를 등에 지고 다녔던 건지도 모른다.

그는 조용하고 우유부단했다. 가담하지도 피하지도 못했다. 패싸움 따위를 두고 하는 말이 아니다.

일본은 모든 국력을 싸움판에 몰아넣을 때였다. 천 년이 넘은 조선의 범종梵鐘을 용광로에 넣어 병기를 제작하던 때였다. 너나없이 맹렬하고 확고한 신념에 취해 있었다. 일본은 세계를 적으로 삼아 전쟁을 벌였고, 조선은 민족해방의 기치 아래 모였다.

들뜨고 분연해할 때 동주의 고민은 그것들 바깥에 있거나 그것들 사이에 있었다. 맹렬하고 확고한 것들에서 광기의 흐름을 봤을 것이다. 옳고 그름을 따지는 사람이었다면 조용하지 않을 수 없었을 것이다. 망설이지 않을 수 없었을 것이다. 아무것도 알지 못했던 요코에겐 그런 그가 비겁하고 재미없는 인간으로밖엔 보이지 않았다.

나, 요코뿐이었을까. 타케다 아파트에 기숙하던 조선 학생들도 그가 싸움에 가담하지 않는 이유를 제대로 알지 못했다. 도시샤 대학을 다니던 다른 조선인들도 마찬가지였다. 그의 온유함을 귀한 인품으로 여겼듯, 결단성 없는 점도 천성으로 간주했다.

그렇듯 동주의 주저踟躇는, 요코뿐 아니라 누구에게도 흔쾌히 납득될 수 없었다. 동주가 타케다 아파트에 머물 당시 세상은 온통 불에 덴 듯, 민감한 파시즘이 판을 쳤다. 극단적 전체주의에 스스로 내몰린 전범 수뇌부는 말할 것도 없고, 전쟁에 동원된 일본인들도 집단 신경증에 시달렸다.

억압과 수탈로부터 벗어나려는 식민지 조선과 대만은 어떠했던가. 그들의 저항도 그만큼 완강하고 가열했다. 어느 쪽 어느 누구도 시인의 가슴속에 일렁이는 내밀한 갈등과 괴로움 따위를 눈여겨보지 않았다.

더구나 자기부정의 강박에 혹독히 시달리고 있었던 나 텐도 요코는 그런 동주를 함부로 낮추어 보았고 하찮게 여겼다. 가히 눈먼 교만함이라 아니할 수 없었다. 그토록 나는 아무것도 모르며 사납기만 한 불행한 계집아이였다.

간도에는 여러 언어가 있었듯 여러 민족이 있었고 여러 세력이 있었으며, 여러 국가 간 대립과 충돌이 잦은 곳이었다. 첨예한 이해관계의 파랑波浪 한가운데 위태로운 섬처럼 떠 있던 곳. 그곳이 간도였다.

그곳에서 동주는 일찌감치 시를 배웠고 썼다. 그는 모든 시를 조선어로 썼다. 그런 곳이라서, 그런 간도였기에, 말에 대한 그의 시적 자각이 어쩌면 조선 본토인들보다 먼저 싹튼 건지도 모른다.

그 조선어를 교토까지 갖고 와 밤이면 남몰래 노트를 펴고 뜨거운 말과 만났다. 슬프게 만났고 아프게 만났다. 시를 쓰고 난 아침이면 그는 부끄러운 마음으로 산책에 나서곤 했다. 나는 그의 부끄러움 또한 이해할 수 없었다.

가슴에 일렁이며 사무치는 언어들을 내처 끌고 가지도, 못내 내려놓지도 못하던 그였다. 사랑하는 여인의 집 창밖에 이르렀다 발길을 돌리고, 돌렸던 발길을 다시 되돌려 가보지만 이내 곧 돌아서고 마는 사람에게 더해가는 것이란 부끄러움뿐일 것이다. 나는 그런 것과 비슷하게 그의 부끄러움을 이해했다. 망설여서 부끄러운 거고 부끄러워 망설이는 거라고.

정말 그가 어찌하여 그러는 건지는, 후박나무를 붙안고 격하게 신음하던 밤 이후로도 나는 여전히 알지 못했다. 어둔 기억 속 숨은 비밀 하나 깊이 끌어안고, 불온하게 휘몰아치는 세상 풍파 한가운데 홀로 위태롭게 떠 있던 그가 바로, 간도間島가 아닐까 싶었을 뿐.

나는 고향을 스스로 떠났고, 다시는 돌아가고 싶지 않았다. 그곳은 어머니 아버지의 땅일지는 모르나 내 땅은 아니었다. 나는 도망쳤다. 버렸다. 그리고 나가사키를 내 고향이라 말하지 않았듯, 내 말을 나는 고향의 말이라 여긴 적이 없었다. 고향의 말이라니. 당찮다.

동주는 고향과 나라를 모두 일본에 잃고 말까지 앗겼다. 어디에 있든 그의 땅이 아니었다. 교토든 간도든 시인의 영토가 아니었다. 언어의 영토를 잃은 시인의 슬픔이 느껴졌다.

동주와 내가 다른 점이 그거였다. 나는 고향을 버렸고, 동주는 잃었다. 버린 사람은 교만하고 버릇없고 사나워졌다. 잃은 사람은 망설이고 머뭇거리고 부끄러워했다.

동주와 내가 같은 점은, 어쨌거나 둘 다 고향을 떠나 교토부 타나카 타가하라초 27번지 타케다 아파트에 기숙하는 신세라는 것이었다. 같은 밥을 먹고 같은 두붓국을 마셨다. 같은 길을 오갔고, 서로를 바라보았고, 말했고, 마시는 물 쐬는 바람조차 같았다.

숨은 말

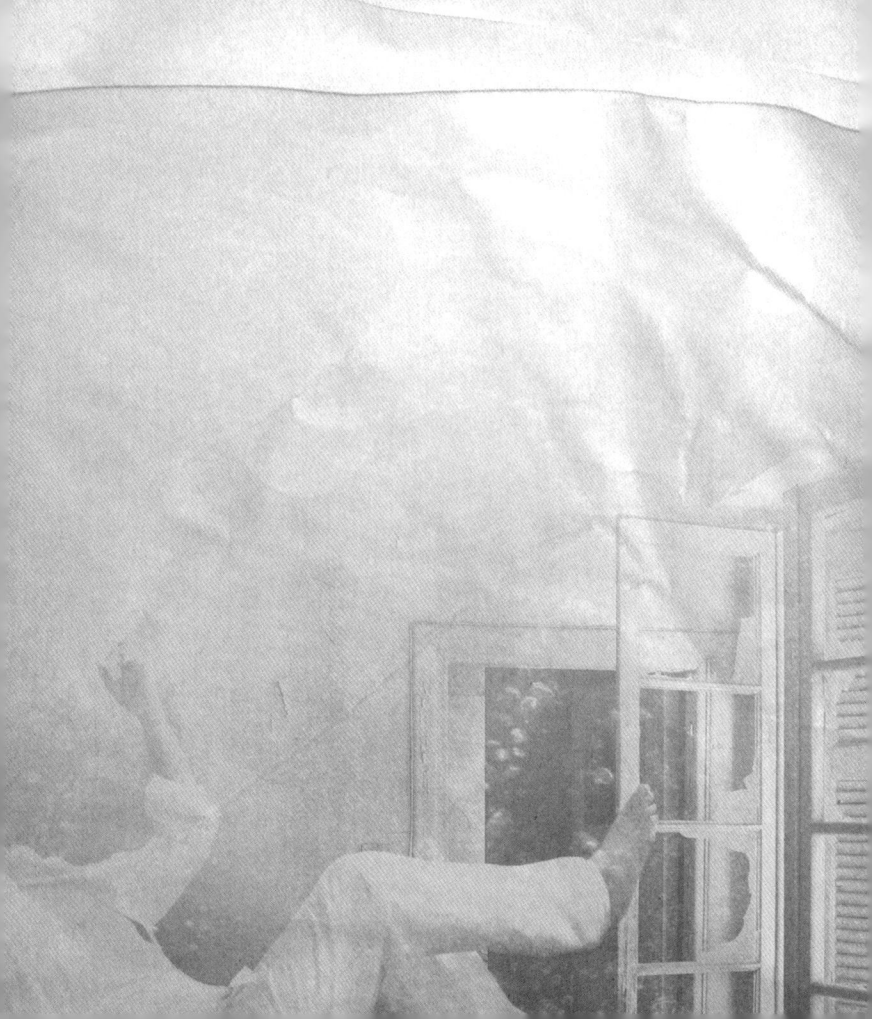

'…… 같았다.'

이타츠 푸리 카는 그렇게 쓰고 있었다. 그 말에서 나는 어쩔 수 없이 그해 여름의 어떤 하루를 떠올리지 않을 수 없다.

앞에서 나는 묘문^{妙門}이라는 말을 썼다. 무덥고 비밀스럽던 여름으로 들어서는 관문이었다는 뜻으로.

열반에 들어가는 불가사의한 문을 일컬어 묘문이라고 한다지만, 그해 여름의 묘문은 마치 무덤 앞으로 들어가는 문^{墓門} 같았다.

열어젖히고 벽을 통과하는 것으로서의 문이 아니라, 묘혈^{墓穴}이되 아주 어둡고 길어 끝을 알 수 없는 통로 모양의 문.

내가 어찌 열반 따위에 이를 수 있었겠는가. 나는 돈이 좀 필요해서 구차한 아르바이트를 시작했을 뿐이다. 그러다 친구를 잃었다. 잃었다고 확정할 순 없었으나 그의 행방은 여전히, 아주 깨끗할 만큼, 묘연했다.

낭패감 속에서 헤맸을 뿐, 그 여름 내 처지는 열반과는 전혀 딴판이었다.

그러다 빨려들듯 들어선 문이었다. 그래서인 듯 내가 들어서게 된 문은 어둡고, 습하고, 무덥고, 두렵고, 길고, 기분 나쁜, 죽은 고래 뱃속 같은 터널의 입구였을 뿐이다.

그해 여름의 어떤 하루, 나는 JR 신오쿠보 역 주변을 어슬렁거리고 있었다.

역에서 도쿄 중앙교회 쪽으로 걷다 보면 나오는 am-pm 편의점 골목 입구. 그 앞에서 잠시 이마의 땀을 훔쳤다.

유난히 한인 업소가 많은 지역이었다. 코리아타운이라 할 만했다. PC방, 민박집, 슈퍼마켓과 관광호텔들이 저마다 한국식 이름을 달고 있었다.

더워서 그랬겠지만 나는 연신 땀을 흘렸다. 그러나 진땀이었다. 이틀 전에도 나는 그곳에 갔었다. 여느 도쿄 외곽의 거리들과 별로 다를 게 없는 곳이었다. 오후 두시. 눈을 들어 올려다볼 수 없을 만큼 하늘은 이글거리는 태양과 폭염으로 가득했다.

  그늘을 골라 발을 디뎠기 때문만은 아니었다. 그 거리 그 골목이 한낮인데도 어둡게만 느껴졌던 것은.

  내 감각과 기억의 기능이, 정체를 알 수 없는 암막으로 서서히 가려지고 덮여지며 흐릿해졌다. 이미 어떤 문을 통과해 낯설고 막막한 땅을 홀로 밟고 있는 것 같은 기묘한 느낌.

  편의점 벽에 기대어, 오가는 사람들을 한동안 바라보았다. 어째서 다시 그 자리에 오게 되었는지, 나는 아무래도 이유를 알 수 없을 것 같았다.

  주머니에서 약도를 꺼냈다. 행여 그쪽일까 싶었지만, 그쪽이었다. 국제우호회관을 지나면 T자형 골목이 앞을 가로막는 곳. 왼쪽으로 돈키호테 슈퍼마켓이 보이는 곳. 한낮인데도 시야가 흐려지고 어두워지기까지 한 이유가 그것이었다. 분명 그 길을 더듬어 갔었다는 것. 이틀 전에 왔던 길과 '같았다'.

  편의점 골목 입구에서 나는 좀처럼 움직이지 못했다. 오가는 행인들의 발걸음을 좀더 지켜보았다. 눈을 끔뻑이며 몇 차례 심호흡을 했다. 도리질을 했다. 흐려지고 어두워진 시야를 당장 떨쳐버리고 싶었다. 내가 다시 이곳에 오게 된 사정. 그것을 가만히 따져볼 차례였다. 그러지 않고는 한 걸음도 뗄 수 없었다.

이틀 전의 기억부터 상기하는 것이 순서일 것 같았다.

그곳에 다시 가기 이틀 전, 나는 U로부터 한 문장의 사신私信을 받았다.

— 아 참, 부탁할 게 있는데 첨부된 파일을 열어보기 바람.

평소 U의 메일과 달랐다. 아 참, 이라는 간투사를 쓰다니. 그의 메일을 사신이라고 여긴 이유였다.

온라인 공간에서 U는 사무적 문장으로만 존재했다. 문장이랄 것도 없었다. '일요일 자정까지 처리.' '도합 64건 중 4건.' '중복 여부 확인 요.' 따위를 문장이랄 순 없었다. 그러했으므로, 비록 한 문장에 지나지 않았으나 위의 메일은 사신이라고 하기에 충분했다.

첨부된 파일은 약도였다. 이틀 뒤에 그와 비슷한 약도를 다른 이로부터 또 받게 되리라고는 전혀 생각지 못했다.

여백에 간단한 협조사항이 적혀 있었다. 내 눈을 끈 것은 마지막 사항이었다.

— 이를 하루치 일로 대체함.

손쉬운 사항을 이행하는 것으로 하루 일당을 주겠다는 말이었다. 도서관 컴퓨터 앞이 아닌, 바깥까지 나가야 한다는 게 어딘가 미심쩍긴 했으나 그의 부탁을 들어주기로 했다.

결정에 한몫한 것이 '지시사항'이 아닌 '협조사항'이라는 말이었다. 일당과 관련한 '의무'가 아닌데도 이행하면 일당을 받는 일이었으니 특별히 거절할 이유도 없었다.

내가 할 일이라는 것도 장난에 가까웠다. 일 자체가 장난스러웠다기보다는, 너무도 쉬운 일에 일당을 지불하겠다는 제안이 그랬다는 말이다. 정말 쉬운 일이었다. 아무것도 모를 때였으므로, 그 일이 지나치게 쉬워 보일 수밖에 없었다.

— 여섯번째 전봇대 중간의 알루미늄 표지를 180도 돌려놓을 것.

언제 누가 부착해놓은 건지 가늠할 수 없는 알루미늄 표지. 그것이 그곳에 있었다. 편의점으로부터 여섯번째 전봇대 중간에.

앞을 가로막는 T자형 골목 정중앙에 서 있는 전봇대는 매우 오래돼 보였다. 메이지 시대의 것이 아닐까 싶을 만큼. 비와 바람으로 풍화된 전봇대 표면은 굵은 모래들이 오롯이 드러나 오톨도톨했다.

희미한 화살표와 뜻을 알 수 없는 일곱 자리 숫자가 알루미늄 표지에 박혀 있었다. 계란보다 조금 큰 타원의 박피형 표지판. 겉면은 산화되어 거칠거칠했다. 고색창연하다곤 할 수 없으나, 오래된 전봇대와 함께, 예스러운 모습이 나름 그윽했다.

그 작고 오래된 물건을 180도 돌려놓는다는 건 너무도 쉬운 일이었다. 날카로운 금속 같은 것으로 틈을 내어 떼고 다시 붙이면 그만이었다. 가까운 곳에 돈키호테 슈퍼가 있었다.

공작용 가위와 본드를 샀고, 나는 그 일을 했다.

잠시 망설였다. 방향 표지를 뒤집는 일이, 그것을 필요로 하는 사람들에게 혼란을 줄 거라는 자각 때문이 아니었다. 아무도 그 표지를 참고하지 않을 것 같았다. 워낙 작은 데다 부식까지 되어 보잘것없었으니까.

아무리 작더라도 오래된 물건에 손을 댄다는 것이 께름칙했을 뿐이다. 전봇대가 그토록 오랜 세월 한결같이 그곳에 서 있는 이유, 작은 알루미늄 표지가 처음처럼 붙어 있는 이유 모두가, 오래된 물건을 함부로 훼손하지 않으려는 숙연한 금기를 품고 있는 듯 보였다.

그래서였을 것이다. 알루미늄 표지를 떼고 다시 붙이는 손이 나도 모르게 떨렸다.

이런 일이 어째서 필요한 것일까. 나로선 알 수 없었다. 내가 짐작할 수 있었던 건, 그래야만 할 사정이 누군가에게 생겼을 거라는 것뿐이었다. 그것도 최근에.

바로 그 전봇대였다.

그 전봇대 앞에 다시 서게 될 줄 몰랐다. 겨우 이틀밖에 지나지 않았는데 말이다. 오래된 물건에 손을 댔을 때의 떨림보다 더 강렬한 자극이 등줄기를 타고 내렸다.

어째서 나는 다시 그 표지판 앞에 서게 되었던가.

미등록 도서 때문이었다.

나는 시게하루와 함께 국회 도서관 도서 목록 검색 작업을 했다. 어느 날 시게하루의 행방이 묘연해졌다. 나는 그의 증발을 궁금해하며, 그를 기다리며, 하던 일을 계속했다.

목록을 검색해 올리고(물론 U에게), 그중 그가 체크해 반송한 목록의 도서를 읽었다. 빠르게 읽고 빠르게 요약했다. 내 요약에 대해 U는 별다른 평가를 하지 않았다. 나카시마中島라는 입금자명으로 일당은 꼬박꼬박 통장에 들어왔다.

검색과 독서와 요약과 발송.

쳇바퀴 돌듯 했다. 컴퓨터와 서가와 대출대를 하염없이 오갔다. 목록의 자료들이 도서관 안에 없을 거라는 생각은 한 번도 해본 적 없었다. 말할 것도 없이, 목록에 없는 도서가 도서관 안에 있을 거라는 생각도 못했다.

멍청한 생각이었으나 그때는 그랬다.

목록에 없는 도서를 발견하고서야 깨달았다.

목록에 등재되지 않은 도서가 도서관 안에 얼마든지 있었다.

직원들이 가방에 넣어 다니는 개인 소유의 책 말고도, 도서관 안에는 등재를 기다리는 수많은 신간들이 있었다. 새로 발굴된 고서와 기증본들이 있었다. 대장에 누락된 자료가 있었다.

그중 한 권이 내게로 왔다.

발견한 게 아니라, 그 책이 내게로 온 거였다.

DB자료나 개가식 서가의 것 이외의 도서는 대출대에 신청해야 했다. 나는 하루도 빼놓지 않고 네댓 권의 책을 빌리는 사람이었으므로 대출대 여직원들에게 제법 알려진 인물이었다. 날씨나 식사, 전날 결승포를 날린 야구선수에 관한 얘기를 미소와 함께 나누는 사이였다.

나는 목록을 적어 신청했고, 그들은 저 안쪽 서고에서 나온 책을 나에게 건네며 예쁘게 웃어주었다. 머잖아 그녀들의 상냥한 음성과 예쁜 웃음마저도 내 쳇바퀴의 한 요소가 되었을 뿐이지만.

그러다, 그 미등록 도서를 만났다.

대출받은 도서를 들고 독서 테이블로 가 앉을 때까지 몰랐다. 언제나처럼 햇빛이 들지 않는 테이블로 갔다. 창밖도 내다보이지 않는 외진 장소였다. 그곳이어야만 나는 책을 빨리 읽을 수 있었다. 열람실에서 가장 늦게 차는, 내 자리였다.

새로운 책들을 처음 뒤적거리는 시간이 나는 가장 성가셨다. 아무 준비 없이, 섣불리 진입해 들어오는 인간에게 호락호락 제 성문을 열어주지 않는 게 책이었다.

책을 어루만지며, 표지 저자 출판사의 이름자 하나까지 천천히 보고, 뒤표지의 리드 문안을 읽고, 날개에 실린 저자의 약력까지 정성들여 읽어줘야 비로소 자신의 속살을 내미는 게 책이었다. 나는 그렇게 생각했고, 언제나 그렇게 책읽기를 시작했다.

조심스레 책을 다루다 보면 속도가 붙기 시작했다. 속도가 붙으면 다 읽을 때까지 책에서 눈을 떼지 않았다. 하루에 네 권에서 다섯 권을 읽었다.

그날도 다섯 권인 줄 알았다. 다섯 권을 신청했으니까.

여섯 권이었다. 누군가의 착오였다. 나는 아니었다.

대출대의 실수도 아닌 것 같았다. 서고에서 책 고르는 담당자의 실책 같았다.

『昨日の滿洲を話す』.*

책 제목이었다. 낯설었다. 내 일의 방식이나 순서로 봐도 이미 검색을 거쳤어야 할 책이었다. 분명 그랬어야 할 제목.

즉각 반환할 필요는 없다고 생각했다. 착오의 사실만이라도 대출대에 알릴까 싶어 자리에서 일어서다가, 열람실 귀퉁이의 도서 검색용 컴퓨터로 먼저 갔다. 궁금했으니까. 어째서 나는 그 책을 건너뛰게 됐던 건지. 그리고 거기서 알게 되었다. 목록에 없는 도서라는 것을.

소장 목록에 없는 책이었으니 신청했을 리 만무했다. 대출될 수도 없는 책이었다. 그러나 책은 내 자리에 있었다.『昨日の滿洲を話す』.

잠깐 고민했다.

착오 사실을 대출대에 알릴까 말까. 소장 목록에 없는 도서라는 걸 안 뒤로 기분이 묘해졌다. 장난기 같은 건 아니었고, 뭐랄까, 의혹에 사로잡히는 마음이 절로 생기며 한동안 지속되었다.

내가 가져버려도 상관없을 책이었다. 훔치는 거였지만 당초 그 책은 세상에 존재하지 않는 책이었다. 적어도 국회 도

---

* 어제의 만주를 말하다.

서관에는 존재하지 않는 거였다. 절도죄가 성립되는 것도 아닌데 뭘. 혼자 중얼거렸다.

목록에 존재하지 않는 책이 내 손안에 있다!

이 사실이 나를 흥분시켰다. 목록에도 없고, 그리하여 신청할 수도 없었던 그 책을, 누가, 어떤 연유로 다섯 권의 신청 도서에 슬쩍 끼워 넣은 걸까. 그런 생각을 그 순간엔 미처 하지 못했다. 무적無籍의 도서가 내 수중에 들어왔다는 사실만 흥미로웠을 뿐.

그래서 나는 그 책을 '발견'한 게 아니라 그 책이 '내게로 왔다'고 말하는 것이다. 그 책이 나에게 오기까지는 착종錯綜된 우연과 의혹, 착오와 흥분이 작동하고 있었던 것이다.

나는 은연중 스스로에게 간주看做했다. 그 책이 나에게 온 데에는 누군가의 의지가 작용했던 거라고. 그래서 말했던 것이다. '슬쩍' 끼워 넣은 거라고.

책의 표지며 지질, 인쇄 상태는 평범했다. 아시아서점アジア書店 1967년 출간. 318페이지. 출간연도를 감안하더라도 조금은 초라한 책이었다.

책을 펼칠 때마다 그랬듯 나는 그 책을 살짝 어루만졌다.

앞뒤 표지 문안을 꼼꼼히 읽고 속표지와 머리말과 목차를 읽었다.

만주에서 살았던 사람들의 일상 경험담이거나 전해들은 얘기거나 만주와 관련된 여타 지식과 정보들이었다. 회고조의 문장이 많았고, 장르로 따지자면 수필이라고 해야 할 것들이었다. 전문성 같은 건 느껴지지 않았다.

인생의 중요한 시기를 타국에서 보냈던 이들이 흔히 갖는 회억回憶. 같은 시대 일본 내지에 살았던 이들의 삶의 기억과는 차별되는 거였다. 그처럼, 회고와 집필의 동기가 '다른 경험' 정도에서 그치는 글들이었다.

더러는 만주철도 중앙시험소의 일화를 소개하기도 했고, 그 만철滿鐵구락부 야구팀이 경성의 용산 철도구락부 팀과 벌였던 야구 경기에 대해 인상적으로 쓰기도 했다. 만주국의 소멸과 재류在留일본인의 운명에 대해 사뭇 비장하게 토로한 글이 보였는가 하면, 만주국 군벌 장작림張作霖과 동북아에서의 국제적 대립과 갈등에 대해 담담하게 기록한 글들도 있었다.

그러나 그런 기록들마저 필자의 주관을 가감 없이 드러내 글의 품격과 타당성을 떨어뜨렸다. 상관없었다. 나는 책의 수준과 내용을 평가하는 사람이 아니었다. 아무려나 그런 책이 있고, 내용은 이렇다, 고 요약 보고하면 그만이었다.

생각이 거기에 미치자 고민이 한 가지 늘었다. 책의 존재를 U에게 보고해야 할 것인가.

의무 바깥이었다. 해도 그만 안 해도 그만이었다. 안 하기로 했다.

목차 한 항목에 그어진 밑줄 때문이었다.

책 전체를 통틀어 밑줄 그어진 건 그 부분이 유일했다. 유일해서 내 눈을 끌었던 건 아니다. 밑줄 긋는 방식.

시게하루의 방식이었던 것이다.

시게하루는 왼손잡이였다. 왼손으로 볼펜을 잡고, 왼쪽에서 오른쪽으로 그었다. 펜이 약간 왼쪽으로 눕게 마련. 시게하루의 밑줄은 언제나 선명하지 않았고, 펜 끝 볼을 감싸는 경계가 살짝 종이를 긁었다.

밑줄의 길이가 일 센티미터 미만이라면 모를까 오 센티미터 이상이면 티가 났다. 세상에 왼손잡이가 시게하루만은 아니겠으나, 국회 도서관 만주 관련 서적에 왼손으로 밑줄 긋는 사람이 도쿄에 몇 사람이나 될까.

조선 시인의 글에 등장하는 대륙낭인大陸浪人은 누구인가?

밑줄 그어진 목차의 제목이었다. 필자는 미즈하라 쥰水原潤.

조선 시인이 윤동주라는 것을 본문에서 금방 확인할 수 있었다. 수십 편의 시뿐 아니라 만주에서의 일들을 장문의 기록으로 남겼다는 사실도.

 기록은 시인의 고향, 가족, 학창 시절, 만주의 자연과 풍물, 교회에 관한 추억이었으며, 무엇보다 친구에 관한 내용이 절반을 차지한다고 필자는 적었다. 글을 썼던 시인의 주요 의도나 방향과는 관계없이, 미즈하라는 시인의 글에 나타난 한 일본인의 만주 활동에 대해서만 주목하겠다고 언급했다. 그 일본인을 필자는 대륙낭인이라 불렀다.

 시게하루의 손을 거친 책이었다. 시게하루의 증발과 관련된 책일 거라는 판단은 섣불리 내릴 수 없었다. 하지만 책의 존재가 묘하여, 의혹을 갖기에 충분했다.

 소장 목록에도 없고, 그리하여 신청하지도 않은 책. 그것이 절로 내게 온 것이다. 의문의 서적에 시게하루의 흔적이 남았다. 다른 책들과 함께 읽고, 요약하고, U에게 보고하고 말아 버릴 책이 아니었다.

 그 책과 관련된 사람은 시게하루와 나와 U였다. 일의 동기를 제공하여 결국 의문의 도서를 접하게 한 것이 U였고, 그걸 먼저 읽은 게 시게하루였고, 이어 내 손에 들어왔다. 그리고 시게하루는 내 곁에 없었다. 아무도 친구의 행방을 알지 못했다.

 책과 관련하여 우선 U를 배제하기로 했다. 책의 존재를 그가 알 수는 없는 거였다. 보고하지 않기로 했다. 책에 관해서는 시계하루만 생각하기로 했다.

생각이 그에 이르자 문득 한 명의 인물이 더 떠올랐다. 결코 배제할 수 없는 사람. 육중한 도서관 건물의, 두꺼운 벽 저편 서고 안의 인물. 책의 의문을 풀어줄, 어쩌면 유일한 존재.

견딜 수 없는 궁금증이 일었으나 그에게 접근할 방법이 없었다. 어떻게 찾거나 만날 수 있단 말인가.

모든 사실을 도서관 당국에 알리고 그를 수배할 수도 없었다. 내가 그라 해도 '내가 그랬소' 하고 선선히 나서지 않을 테니까. 그를 만난대도 내가 원하는 것을 줄 리 없었다.

우연과 착오가 아니라면, 내 의혹을 덜기 위해 그 책의 출현을 활용하려면, 나 스스로 은밀해져야 했다.

두꺼운 벽 저편 서고의 인물. 그는 시계하루와 나의 움직임을 간파하고 있었을까. 내가 원하는 것이란 그것에 대한 답이었다. 시계하루에게 책을 전한 의도. 그 일을 나한테 반복하는 이유.

시계하루는 어째서 그 항목에다 밑줄을 그은 걸까. 친구는 어디 있는 걸까.

지하 천 미터 방에 갇혀 있는 시계하루의 모습이 다시 떠올랐다. 그에게 닿을 수 있는 길은 오직 그 책밖에 없는 것 같았다. 과연 그럴까? 절박한 심정이 불러일으킨 오산일 수 있었다. 그러나 절박함을 불러일으킨 게 그 책인 건 분명했다.
그때 이미 묘문이 나를 향해 반쯤 열리고 있었던 건지도 모른다. 하지만 내가 당장 할 수 있는 일은 아무것도 없었다.

조선 시인의 글에 등장하는 대륙낭인大陸浪人은 누구인가?

단숨에 읽었다. 아홉 쪽에 불과한 글이었다. 미우라 마사오三浦昌男라는 사람 얘기였다. 대륙낭인이란 미우라 마사오를 지칭하는 거였다.

나는 일본 땅을 한 번도 벗어난 적이 없었노라만……. 필자 미즈하라 쥰은 서두에다 그렇게 밝혔다. 그러면서도 만주에서 활동했던 미우라 마사오에 관해 쓸 수 있었던 건 전적으로 시인의 글 덕분이었다고 했다. 윤동주라는 이름 대신 시인이라는 호칭을 주로 썼다.

필자가 미리 얘기하지 않았더라면 윤동주 시인의 '기록'이 미우라 마사오의 전기傳記인 줄 알았을 것이다. 필자의 글은 미우라 마사오에 치우쳐 있었으니까. 대륙낭인에 대한 얘기로 시작하고 끝을 맺었다.

글의 요지와 구성은 간단했다. 대륙낭인 미우라 마사오는 필자가 알고 있는 야스다 사쿠타로保田朔太郎와 동일 인물이라는 것. 그걸 밝히기 위해 필자는 윤동주 기록 속에 나오는 미우라 마사오와 자신이 알고 있는 야스다 사쿠타로를 끝없이 비교했다. 그것이 다였다.

윤동주가 대륙낭인의 전기라도 썼단 말인가?

워낙 미우라에 관한 내용뿐이어서 그런 맘이 안 들 수 없었다. 하지만 곧 짐작하게 되었다. 미우라에 대한 사실은 윤동주 기록 중 극히 작은 일부에 지나지 않는다는 것을. 필자도 그 점을 밝혔다.

글의 성격을 간단히 줄이면 이랬다. 미즈하라 준이라는 사람이 윤동주 시인의 '기록'을 읽게 된다. 그리고 기록 속의 미우라 마사오가 곧 야스다 사쿠타로임을 알게 된다. 이 사실을 미즈하라가 『昨日の満洲を話す』에 싣게 된 것.

흥미 없는 글이었다.

나는 무엇보다 야스다 사쿠타로를 몰랐다. 필자도 그 사람에 대해 소상히 적지 않았다. 누구나 알 만한 인물이라는 뜻이겠으나 나는 몰랐다. 미우라와 야스다가 동일 인물이라는 사실. 그것은 나에게 전혀 문제적일 수 없었다.

미우라의 만주에서의 활동. 그것을 바라보는 필자의 부정적 견해는 지나칠 만큼 조심스러운 데가 있었다. 어딘지 겁먹은 것 같기도 했다. 그러긴 해도 행간마다 드러나는 결연함까지 감추지는 않았다. 조심스러움과 결연함 사이에 형성되는 색다른 긴장감이 그 글을 그럭저럭 끝까지 읽게 했다.

글을 읽을 때까지만 해도 '윤동주의 기록'이라는 것을 대수롭지 않게 여겼다. 다시 말하거니와 나는 윤동주를 잘 몰랐고 관심도 없었다. 그의 기록이라는 것도, 필요하다면 언제든 열람할 수 있다고 생각했다.

내가 미즈하라의 글에 이끌렸던 이유는 내용이랄지 윤동주라는 인물 때문이 아니었다. 오직 시게하루 때문이었다. 시게하루가 잠적하기 직전에 읽은 책이었다는 것, 친구의 밑줄 흔적이 남은 글이라는 것 때문이었다.

내게 윤동주와 그의 기록이 중요하다면, 그것이 시게하루의 증발과 관련 있을지 모른다는 가능성 때문이었다. 미즈하라가 인용하는 윤동주의 기록을 검색하기 시작한 것도 물론 그래서였다.

나는 다시 한 번 옅은 공황에 빠졌다.

소장 자료에 포함되지 않았던 건 『昨日の滿洲を話す』뿐만이 아니었다. 미즈하라가 인용했던 윤동주의 기록. 그것도 도서관 목록에 없었다.

윤동주/만주/미우라 마사오/야스다 사쿠타로를 아무리 교차 검색하고 자료들에 대한 열일곱 개의 세부 항목을 일일이

들여다봐도 윤동주의 기록으로 추정되는 정보는 찾을 수 없었다.

그런데도 미즈하라가 봤다는 시인의 기록이 어디엔가 있을 것 같았다. 『昨日の満洲を話す』가 그랬던 것처럼. 국회도서관이 아니더라도 어딘가엔. 혹시 시게하루는 그 문건을 찾아 떠난 건 아닐까. 나는 나에게 물었다. 그렇다면 왜?

두 차례 연속 미등록 자료에 머리를 얻어맞은 꼴이었다. 한동안 멍했다. 시게하루도 그러지 않았을까. 다만 나는 멍하게 도서관 창밖을 바라만 보았을 뿐이다. 그러고 있으면서, 시게하루는 그 문건을 찾아 도서관 밖으로 떠난 거라고 생각했다.

내가 모르는 걸 시게하루는 알았던 걸까. 미즈하라나 미우라나 야스다에 대해. 그것이 시게하루를 움직인 건 아닐까⋯⋯. 창밖을 보며 나는 중얼거렸다. 친구는 어딘가로 떠나고 나는 여전히 도서관에 남아 있는 이유가 그거일지도 모른다고. 친구는 뭔가를 알고 나는 모른다는 것.

그러나 분명한 건 하나도 없었다. 미우라가 어떤 사람이며 야스다가 누구인지. 대륙낭인은 뭔지. 미즈하라는 어째서 초라한 책자에 그런 글을 실었는지. 그가 자기 글의 근거로 삼았던 윤동주의 기록은 어디에 있는 건지. 시게하루는 무엇 때문에 떠났으며 어디 있는지⋯⋯.

서고 안의 인물은 알고 있지 않을까.

나는 책상 위의 『昨日の満洲を話す』를 노려보았다.

미우라와 야스다, 미즈하라와 윤동주의 기록, 그것들의 관계를 서고 안의 인물은 알고 있지 않을까. 어쩌면 시게하루의 행방도.

엄연히 존재하나 세상에 알려지지 않은 숨은 말들은 대개 비밀이나 중요한 사실들을 품고 있으면서, 그 비밀의 질량에 해당하는 인력으로 사람들을 끌어당기는 거라고 나는 생각했다. 그리하여 마침내는 밝혀지는 것이라고.

친구를 찾습니다. 이 책을 본 뒤로 돌아오지 않습니다.
궁금한 것이 세상의 솔방울 바나나 매실만큼 많습니다.
친구 이름은 시게하루입니다.

명함 크기의 종이에 네 문장을 썼다. 『昨日の満洲を話す』 책갈피에 깊이 찔러넣었다. 지엽적인 대답만 돌아올까 무서워 구체적으로 묻지 않았다. 심정만 전했다.

당장 필요한 건 구체적인 답변 따위가 아니었다. 답장 자체였다. 내 시도가 거부당하지 않는 것. 그게 중요했다. 내가 찾기도 전에 책이 먼저 나를 찾아왔다……. 내가 기댈 것은 오직 그 사실뿐이었다.

여섯 권의 책을 반납했다. 대출대 여직원에게 오사카 성 자결터를 가보았느냐고 웃으며 물었다.

도요토미 히데요시의 아들과 부인이 자결한 곳 말인가요?

그래요.

가봤어요……. 근데 그건 왜요?

초라하고 외졌잖아요, 그곳. 그곳에 가 앉으면 정말 몇 권이나 되는 책을 읽는 기분이 들어서요. 그렇지 않던가요?

그럴…… 수 있을 것 같아요.

나는 계속 웃었고 여직원도 따라 미소 지었으나 내 말의 의도를 전혀 모르겠다는 표정이었다.

몰라야 했다.

그러는 사이 다섯 권이 아닌 여섯 권의 책은 무사히 반납 바구니로 쑥 들어가 버렸다.

자, 그럼 오늘도 좋은 하루 되세요.

호들갑스럽게 인사를 던지고 나는 다시 디지털 센터로 향했다.

다음 날 일찌감치 다섯 권의 책을 주문했다. 서고 안 인물의 반응이 궁금했다. 메모를 읽었을까?

내가 그랬던 것처럼 그(혹은 그녀)가 작은 메모 쪽지를 책갈

숨은 말 119

피 속에 숨겨놓았기를 바랐다. 도서 신청자의 이름 정도는 기억하고 있겠지.

두근거리는 가슴을 진정시키며 서고에서 나온 다섯 권의 책갈피를 몇 번이고 살폈다. 긴장 때문이었을 것이다. 지금도 다섯 권 중 세 권의 제목을 정확히 기억한다. 『満州・浅間開拓の記』, 『躍進の満州経済:講演集』, 『南満洲農村土地及農家経済の研究』.

쪽지 같은 건 없었다. 역시 나의 일방적인 선입견과, 그로 인해 돌출한 방법과 기대였을 뿐이었다. 시게하루와 연관 지었던 생각들도 다 공상에 지나지 않았던 것이다. 어쩌다 서고 안의 책이 착오로, 정말 착오로 한 권 더 나왔던 것일 뿐.

테이블 위에 놓인 책이, 신청한 대로 오롯이 다섯 권뿐인 것을 내려다보며 나는 정신을 차리려 애썼다. 침묵으로 끝나고 만 서고 안의 반응이 아쉬웠으나 어쩔 수 없었다.

하릴없이 신청한 책들을 읽기 시작했다.

혀로 핥듯 샅샅이 읽을 필요는 없었다. 그럴 책들도 아니었다. 대개는 경제 관련 책들이었고, 연감^{年鑑}, 개요^{概要}, 집성^{集成}, 물어^{物語}란 이름을 달고 있었다. 독서와 요약이 어렵지 않은 이유였다. 재미 같은 건 애당초 기대하지도 않았다. 일이었을 뿐이다.

자투리 시간에 컴퓨터로 가 틈틈이 목록 검색을 곁들였다. 그러다 U의 '협조사항'을 읽었다.

다음 날 아침, 도서관에 들르기 전에 약도를 들고 신오쿠보 역으로 갔다. 문제의 전봇대를 찾았다. 돈키호테 슈퍼에서 가위와 본드를 사고, 알루미늄 표지를 떼어 다시 붙였다.

간단한 그 일을 마치고 나자 내게 남은 건 가위와 본드뿐이었다. 좀 부담스러웠다. 그다지 쓸모없는 물건이어서가 아니라, 어쩐지 범죄를 저지른 도구 같아서였다. 부담스러웠다기보단 꺼림칙했다.

전봇대 주위에는 쓰레기통이 없었다. 다시 돈키호테 슈퍼로 가 쓰레기통에 넣으려다 마음을 바꿔 눈에 잘 띌 만한 곳에 놓아두었다. 버리자니 너무 새것이라는 생각이 스쳤기 때문이었다.

정오가 되기 전 도서관으로 돌아왔다. 전날 읽었던 내용을 요약하고 네 권의 책을 다시 대출받았다.

— 협조사항 이행 여부는?

U의 질문에는 간단히 답했다.

— 이행.

그렇게 오후가 갔다. 그날도 목록을 검색해 올리고 U에게서 새로운 체크리스트를 받고 책을 대출해 저녁까지 읽었다. 늘 하던 일의 반복이었다. 역시 『昨日の満洲を話す』는 단순 착오였어. 슬슬 미등록 도서에서 벗어나고 있었다.

다음 날도 마찬가지였다. 검색을 하고, 대출을 받았다. 긴장감도 사라졌다. 대출받은 책에서 뭔가가 툭 떨어졌을 때도 놀라지 않았다. 책의 한 귀퉁이가 떨어져나온 거라고만 여겼다. 작은 삿갓 모양의 종이 쪽지였으니까.

약도였다. 놀랍게도 그것은 이틀 전 U에게서 받았던 약도와 매우 흡사했다. 약도뿐이었다. 길의 이름과 랜드마크가 적혀 있을 뿐 어떤 말도 더는 쓰여 있지 않았다.

물끄러미 약도를 보았다. 내 눈은 처음부터 전봇대에 가 닿았다. 그럴 수밖에. 화살표는 보이지 않았다. 전봇대 중앙에 까만 점이 찍혀 있었다. 그리고 그 곁의 깨알같이 작은 글씨.

화살표 방향을 따라

가늘고 길고 날카로운 전율이 등줄기를 타고 올라왔다. 몇 개의 작은 글씨를 더 발견했다.

여덟번째 집

 그게 전부였다. U의 '협조사항' 같은 성격의 문구는 없었다. 약도는 다만 '집'의 위치를 밝히고 있었을 뿐이다.
 어째서 약도 위에 직접 집을 그려 넣지 않고 '화살표 방향을 따라' '여덟번째 집'이라고만 적은 걸까.
 궁금증은 오래가지 않았다. 그렇게만 써도 집을 찾을 수 있기 때문이었다. 화살표가 제대로 붙어 있기만 하다면 부실한 약도일 수 없었다. 방향이 바뀌었다는 사실을 아는 사람에게만 부실한 약도였다.
 그것이 부실한 약도라는 걸 아는 최초의 인간이 나였던 셈이다. 아니다. 약도를 부실하게 만든 장본인이 나였던 것이다. 종이쪽지를 쥔 손끝이 떨렸다. 나는 최초도 유일도 아니었다.
 U.
 최초는 어쩌면 그가 아니었을까. 아무리 빨라도 나는 두번째에 불과했다.
 최초냐 유일이냐는 문제는 중요할 것도 궁금해할 것도 아니었다. 내 손끝이 사정없이 떨렸던 이유는 다른 데에 있었다. 방향을 바꿔놓은 게 나인데, 내 수중에 의문의 쪽지가 들어왔다는 것. 장차 내가 찾아가야 할 길을 나 스스로 방해했다는 거였다.

혼란스러웠다. U는 미리 알고 있었던 것이다. 누군가 화살표 방향을 따라 뭔가를 추적할 거라는 사실을. 길을 교란하기 위해 나에게 '협조'를 부탁한 게 U였다.

하지만 U가 몰랐던 게 있었다. 장차 뭔가를 추적할 인물이 내가 될 거라는 사실을. U도 몰랐고 나도 몰랐다. 이틀 사이에 벌어진 일이었다.

뭔가 급박한 상황이, 내가 모르는 영역에서 벌어지고 있는 게 틀림없었다. 알 수 없는 사이버 공간 저쪽에서, 견고한 도서관 건물 벽 저 안쪽에서, 시계하루를 감추고 있는 아득한 공간(어쩐지 시계하루가 천 미터 지하방에 감금된 상황이 자꾸 떠오르더라니)에서. 느낌은 불온하고 불길했다.

무슨 일일까?

여전히 막막하긴 했으나 나에게 닥친 상황이 시계하루의 증발과 잇닿아 있다는 암시를 뿌리칠 수 없었다.

U는 무엇이며 미즈하라는 누구일까. 미우라 마사오는 무엇이며 야스다 사쿠타로는 누구일까. 윤동주와 그의 기록이

라는 건 뭘까. 그 모든 것들 사이에서 벌어지고 있는 준동蠢動의 석연찮은 기운은 무엇이며, 은밀하고도 예사롭지 않은 저류의 낌새는 뭘까. 시게하루는 어디서부터 어디까지 어떻게 연루돼 있는 거며, 친구의 형편과 행방은 어찌 된 걸까.

그런 것들을 아는 일보다 더 시급한 게 있었다. 표지판 방향을 바꿔놓은 게 나였다는 사실을 U가 모르게 하는 것. 그가 곧 알게 될 테니까.

U와의 관계를 더 이상 지속하면 안 되는 거였다. 그에게서 벗어나는 게 급선무였다. 당연히 도서관 일도 끊어야 했다. 일당 따위를 따질 일이 아니었다. 뭔가를 판단하고 결정하기 전에 나는 행동하지 않으면 안 되었다.

꼬리를 자르고 숨는 거야. U의 시선으로부터 나를 지워야 해. 그러는 것이 시게하루를 따라잡는 일이라고 생각했다. 지체 없이 나서는 것이.

서두르자니 둔중한 것이 머리를 때렸다. 시게하루도 혹 이것이 아니었을까. 그렇다면 나도 시게하루처럼 세상으로부터 행방을 감추게 되는 것 아닐까…….

다시 신오쿠보 역에 당도할 때까지 정신을 차릴 수 없었던 이유였다. 이틀 전에 갔던 그곳에 허겁지겁 도착해 연신 진땀을 흘렸던 이유.

골목 안쪽으로 천천히 걸어 들어갔다. 행인의 발길이 점차 뜸해졌다. 자전거 몇 대가 스쳐 지나갔다. 시야를 가리던, 정체를 알 수 없는 암막이 시나브로 걷혔다. 문제의 전봇대가 눈앞에 나타났다.

화살표 반대쪽으로 방향을 잡는 순간 묘한 흥분이 일었다. 내가 아닌 사람이 '화살표 방향을 따라' 갔다면 엉뚱한 집의 초인종을 누르게 될 터였다.

심호흡을 하며 한 발 한 발 떼어놓았다. 다른 이에게서 전해 받은 약도를 들고 내가 다시 그 길을 찾아갈 거라는 사실을 U는 몰랐던 거였다.

그만큼, 저쪽 어딘가의 상황은 급박했을 것이다. 아니면 그 일을 조종하는 개인이나 집단의 전달체계에 근본적인 결함이 있었든지.

처음부터 일의 성격은 점조직적이었다. 점과 점의 관계라는 것이 비밀로 철저히 단절돼 있었다. 신분이 노출되지 않는 점, 노출되더라도 상위 지시자나 최종 지휘주체가 보호된다는 점은 유리했다. 그런 만큼 피드백 효과는 취약했다. 화살표의 방향이 필요한 자가 화살표의 방향을 왜곡하는 아이러니는 그래서 발생한 거였다.

골목집들은 비슷비슷했다. 폭이 좁았고 지붕이 낮았다. 담장 너머로 어쩌다 대나무와 소나무 따위가 보였다. 여닫이든 미닫이든 현관 안쪽은 어두웠다. 인기척이 느껴지지 않았다. 내 발자국 소리만 점점 커졌다.

오래전에 매매된 채 비어 있는 투기 대상 가옥들 같았다. 문패는 있기도 했고 없기도 했다. 우편함도 대개는 비어 있었다. 하나 두울 세엣, 속으로 가옥의 숫자를 헤아리며 나는 앞으로 나아갔다.

그리고 머잖아 '여덟번째 집' 앞에 섰다.

다른 집들처럼 현관 안쪽은 어두웠고, 인기척이 느껴지지 않았다. 초인종을 눌렀다.

응답을 기다릴 새도 없이 초인종이 먹통이란 걸 먼저 알았다. 조심스레 현관을 두드렸다. 삼나무를 격자로 짜 맞춘 미닫이 문이었다. 문틀과 유리가 맞부딪히는 소리가 났다.

반응이 없었다.

현관 두드리는 나를 누군가가 뒤에서 보고 있는 듯했다. 얼굴 없는 U의 환영이 스쳤다. 손과 발을 제웅처럼 뻗치고, 안면 윤곽은 깨끗이 뭉개진 U.

다시 한차례 문을 두드리고 생각했다. 나는 이곳에 왜 왔는가.

누군가를 만나고 무언가를 확인하기 위해서가 아니었다. 사람과 사물의 연쇄 끝에 혹 시계하루가 있지 않을까 싶어 뗀 발걸음이었을 테지만 당장은 그게 아니었다. U의 감시망으로부터 나를 급히 지우려는 게 우선이었다.

현관 안쪽은 여전히 조용했다.

초조했다. 문이 열리고, 그곳으로 들어서야만 U로부터 안전해질 것 같았다. 그런 느낌과 기분은 거의 무조건적이었다. 들어서기만 하면 U로서도 어쩔 수 없을 거라는 생각도.

반응이 없었다.

소리라도 지르고 싶었으나 화재나 강도를 만난 것도 아니었다. 문이 열리지 않을 거라면 신속히 다른 곳으로 몸을 숨겨야 했다. U의 환영이 더 가까워졌다.

돌아서려다, 나는 움직임을 멈췄다.

현관 안쪽에서 기척이 새어나왔다.

나직한 발걸음 소리였다.

어머니의 말

어머니는 이름 없다. 뭔 말을 뭐라 뭐라 혼자 시부렁댄다. 뭐라 뭐라 뭐라 뭐라. 말 속에 이름 흘러나온다. 가끔 흘러나왔다. 이름이라는 거 몰랐다. 세츠카雪花. 이름이라고 했다. 세츠카. 아이구야, 나는 안 믿는다. 어머니 이름.

어머니는 어이다. 어이입니다. 아버지가 어이, 부릅니다. 어이, 어이. 어머니는 하이, 하이, 대답합니다. 하이밖에 모른다. 다른 말은 다 뭐라 뭐라 뭐라 뭐라. 잘 모르겠다. 곤약죽처럼. 어머니 말 뭉개지고 엎질러지고 줄어들고 말라붙고. 말 못한다. 소다.

어머니 잘하는 거 오징어. 말없이 까만 밥 만들어 오징어에 쑥쑥 넣는다. 우엉을 깎는다. 아오리 오징어. 양파. 넣고, 삶고, 타월로 두드린다. 두드려. 칼집 넣고 오징어로 솔방울 만들어. 어이, 어이. 하이, 하이. 먹물 발라 튀긴다. 먹물 개어 메밀국수. 산초 미소 소스. 반딧불 오징어. 어이, 어이. 하이, 하이. 반딧불 오징어.

아버지가 웃는다. 웃고 칭찬하면 어머니는 하이, 하이. 어머니 제일로 좋아하는 오징어. 아버지가 좋아해서 오징어.

나는 아버지 흉내 낸다. 어이, 어이. 어머니 하이, 안 한다. 물을 쏟고 그릇 던진다. 나는 화낸다. 화 안 났을 때도 화낸다. 겁쟁이 어머니. 세츠카라구? 웃긴다. 웃겨. 쭈그려 앉아 바닥이나 닦아. 내 말 잘 듣는다. 쌤통. 어머니 재밌다. 하녀의 하녀의 하녀다. 어머니는 내.

타케다 아파트. 오카미 상 동주 하녀입니다. 어머니 하녀 아니고 타케다 아파트 하녀. 요코한테 오카미는 대장. 오카쿠라한테도 히구치한테도 오카미는 똥대장. 동주한테 하녀. 동주 보면 웃는다. 동주 친구들 오카미 좋아. 오카미는 동주 친구들도 동주. 다 동주. 꼴사나워 앵앵.

언제나 동주 오카미한테 절한다. 어머니한테 인사한다. 아침에도 인사 점심에도 인사 저녁에도 인사. 나한테도 인사. 재수 없어. 귀축미영말로 꼬부랑 꼬부랑 인사. 오카미 조센징 해라. 하녀 말고 어미. 동주 고향 간도 오카미. 고향 어미 해라.

어머니는 밥 짓기 달인이었다. 머릿속은 온통 밥이었다. 자나 깨나 그것밖에 몰랐다. 아버지가 유일하게 칭찬하는 것은 그것밖에 모르는 어머니였다.

자네 음식은 말이야. 최고라구, 알아?

음식. 그것밖에 몰라야 칭찬했다. 아버지의 칭찬은 야비했다.

김이 무럭무럭 나는 주방에서 바쁘게 움직이는 어머니는 생쥐였다. 작은 체구가 그랬고 재바르게 움직이는 까만 발이 그랬다. 머리에 수건을 쓰고 고개를 반쯤 숙이고 말없이 움직였다.

아버지가 어이, 라고 부르면 깜짝 놀라 주방 한 귀퉁이로 와락 쏠리는 모양도 그랬다. 아버지 밥상에 조심조심 다가드는 모습도 마찬가지였다. 음식을 올리려는 게 아니라 음식을 몰래 훔치려는 생쥐 같았다.

나가사키 항에 배 드는 날짜와 시간을, 근해와 원양을 구분해 꿰고 있었다. 잠에서 깨어나자마자 『반야심경』 외듯, 어둠 속에 앉아 배 드는 날짜와 시간들을 되풀이 되풀이 중얼거렸다. 가끔은 깜짝 놀라,

아, 시치미도가라시* 떨어진 걸 잊을 뻔했잖아.

라며 혼자 혀를 찼다. 잊을 뻔한 게 뭐 그리 기쁘다고 반색을 했던 걸까.

종일 밥을 하고 밥 생각뿐이면서 밥에 관해서라면 언제라도 설렜다. 밥이 아니었다면 어머니는 일찌감치 죽었거나, 희미하게 간직했던 웃음과 말마저도 완전히 잊었을 것이다.

밥이라면 심혈을 기울였다. 무언가에 심혈을 기울이거나 그럴 사람

---

* 홍고추 가루, 산초 가루, 만다린 오렌지 껍질 가루, 검은 대마씨, 파래김, 흰깨를 섞어 만든 양념.

이 아니었다. 밥만은 예외였다. 다른 모든 것에는 무력하고 젬병이었으면서 밥이라면 혈기마저 드러냈다. 하나의 것에 유독 집착하던 어머니의 모습. 그럴싸해 보이기는커녕 살짝 미쳐 보였다.

아버지가 집 밖을 나설 때까지 어머니는 음식 냄새와 수증기 가득한 주방에서 나오지 않았다. 쉴 새 없이 움직였다. 아버지가 어이, 라고 하면 그제야 주방을 뛰쳐나오며 하이, 라고 답했다.

아버지가 돌아올 시각 두세 시간 전에도 그랬다. 아버지는 이틀 중 하루는 밖에서 자고 왔다. 그래도 어머니의 움직임은 일 년 삼백육십오 일, 하루도 변함이 없었다.

은어에 쿠시*를 끼울 때 어머니는 삼매경에 빠졌다. 은어를 왼손으로 잡고 꼬챙이로 은어 오른쪽 눈 아래를 찌를 때 어머니의 입은 절로 헤벌어졌다. 은어를 반대로 돌려 쇠꼬챙이가 가운데 뼈를 아래에서 위로 휘감게 꽂았다. 은어 옆구리 바깥으로 쇠꼬챙이 끝을 노출시켰다가 다시 반대 방향으로 꽂아 깊이 찔러넣으면 은어는 S자로 살아 헤엄치는 모양으로 되살아났다.

어머니 눈에 광채가 나는 것이 그때였다.

어머니의 기이한 몰입도 그럴싸해 보이지 않기는 마찬가지였다.

어머니는 은어에 쿠시를 꿰었다. 바삭하게 마른 빨래를 하염없이 갰

---

* 조리용 쇠꼬챙이.

다. 그런 저녁이면 어머니는 어디 멀리 떠나 있는 듯했다.

뭉툭한 종아리를 걷고 넓은 다라이에 들어가 꾹꾹 빨래를 밟았다. 밟는 모양이 멍청하기 그지없었다. 밝은 햇볕에 그 많은 빨래를 널고 나면 바닥에 흐무러졌다. 그럴 때도 어머니는 이승이 아닌 저승의 마룻바닥에 눕는 것 같았다.

어둡고 깊은 바닷속에나 사는, 눈도 없고 귀도 없는 연체동물이었다. 나에게도 운이란 게 있다면, 그런 어미의 몸속에서 빠져나온 자식이 아니라는 거였다. 야비한 아버지의 씨를 받지 않은 거였다.

가족이었으나 가족이 아닌 것이, 희망이라면 희망이었다. 한시라도 빨리 도망치고 싶어 나는 얼른 얼른 나이를 먹고 싶었다. 다리에 힘이 붙어 천 리를 달려도 지치지 않길 바랐다.

그러나 내 몸은 소원처럼 단단해지지 않았다. 세월은 지루하게 흘렀다. 몸은 여전히 길고 가늘었고, 팔과 다리는 모야시*처럼 희고 연약하고 투명했다.

콤피라 산 위로 둥근 달이 떠오르면 집 안엔 마법의 시간이 흐르기 시작했다. 어머니는 방구석에 처박혀 빨래를 갰다. 바싹 마른 풀 먹인 빨래는 건미역처럼 빳빳했다. 그것을 반으로 접을 때마다 딱, 하고 부러질 것만 같았다.

---

* 숙주나물.

갠 것을 펼쳤다 다시 개기를 반복했다. 아버지가 내게로 와 속옷 사이로 두툼한 손을 들이밀 때면 어머니는 저쪽 방에서 빳빳한 빨래를 끌어안고 잠들었다.

사토 상의 손길이 겁나고 징그러워 나는 숨을 할딱거렸다. 입 안으로 푸르고 끈적거리는 달빛이 몰약처럼 흘러들었다. 여린 내 몸과 벌어진 목구멍이 시린 달빛에 얼어버렸다. 어머니도 자는 게 아니라, 얼어 굳는 거였다.

어두우면서도 밝고 무거우면서도 가벼운 달빛이 집 안에 고여 들었다. 시간이 멈추며 공기가 희박해졌다. 현기증이 심해질수록 몸은 점점 까무러졌다. 나나 어머니나 마찬가지였다. 사토 상의 손길만 살아 뱀처럼 움직였다.

집 안의 모든 것들이 가수면에 빠졌고 사토의 몸만 제멋대로 내 살갗 위에서 횡행했다. 마법의 푸른 달빛 때문이었다. 밝음과 어둠 사이를 맘대로 휘저으며 헤엄치는 건 사토라는 괴물뿐이었다.

음탕한 그의 손과 탁한 입 냄새가 내 몸을 언제까지고 가녀린 모양시로 멈춰 있게 만들었다. 저 콤피라 산에 달이 뜨는 한 나는 나이를 먹을 수 없었다. 그럴 거라고 생각했다. 커다란 쿠시로 사토 상을 은어처럼 꿰어버리지 않는다면.

밤이 지나고 나면 나는 홍역 앓은 아이처럼 시들시들해졌다. 어머니는 어느새 주방 가득 자욱한 김을 피워놓곤 했다. 달밤은 비릿한 꿈의 흔적일 뿐이었다.

나를 짓눌렀던 아버지보다, 한쪽 뺨에 뻣뻣한 빨래 자국이 남은 어머니가 죽이고 싶을 만큼 미웠다. 국, 밥, 우메보시*, 청어알, 백합뿌리, 얼른!……. 어머니에게 함부로 명령했다.

대개는 고분고분했으나 어쩌다 눈을 흘겼다. 나는 닥치는 대로 물건을 팽개쳤다. 아버지가 아닌 어머니를 향한 패악. 나 자신을 향한 저주라는 걸 몰랐다.

어머니는 서슴지 않고 바닥을 기었다. 딸을 차지한 남편, 남편을 차지한 딸에게 죽은 듯 머리를 조아렸다. 널브러진 물건들을 주워 담았다. 빨래를 하고 밥을 했다.

입지도 않은 옷을 꺼내 다시 빨고 널었다. 오징어를 사들이고 검은 밥을 지었다. 검은 밥은 아버지의 뱃속에 들어가 색정을 불러일으켰다. 긴 혀로 싹싹 핥고, 부글거리는 것을 바깥 여자들 몸속에다 쏟아부었다. 아무리 먹어도 살이 붙지 않았다. 남은 음식을 개처럼 퍼먹고 피둥피둥 살찌는 건 어머니였다. 내 몸은 좀체 여물지 않았다.

어머니는 어찌 그리 살 수 있었을까. 이승을 살지 않아서였을까. 늘, 어디 멀리 떠나 있는 듯했다. 멍청했고, 살짝 맛이 간 듯했다.

밥을 하고 빨래를 하고, 마법의 달밤과 내 패악을 견뎌낼 때, 어머니

---

* 매실 장아찌.

는 나름 뭔가에 성공하고 있는 듯했다. 이곳 삶에서의 완벽한 이탈. 전적인 부정. 죽음이었다. 죽음으로써 어머니는 이승의 삶에 간신히 발 디디는 데 성공하고 있었던 것이다.

어머니는 바닥에 떨어진 밥알 하나 소홀히 하지 않았다. 아무리 작은 좁쌀, 아무리 보잘것없는 생선 부스러기라도 주워 먹었다. 깜짝 놀라며 자신의 불찰을 탓했다. 묻은 먼지를 살살 불어내며 사죄하듯 중얼거렸다.

아이구 미안해라. 아이구 아까워라. 이러면 안 되지. 내가 잘못했다. 잘못했어…….

영락없이 또 그 멍청하거나 심혈을 기울이거나 삼매경에 빠지는 표정이었다. 끙끙 앓는 소리가 미치도록 듣기 싫었다.

곡식과 해산물을 귀히 여긴 까닭이 아니었다. 경의가 아니었다. 밥 짓기 달인의 슬픈 모습일 뿐이었다. 실수와 불찰에 대한 지나친 자학.

불찰은 어머니의 '완벽한 이탈'을 방해했을 터. 그 억울함을 탓하고 앉았다. 천적인 부정, 죽음에 온전히 이르지 못하게 하는 좁쌀과 생선 부스러기는 결코 그녀에게 작은 실수가 아니었다.

어머니는 굽실거려 사죄하고, 호호 불어 떼어내고, 지그시 눈 감고 입에 넣었다. 음미하듯 우물거렸다. 결함 없는 청승이었다. 자학을 짜릿하게 즐겼으니 미친 거였다. 삶의 경중을 판단하지 못했다.

죽이고 싶도록 미웠던 맘의 반은, 역시 나 자신을 향한 거였다. 억눌린 저항을 엉뚱한 방향으로 왜곡하는 일이라면 나도 만만치 않았으니까. 비겁하기가 이루 말할 수 없이 찬란했으니까.

아버지와 어머니와 나, 허울 좋은 가족 모두의 관심과 욕망은 그토록 뒤집혀 있었다. 나라는 전쟁 중이어서 엉망이었고, 가정은 달과 음식과 야비한 칭찬으로 너저분했다.

등신 같은 아내가 사토에게는 필요했다. 안전하게 치대기 위해 필요했고 음식 잘하는 칭찬의 대상으로 필요했고 '단란한' 가족의 일원으로 필요했다.

에비라 마을 밖에서는 사토의 아내가 쌀쌀맞고 매서운 사람이었다. 바깥의 얼뜬 여자들에게서 등을 돌릴 때마다 사토는 엄처를 핑계 댔다.

요코는 몹시 약하고 가냘파 작은 상처라도 줄 수 없는 귀한 딸이었다. 사토는 아내를 무서워하는 공처가였으며 딸이 안쓰러워 가정을 뛰쳐나올 수 없는 소심한 가장이었다.

그 말을 믿는 여자들만 상대했다. 구차한 욕구를 채우기 위해서라면 비열한 겁쟁이가 되는 것 따위 아무렇지도 않게 여겼다. 필요한 상대 앞에서는 콤피라 산의 유산 상속자처럼 행세하다가도, 필요 없어진 상대 앞에서는 세상에 둘도 없이 하찮고 시시한 인간이 되었다.

아내와 딸은 물론 자신의 신분과 정체를 떡 주무르듯 둔갑시켰다. 사토의 말은 도조 히데키*처럼 강하고 의연하다가도 병든 개처럼 끙끙거렸다. 류樛**의 여급을 빗대는 말들은 몽롱하고 현란했으나 에비라 마을 아낙을 탓하는 말은 거칠고 사나웠다.

나와 어머니를 침묵으로 윽박질렀다. 사토의 침묵은 어떤 교활하고 악랄한 말보다 무서웠다. 그는 집 안의 공기를 부리고 냄새를 부리고 달빛을 부렸다.

날름거리는 그의 혀로 어머니와 나는 언제라도 엄처가 됐고 가녀린 딸이 됐다. 등신이 됐고 서양 귀족이 됐다. 밥 짓기의 달인이 됐고 눈부신 달의 정령이 되었다.

가장 이기적이었으나 끝없는 욕정에 시달렸던 게 사토였다. 나는 그의 이상한 사랑이 지겹고 끔찍했다. 어머니는 양쪽으로부터 능멸 당했다.

그래서였을까. 어머니는 일찌감치 이승에 있지 않았다. 멍청하고 맛이 간 건 분명했으나, 세상 어디에도 없이 편안한, 말도 표정도 없는 적막의 땅 위에 가만히 영혼을 부려놓은 듯했다.

음식을 만드는 것. 그것이 어머니가 이 세상에 존재하는 유일한 방식이었다. 그 외엔 아무것도 없었다. 세츠카雪花. 자신의 이름이라고 우겼지만 나는 어머니 말을 믿지 않았다. 그런 이름을 가진 사람의 운명이 그럴 수는 없었다. 그녀의 이름은 밥 짓기의 달인이었을 뿐이다.

밥 짓기의 달인은 교토에도 있었다. 타케다 아파트의 오카미 상. 주방을 온통 하얀 김으로 가득 채우고 재빠르게 몸을 놀렸다. 에비라의

---

* 당시 일본 총리.
** 나가사키 도자마치銅座町에 있는 요정.

달인과 다를 게 없었다.

그러나 어머니는 슬픈 달인이었고 오카미 상은 무서운 달인이었다. 아버지의 야비한 칭찬에 굴욕만 당했던 게 어머니라면, 오카미 상은 커다란 나무주걱 하나로 아파트 식구들을 평정했다.

끼니때가 가까워지면 공동주방에서 이따금 무언가 딱딱 부딪히는 소리가 났다. 오카미 상이 휘두르는 나무주걱이 조리솥을 때리는 소리거나, 굼뜬 히구치 아줌마나 깝죽거리는 중학생들의 머리를 내리찍는 소리였다.

주방을 드나들려면 오카미 상의 지시와 명령을 고분고분 따라야 했다. 지정된 자리에 앉아 음식이 나올 때까지 얌전히 있지 않으면 주인인 모리 상도 주걱으로 얻어맞을 판이었다.

땅 위의 사람들에게 밥을 나눠주라는 상제의 명령을 받고 어느 날 하늘에서 뚝 떨어진 사람인 양 굴었다. 많은 사람들의 밥을 한결같이 맛있게 지어내는 솜씨만큼은 대단했다.

성격과 솜씨 말고, 오카미 상이 하늘에서 떨어졌을지도 모른다고 수군거렸던 데는 또 다른 이유가 있었다. 그녀가 몇 살이며, 어디서 무얼 하다 온 사람인지 아무도 몰랐다. 고향과 부모에 관해 아는 사람이 없었다.

남편과 자식은 있는지, 얼마큼 배우고 얼마큼 벌었는지도 알지 못했다. 유일하게 알려진 거라곤 오른팔이 굽은 내력뿐이었다. 그녀가 떠벌린 얘기였다.

그녀는 난산 끝에 태어났다고 했다. 어머니라든가 고향 얘기는 끝내 빼놓았다. 얼마간 자란 뒤에야 오른 팔꿈치 아래쪽이 골절이었다는 걸 알았다. 산도를 빠져나오지 못하는 아기를 팔을 휘어잡고 비틀어 뺐다는 것(상상이 안 된다). 때를 놓쳐 뼈가 어그러진 채로 굳었다.

얼핏 보면 한 팔에 손목이 두 개인 것처럼 보였다. 하나는 움직이는 손목, 다른 하나는 움직이지 않는 손목. 굽은 팔 때문에 어깨며 척추도 조금씩 굽어 보였다. 그러나 밥 짓고 주방일 하는 데는 굽은 팔이 제격이라고 큰소리쳤다.

굽은 팔 덕분에 항아리의 외진 곳까지 닦을 수 있고 선반 안쪽 물건들도 잘 집어낸다는 것이었다. 조리질도 남보다 두 배 빨리할 수 있다고. 정말 그러긴 했다.

하늘이 내린 몸이 아닐 수 없댔다. 누구나 오카미 상의 밥 짓는 솜씨를 알고 있었다. 그녀의 말을 철석같이 믿어도 손해될 건 없었다. 사납지만 않으면 좋았을 것을. 그녀의 나무주걱에 가장 많이 얻어터진 게 나였다. 조리용 나무주걱이 아니었다. 회초리며 지휘봉이며 망치였다.

오카미 상이 동주를 좋아했다. 말없고 조용하고 인사성 밝은 청년이니까 어여삐 여긴다, 는 정도가 아니었다. 동주와 마주치면 오카미 상의 낯이 벌노랑꽃처럼 피어났다. 몽롱하고 무기력해지기까지 했다.

왜 그래요?

내가 묻기라도 하면 꼭

몸속의 피들이 방금 몽땅 노랑색으로 바뀌었거든.

하고 대답할 것처럼.

정말 별일이야.

나는 혼자 중얼거렸다. 동주를 좋아하는 그녀가 웃겨서만은 아니었다. 아무도 좋아할 줄 몰랐던 나, 요코였기 때문이었다. 오카미 상한테 가장 많이 얻어터진.

오카미가 그토록 좋아한다는 사실을 정작 동주만 모르는 것 같았다. 그것도 참 짜증나고 신경질 나는 일이었다.

너무 많은 사랑을 받고 자라, 그게 넘치고 넘쳐, 밥 짓는 여편네의 웬만한 관심 따위는 간에 기별도 안 온다, 그 뜻인가?

그렇게 묻지는 못하고

아침에 또 뭐 주더냐?

어느 날인가 궁금한 척 물었다. 동주가 아침 산책 나가는 모습을 창밖으로 봤던 것이다. '좌중을 웃기다'라는 문장을, 한자를 섞어 쓰고 외울 때였다. 막 떠오른 아침 햇살이 나무들 밑동을 붉게 물들이는 저 아름다운 모습을, 언제쯤이나 글로 표현할 수 있을까 막막해할 때였다. 동주를 불러 무언가를 건네는 오카미를 봤던 것은.

무얼?

동주가 되물었다.

어이없어 말이 안 나왔다. 동주는 정말 어떤 면에선 꽉 막힌 데가 있었다. 상대의 의중을 잘 알아차리지 못했다. 특히 고약한 의도는.

주었잖아, 오카미 상이. 아침에.

글쎄 뭘?

동주 정말 바보나?

나는 콕 찔렀다.

그가 웃었다.

이보십시오, 동주. 묻는 사람이 어떻게 아나? 받은 사람이 알지.

동주는 고개를 들어 하늘을 바라보았다. 떠올리려 애썼다. 완연한 가을 하늘이었다.

나는 그가 어쩔 줄 몰라 우물쭈물하는 모양이 좋았다. 그뿐만 아니라 누구든 내 앞에서 쩔쩔매는 꼴을 나는 제일 좋아했다. 특히 중등학교 새끼들. 요코는 그런 맛에 살았다.

사람이 일껏 생각해서 뭘 주는데 그렇게도 관심이 없어?

타이르듯 말했다.

오카미 상 섭하겠네.

더 진지하고 심각해지는 그의 모습이 역정이 날 만큼 귀여웠다. 나는 귀여운 걸 진심으로 좋아하지 않았다.

생각났다!

마침내 동주가 버럭 소리를 질렀다.

깜짝 놀랐지만 침착한 척했다.

둔하긴……. 그래 뭔데?

어제야.

어제?

응, 오카미 상한테 뭔가를 받은 것은 어제 아침.

이건 뭐지? 내가 잘못 안 거였다. 제기랄. 그렇다고 낭패스러움을 그대로 드러낼 내가 아니었다. 속을 숨기는 거라면 나는 언제나 자신 있었다. 역시 타이르듯이,

어제냐 오늘이냐를 물은 게 아니잖아, 동주 아저씨. 뭘 받았냐니까?

물었다.

코시키노누루*였어.

그는 더 이상 하늘을 바라보지 않았다.

음. 코시키노누루였구나.

내가 하늘을 바라보고 있었다. 할 말이 없어졌다. 그에게 뭘 묻고 확인하고 싶었던 건지 얼른 생각나지 않았다.

그거 맛있지…….

라고 말하며 나는 생각했다. 무슨 얘길 하려던 참이었지? 자꾸 다른 말만 나왔다.

---

* 시룻번. 시루를 솥에 안칠 때 그 틈에서 김이 새지 않도록 바르는 반죽.

딱딱하지만 속은 말랑하고. 처음은…… 밍밍하지만 씹을수록 고소하고……. 그치?

내가 물었다.

그래.

먹을 만하더냐?

그래.

그래밖에 모르냐?

뭐?

아, 이런 밍밍한 동주가 어디가 좋다는 걸까 오카미는? 혀를 차려다 생각해냈다. 오카미 상은 동주를 좋아하는데 동주는 그걸 잘 모른다는 것. 깨우쳐주려는 것이 아니라, 사람이 어째 그럴 수 있냐고 타박을 하려던 참이었다.

타박해서 은혜를 아는 인간으로 가르치려고? 천만의 말씀. 가르치는 건 할 줄도 몰랐고, 내 장기는 더욱 아니었다. 나는 사람을 그저, 타박하고 싶은 거였다.

오카미 상이 동주 엄청 좋아하는 거 아냐?

알아.

알고 있었나?

물론.

이렇게 되면 초장부터 타박할 게 없어지는 거였다. 알고 있었다니.

근데 동주가 모르는 척하는 건가?

그럴 리가.

데면데면하잖아.

타박할 게 없다고 곱게 물러설 내가 아니었다.

그저 말이 좀 없달 뿐이지.

수줍고 부끄럼 탄다는 말 하려는 거나?

그래도…… 그래서 좋다는 걸.

그래서라구?

응. 겉은 이래도 내 속은 말랑하니까. 밍밍해도 씹을수록 고소하니까겠지.

제법이었다. 내가 그러듯 동주도 나를 만만하게 여기는 걸까. 안 그러던 사람이 내 앞에서는 꼬박꼬박 말을 잘했다. 좋아, 제대로 심통을 낼 차례였다.

<u>요오코오!</u>

그때 날 부르는 소리가 들렸다. 길게 늘여 빼는, 근엄하기 짝이 없는 목소리. 오카미였다.

파는 다 다듬었더냐? 미역은 곤죽을 만들 작정이더냐?

호랑이라도 되는 듯, 높낮이 없이 성큼성큼 으르렁거리는 오카미가 꼴같잖았으나 나는 얼른 주방으로 도망쳐 들어갔다. 옆구리의 거대한 나무주걱을 그녀가 막 장검처럼 빼어들 참이었으니까. 맞으면 손해였으니까. 도망쳐 들어가면서 속으로 별렀다.

동주…… 나중에 보자.

오카미가 동주에게 그랬듯, 오카미를 향한 동주의 마음가짐 역시 각별했다. 모를 내가 아니었다. 다만 그들 사이에 끼어 뭔가를 타박하고 훼방 놓고 싶었다.

내 심기가 불편하거나 남의 심기를 불편하게 해야 성이 차는 나였다. 어쩔 수 없었다. 사토 때문에 나는 늘 불편했으면서 한편으론 어머니를 몹시도 불편하게 했다.

죄의식 같은 건 조금도 없었다. 평온한 것이 성가시고 낯설었다. 바람 없이는 못 살고 죽어버리는, 세찬 바람곁에 뿌리내린 불운한 갈풀의 운명이었다.

내가 불행했었다고 지금 말할 수 있는 이유란 그 때문이다. 불행 속에 행과 불행이 공존했다. 이상했지만 그랬다. 영원히 그럴 줄 알았다.

식탁을 사이에 두고 얘기 나누는 동주와 오카미가 좋아 보일 리 없었다. 정담을 나누고 있었으니까. 주방 창으로 쏟아져 들어오는 갈볕이 식탁 위를 따뜻하게 적시고 있었으니까. 부럽기는커녕 구겨버리고 싶은 풍경이었으니까.

다행히(정말 다행이라고 여겼다) 나만 그런 광경을 마뜩찮게 바라본 건 아니었다. 타케다 아파트 복도를 오가는 학생들, 가끔씩 방문하는 외부

학생들도 두 사람의 모습을 근심 어린 눈으로 바라보곤 했다. 학생들이란 조선인을 말하는 것이다.

동주는 사람들과 썩 잘 어울릴 줄 몰랐다. 혼자일 때가 많았고 혼자인 것을 좋아했다. 누군가를 찾아가지 않았고 누군가가 찾아왔다. 타케다 아파트에서 말을 주고받는 사이라면 나나 오카미 상 정도였다. 요코가 요코처럼 생겨먹었듯 동주도 동주처럼 생겨먹은 것뿐이었다. 내가 불만일 건 없었다.

조선인 학생들의 생각은 달랐다.

모임에 적극적이지 않은 그를 조선인 학생들은 멀리서 그윽이 바라보았다.

가끔씩 외부의 조선인 학생들이 타케다 아파트를 방문했다. 동주의 방에 모인 적은 없었다. 평양에서 왔다는 아다치의 방이거나 경성에서 왔다는 시라토리의 방에서였다.

나는 그들의 조선어 이름을 알지 못했다. 자기들끼리 안 형! 백 형! 하고 부르는 소리를 들었을 뿐이다. 나는 그 발음을 도저히 흉내낼 수 없었다.

학생 중에는 소무라 무게이 같은 경대생이 있었고 동주가 다니던 동대생도 있었다. 3고생도 있었다. 부립 제2중학교에 다니던 어린 학생도 종종 나타났다.

나는 그들의 얼굴을 일본식 이름으로 기억했다. 그들의 기질과 성

어머니의 말

격도 파악했다. 그럴 일이 있었다. 방에 모여 무슨 얘기를 주고받는지, 누가 어떤 말을 했는지는 알 수 없었다. 조선말이었으니까.

샅샅이 들을 수 없었다는 말이다. 잘나고 복 받은 것들의 말이어서, 일본말로 한대도 샅샅이 들리지 않았을 것이다. 글자도 제대로 모르는 요코였으니까. 그들 입에서 반복해 튀어나오는 낯선 말들은 입으로 외웠다가 내 방으로 돌아가 얼른 히라가나로 적었다.

큰 소리를 내며 길게 말하는 사람은 언제나 크고 길게 얘기했고, 작은 소리를 내며 짧게 말하는 사람은 언제나 작고 짧게 얘기했다. 볼 순 없었어도 큰 소리와 작은 소리의 주인공은 기억하기 쉬웠다.

큰 소리가 날 때마다, 저게 오카쿠라 상이 말하는 공분이라는 건가 싶었다. 동주는 거의 듣는 쪽이었다. 편싸움 할 때도 그랬듯, 그는 공분에 휩싸이지 않는 듯했다. 조선인들끼리일 때도 그는 망설이고 머뭇거렸다. 안 봐도 선했다.

식당에서는 혈색이 밝았다. 오카미 상에게 만두와 유부를 부탁해 늦게 돌아오는 학생들을 먹였다. 자다 깬 히구치 아줌마는 동주에게 눈을 흘겼다. 동주는 아랑곳하지 않았다. 그런 동주를 오카미 상은 기꺼워했다.

모임과 발언에 적극적이지 않은 동주. 자기 말의 세계에 빠져 공분과는 먼 땅을 홀로 서성이는 듯한 그를, 몇몇 조선인 학생들은 경원하기도 했다. 그러나 동족을 따뜻하게 대하는 맑은 눈의 그를 비난하는 사람은 없었다.

그는 혼자 읽고 혼자 쓰고 혼자 잠들었다. 갓 떠오르는 아침 햇살을 안으며 산책길에 나섰다. 오카미 상의 사랑을 받고 다정한 대화로 답했다. 어디까지나 내 탓이었으나 나와는 언제나 옥신각신. 조선인 학생들에겐 조용하고 의젓한 형이었다.

나무랄 데 없었으므로 아무도 그를 따돌릴 수 없었다. 알 수 없는 이유로 그는 무리 중에 헌칠했다. 그러면서도 거리감을 느끼게 하는 애상의 기운은 그에게서 좀처럼 지워지지 않았다. 조선인 학생들이 그를 '멀리서 그윽이' 바라보았다는 건 그런 뜻이다.

특히 소무라가 그랬다.

소무라는 크고 길게 말하는 사람이었다. 동주와는 딴판이었다. 상대를 물끄러미 바라보는 눈매가 서늘했다. 동그란 안경 속 홍채가 깊고 선명했다.

그는 늘 몇 발짝 저쪽에서 동주를 그윽이 건너다보았다. 회합에선 말이 없다가도 성질 완악한 오카미를 고분고분하게 만들고 마는 동주를.

소무라 무게이. 동주와는 한 마을에서 한 해에 태어난 고종 사촌간이라 했다. 외종이 아니라 고종간이라는 것도 그가 한 말에서 알았다. 남남이었다면 동주가 못마땅했을 것이다. 작게 말하는 사람에 대해 크게 말하는 사람이 갖는 불만을 어떻게든 드러냈을 것이다.

소무라는 다만 은밀히 건너다볼 뿐이었다. 동주의 표정에서 끝내 지워지지 않던 애상의 기운. 그것의 근원을, 사촌인 소무라는 알고 있었을까. 그러나 그것에 대해 그는 아무 말도 하지 않았다.

여동생이 있었지.

눈은 저쪽 동주를 보며, 소무라는 나에게 말했다. 목소리는 아련하면서도 힘이 있었다.

간도……에요?

내가 물었다. 소무라가 고개를 돌려 나를 똑바로 바라보았다.

확 빨려들 듯한 눈. 깊고 서늘한 눈매가, 굳이 말하라고 한다면, 싫었다. 나는 누구에게도 압도당하고 싶지 않았다. 무슨 일인가를 저지르고 말 눈이야……. 그때 내 느낌은 그런 거였다.

늑막 아래로 잠깐 스친 기분이 있었다. 이런 사람이 내 오라비라면…… 좋겠다, 까지는 가지 않았다. 느낌은 거기까지였다. 나는 그의 눈에 빨려들면서도, 빨려드는 맘을 애써 건져냈다. 호감과 거부감을 공히 간직한 눈. 나는 그저 만만한 것이 필요한, 비겁하고 졸렬한 계집아이였다.

간도를 아니?

그가 물었다.

두 분 고향이 간도 아니어요?

나는 꼬박꼬박 존대했다. 나는 교활했고 그가 좀 무서웠으니까.

동생 생각 많이 한다더구나, 널 보면서.

기분이 참 안 좋아지려고 했다. 복잡하고 미묘한 거라면 나는 무조건 안 좋았다.

예쁜가요? 그 동생.

내가 말해놓고 기분이 열 배 안 좋아졌다. 그냥 딴 데로 가버리자, 고 생각하며 그 자리에 서 있었다.

소무라가 씩 웃었다. 웃음에 동주보다 몇 배나 더 짙은 수심이 어렸다. 이건 뭐지? 고개를 숙였다. 한참이나 시간이 지난 뒤 그가 말했다.

세상에 제일 좋은 게 오빠라던 동생이었어.

사람이 그렇게 좋을 수 있을까. 가족이? 나는 고개를 들지 않았다.

고향에는 사랑이 넘치는 가족이 있지. 여동생, 남동생, 아버지, 그리고 어머니, 어머니.

잘도 넘쳤겠군. 난 그런 거 몰랐다. 소무라가 돌아가 버렸으면 싶었다. 내가 방으로 들어가 버리면 그만일 것을, 누가 시킨 것도 아닌데 나는 식당 한 켠에 서서 그의 말을 듣고 있었다.

어머니, 어머니라고 어째서 두 번 불렀는지 아니?

알게 뭐야. 어머니라면 지겨운걸. 대답하지 않았다.

그가 말했다.

이런 시가 있다. 제대로 외우진 못하지만, 별 하나에 추억과 별 하나에 사랑과 별 하나에 어머니 어머니.

듣도 보도 못한 거였다.

그가 이어 읊었다.

어머님, 나는 별 하나에 아름다운 말 한 마디씩 불러봅니다. 소학교 때 책상을 같이했던 아이들의 이름과…….

쉬었다 다시 이었다.

이네들은 너무나 멀리 있습니다. 별이 아스라이 멀듯이. 어머님, 그리고 당신은 멀리 북간도에 계십니다.

조용히 그는 한숨을 내쉬었다. 동주의 시라고 했다. 듣도 보도 못한 게 당연했다. 나는 시 따위 몰랐고 알고 싶지도 않았다. 잘난 것들이나 하는 거.

식탁 가장자리에서 혈색 밝게 웃고 있는 동주를 건너다보았다. 엄마 젖 못 먹어서 어째? 나는 갑자기 비위가 상했다.

소무라가 말했다.

그곳엔 많은 친구들이 있었지. 이웃과 목사님들, 스승님들. 시가 되어준 바람과 별. 우물과 십자가. 기와집과 자두나무. 지붕 얹은 큰 대문, 텃밭과 타작마당, 북쪽 울 밖에 울창하던 살구와 자두 과원. 오디나무.

그곳은 소무라 자신의 고향이기도 했다.

우물가에 서면 동쪽 언덕 저편으로 교회당이 보였다. 고목 위에 올려진 작은 종각이 있었고. 동남쪽으론 커다란 학교와 주일학교 건물들이 잇닿아 있었단다. 참으로 평화롭고, 평화로웠느니.

아득하고 아련하던 소무라의 눈빛이 점점 어두워졌다. 평화롭고, 평화로웠느니. 그 말에 이르러서는 울컥 목이 잠겼다. 그는 크고 길게 말하는 자였다. 방금 한 말들은 시 따위나 쓴다는 동주에게 어울렸다.

동생이 죽었나요?

불쑥 물었다. 왠지, 누군가가 죽었고, 그것을 애도하는 분위기였으니까.

아니면 어머니?

죽었다면 매우 억울하게 죽었을 것 같았다.

소무라가 뚫어지게 나를 바라보았다. 죽음이라는 말에, 그도 놀란 것 같았다.

그는 천천히 고개를 가로저었다.

만주에 살았으나 조국은 조선. 조선이 있어 간도도 간도였거늘, 조선이 짓눌려 억울하게 숨 막히니 고향도 기력을 잃어 하냥 슬프다.

조국? 아다치나 시라토리 방에서 나누는 말들도 그와 같은 것일 거란 생각이 들었다.

조선이 죽은 거네요.

내 말에 그가 다시 깜짝 놀랐다.

그래서 슬픈 거네요. 그쵸?

그가 지그시 이를 앙다물어, 떨리는 턱을 진정시켰다.

고향도 따라 죽었으니까, 맞죠?

그늘진 그의 눈자위가 흔들렸다. 내가 말을 잘못한 걸까.

남을 불편하게 만드는 게 내 장기이긴 했지만, 그럴 맘이 있었던 건 아니었다. 조선이 죽었는지 살았는지 내가 알 바 아니었다. 고향이 어찌 됐는지. 그의 표정이 뭔가를 애도하는 듯해서 그냥 해본 말이었다. 아니면 말고.

죽지 않는다.

그가 말했다.

결코.

이 두 마디를 나는 기억했다. 그럴 일이 있었다. 죽지 않는다. 결코. 일본말이었으므로 내 방으로 내처 가 히라가나로 적어둘 필요는 없었다.

동생도 어머니도 죽지 않았어. 고향도 죽지 않는다. 생명이 다할 때까지 어머니란 가슴에 살아 계시는 거다.

밤에, 만두나 먹으며 그런 얘기 듣는 거 싫었다. 밤에 먹는 만두보다 낮에 먹는 빙수가 나는 더 좋았다. 하지만 나는 어쩐 일로 그의 곁에서 하릴없이 듣고 있었다.

그가 말하지 않아도 동주의 가족이 그의 가족이며 동주의 고향이 그의 고향이란 걸 알았다. 그곳에는 그리운 것들이 있었다.

그것들의 이름을, 소무라는 하나하나 불렀다. 가난한 이웃 사람들의 이름, 비둘기, 강아지, 토끼, 노새, 노루. 그리고 프랑시스 잠, 라이너 마리아 릴케 같은 이상한 이름들을. 그것마저 동주의 시라는 건 이십

오 년이 지난 뒤에 알았다.

나의 에비라와 그들의 간도는 달랐다. 나는 도망쳐 왔으나 그들은 그리워했다. 에비라에는 말없는 어머니가 죽은 듯 살았고, 간도에는 그들의 어머니가 시와 사랑으로 남아 있었다.

에비라는 나쁜 기억이었고 간도는 아스라한 추억이었다. 나는 에비라의 이름을 부르지 못했다. 동주와 소무라는 어머니 이름을 고향처럼 조국처럼 불렀다. 어머니, 어머니.

나는 에비라가 잊히길 바랐고 그들은 간도의 말과 어머니를 가슴 깊이 간직하길 바랐다.

나는 에비라에 갈 수 있었으나 가지 않았다. 그들은 간도로 돌아가길 원했으나 돌아가지 못했다. 이태 뒤 그 둘은 일본 땅 감옥 안에서 죽었다. 스물아홉 살이었다.

그들도 나도 고향을 잃은 거였다. 돌아가지 않았든 돌아갈 수 없었든.

일본이 패망하고 여러 해가 지난 뒤 나는 에비라 소식을 풍문으로 들었다. 어머니 아버지가 모두 한날한시에 죽었다는. 시바사키네, 아오키네, 이케다네 모두. 사람도 짐승도 나무도 모두. 집도 개울도 돌멩이도. 원자폭탄이 떨어진 자리가 에비라 마을 코앞이었다. 이토록 엉망인 게 세상이다.

에비라를 떠난 뒤 나는 아직 그곳엘 가지 못했다. 안 갔으면 싶다. 맘이 그렇다. 그냥 잊고 싶다. 내 마음을 누구로부터도 이해받고 싶지 않다. 나도 모르겠는데 어떻게 이해하고 이해받는단 말인가.

내 고향은 지금의 이곳, 홋카이도 아바시리라 생각키로 했다. 실제로 나는 이곳에서 태어났을지도 모른다. 어릴 적부터 내 뿌리는 막연히, 나가사키가 아닌 어디 저 먼 땅 흙 속에 있을 거라 생각했었다. 아바시리에 처음 당도했을 때, 바로 이곳이란 느낌이 들었다.

과연, 나가사키와는 가장 먼 곳이었다. 어떤 사연이었는지는 모르나, 북쪽 끝 아바시리의 홀씨가 남쪽 끝 나가사키에 떨어진 거였다. 제대로 자라지 못했거나, 자랐더라도 본래의 제 모습은 아니었을 것이다.

하지만 나는 가끔 알고 놀란다. 내가 만든 음식 속에 에비라 어머니의 서러운 맛이 들어 있다는 것을. 시간이 흘러도 그것은 오래된 때처럼 빠지지 않는다. 맛있기까지 하다.

동주도 어쩌면 오카미 상의 음식에서 어머니 맛을 느꼈는지도 모른다. 맛이 아니더라도 정성과 솜씨 혹은 사랑 같은 것에서. 어머니는 고향이고 고향은 어머니일 수밖에 없다. 다만, 그때나 지금이나 그곳을 그리워하는 사람이 있는가 하면, 그곳을 아파하는 사람이 있을 뿐이다.

에비라와 말없는 어머니가 나에게 참람한 말이 되었다면, 간도와 어머니의 넘치는 사랑은 동주에게 시가 되었다.

동주는 유독 어머니를 사랑하고 그리워했다.

그즈음 나는 빙수를 먹지 못해 안달했다. 12월이 되자 빙수가 완전히 자취를 감추었던 것이다.

얼음 얼면 직접 갈아 만들어 먹으려무나.

빙수 집 아주머니는 무심했다. 내가 팔아준 것만도 얼만데. 빙수로 돈 좀 번다고 세도 부리나?

교토에 언제 얼음이 언다고 그래요?

그럼 눈 오면 눈 위에 시럽 뿌려 먹든지.

교토에 언제 눈이 온다고 그래요?

낸들 어쩌겠니. 얼음이 없는걸.

공연히 그런 실랑이를 했다.

왜 없는데요?

이 겨울에 누가 얼음을 찾아. 날이 추우니 얼음 필요 없는 거지.

난 필요한데.

너 하나 때문에 세상이 돌아가지는 않아.

빙수 집 아주머니는 여전히 무심했다.

그래도 필요한데.

이젠 얼음 안 와. 딱 끊어졌어. 12월이잖아.

그래도 필요한데.

우리 집이 가장 늦게까지 빙수 팔았어. 어원 근처는 지난달에 문 닫았는걸. 고마운 줄 알아야지. 다 큰 게.

열다섯이에요.

다 큰 거지. 생리도 하지?

뭔데요, 그게?

어쩐지…… 쯧쯧. 생리하면 이거 안 먹는다.

그게 뭐냐니까요?

더 크면 안다.

치사해.

뭐가?

아줌만 내가 밉나?

그 정신없는 머리나 좀 어떻게 해라.

내가 팔아준 것만도 얼만데.

니가 팔아줬냐?

말이 딱 막혔다. 실은 모두 도리우치 아저씨가 사준 거였다. 내 돈으로 사먹은 적은 한 번도 없었다. 나는 돈이 없었다.

동주가 연출했다는 연극을 보러 도시샤에 가기 전날이었던가. 그해 빙수는 그것으로 끝이었다. 나는 정말 빙수가 먹고 싶었다. 연극이 끝난 뒤, 그래서 동주에게 뜬금없이 물었을 것이다.

간도에는 눈이 많이 오나?

많이 오지.

좋겠다.

왜?

나는 눈이 좋아.

빙수를 좋아한다고 말하지 않았다. 동주는 내가 빙수 좋아하는 걸 몰랐다. 아파트 사람들 몰래 몰래 빙수를 먹었다. 몰래 가야 도리우치 아저씨가 사주었다. 도리우치 모자가 잘 어울리는 아저씨였다.

눈이 많이 온다는 동주의 고향이 부러웠다. 하얗게 내린 눈밭에 빨간 시럽을 잔뜩 뿌리고 허겁지겁 핥아먹는 상상을 했다. 먹다 먹다 배부르면 그 눈밭에 누워 한없이 뒹굴고 싶었다.

내 몸이 온통 흰 눈과 빨간 시럽으로 뒤덮이고 범벅이 되는 꿈. 한 자락은 깔고 한 자락은 덮고 자는 꿈. 얼어 죽어도 좋았다. 너무 빙수가 좋았으니까. 입술이 푸르게 얼기는커녕 먹으면 먹을수록 입술과 혓바닥이 연지처럼 피처럼 빨개졌다.

재채기를 하고 싶을 만큼 코 속을 자극하는 시럽 향이 좋았다. 빙수집 아주머니는 그걸 버찌로 만든다고 했지만 거짓말이었다. 아무리 버찌를 으깨 먹어도 들큼하고 떫을 뿐이었다.

시럽에선 머리가 핵 돌아버릴 향기가 났다. 매번 그 향에 환장했다. 그 맛과 향기에 나는 조금씩 이상해졌다. 언제라도 내 가장 소중한 것과 바꿀 수 있을 것 같았다. 미련 없이.

그러나 나에게는 소중한 게 없었다. 목숨이라면 어떨까. 목숨이라도 아깝지 않을 것 같았다. 빨간 시럽은 그래서 위험하다는 생각도 좀 들었다. 그러면서도 자꾸 빠져들었다.

어머니의 말

덜 굳은 선지를 반으로 딱 갈랐을 때 얼비치는 색깔. 그것이 시럽이었다. 아주 밝지도 어둡지도 않으면서 선연하기만 선연한 빛깔. 가끔씩 히구치 아주머니가 두르는, 싸구려 염색물 들인 머리띠 색깔이기도 했다.

싸고 위험하고 강렬해서 치명적인 빛깔과 맛이었다. 나는 한 계절 그것에 중독돼 있었다.

아파트에 조선 학생들 있지?

도리우치가 물었다. 빙수를 사주는 까닭을 나는 알지 못했다.

에…….

그리고 너는 에비라에서 왔지?

…….

대답하지 못했다. 빙수가 목에 턱 걸렸다.

먹어라.

도리우치가 말하고 웃었다. 아주 사람 좋은, 넉넉한 웃음이었다.

그것으로 끝이었다. 더 이상 묻지도 말하지도 않았다. 고양이처럼 빙수를 핥아먹는 나를, 귀엽다는 듯이 바라보았을 뿐이다.

도리우치는 가끔 타나카타카하라쵸에 나타났다. 내가 기다린 거였다. 눈에 띌 수밖에 없었다.

빙수?

나를 보면 그는 방긋 웃었다. 그가 빙수? 라고 말하는 순간 내 몸은 이미 시럽 향과 색깔로 온통 들어차 흐물흐물해졌다. 몸이 말을 듣지 않았다. 나는 어느새 빙수 집에 앉아 얼음을 핥고 있었다.

오늘은 뭘 했니?

그가 묻는 것이란, 그저 그런 거였다.

무를 씻었어요. 백 개나. 지겨워.

힘들었겠네.

내가 먹는 모습을 그는 흐뭇하게 바라볼 뿐이었다.

언젠가 내가 먼저 물었다. 빙수를 세번째 얻어먹던 날이었다.

왜 공짜로 사줘요?

에비라에서 도망쳐 왔다는 걸 아는 그가, 어린 내 눈에도 예사롭게 보이지 않았기 때문이었다. 그렇다고 날 잡으러 온 것 같지는 않았다.

매일이라도 사줄 수 있어.

그러니까 왜냐고요?

이뻐서.

제기랄. 예쁘다고만 하면 계집애들은 모두 좋아 어쩔 줄 모를 거라 생각하는 모양인데, 미안하지만 나는 아닙니다요. 이 말은 하지 않았다.

혹시 조선 학생한테 얻어터지는 일본 학생 아버지세요?

라고 물었다.

왜 그럴 거라 생각하지?

조선 학생들이 뭘 하는지 묻잖아요.

키킥, 하고 그가 웃었다. 웃겨 죽겠는데 맘 놓고 웃으면 체통 없을까

어머니의 말 163

봐 참는 웃음. 그러나 어쩔 수 없이 비어져 나오는 웃음.

맹랑하네. 그래, 내 말 잘 들으면 너한테 상장을 주고, 안 들으면 잡아다 에비라에 돌려줄 테다. 어쩔래?

에비라라는 말에 꼼짝할 수 없었다. 몸이 얼음덩어리가 되었다.

상장은 종잇조각일 뿐이잖아요.

그럼 볼 때마다 빙수. 어때?

약속한 거예요.

에비라로 돌아가지 않아도 되게 되었다. 상 같은 건 필요 없었다. 에비라로 돌아가지만 않게 된다면. 그런데 도리우치는 어떻게 내가 에비라에서 도망쳤다는 걸 알았을까. 수상한 사람이었다. 상관없었다. 나는 빙수가 좋았고, 조선 학생들은 어찌 되든 좋았다.

동주가 연출하는 연극을 도리우치도 보았다. 나만 아는 사실이었다. 어두운 객석 구석에 앉은 그를 처음엔 알아볼 수 없었다. 그의 머리에서는 도리우치 대신 맨질맨질한 대머리가 빛나고 있었으니까.

나를 보고 빙수? 할까 봐 맘을 졸였다. 나에겐 맘 졸일 일이 있었다. 그럴 일이 있었다. 맘 졸이며 조선인 학생들의 동태를 살펴야 할. 빙수가 하냥 좋아서였고, 에비라로 잡혀가기 싫어서였다.

동주의 연극 공연이 끝난 뒤로 빙수를 먹을 수 없었다. 교토엔 얼음도 얼지 않았고 눈도 내리지 않았으나 더 이상 빙수를 팔지 않았다.

그렇다고 맘 졸일 일이 끝난 건 아니었다. 나는 몰래 몰래 도리우치를 만났고 야키도리를 얻어먹었다. 빙수에 비하면 말도 안 되는 맛이었다. 그러나 더운 계절이 다시 올 때까지 야키도리로 버틸 수밖에 없었다.

겨울이잖아…….

쌜쭉해져서 나 혼자 그렇게 중얼거렸다.

아무도 모르게 움직여야 한다고 도리우치는 말했다. 그러나 내가 맘을 졸였던 건 행여 조선 학생들한테 들킬까 봐서라거나 아파트 사람들 눈에 띌까 봐서가 아니었다. 야키도리나 빙수를 못 먹게 되면 어떡하나. 그 걱정뿐이었다.

기억하는 말

도서관은 더 이상 후텁지근하지 않았다. 기후에 변화가 있었던 건 아니었다. 그해 도쿄의 여름은 여전히 무더웠다.

체감온도가 낮아졌을 뿐이었다. 시게하루가 사라지고 난 뒤부터. 그리고 '화살표 방향으로' '여덟번째 집'을 다녀온 뒤로 더.

U의 사정거리에서 내 존재를 지우려 했다. 도서관이든 어디든 나를 노출시키면 안 되었다. 그러나 나는 기어들듯 다시 도서관으로 갔다.

탁탁탁. '만주'를 쳐 도서를 검색했고, 전송했고, 체크된 반송 목록을 읽었다. 대출대 여직원들은 여전히 상냥하고 친절

했다. 아무것도 달라진 게 없는 듯했다. 더위가 전혀 느껴지지 않았다는 점만 빼면.

U는 내 일탈을 파악하지 못한 듯했다. 실은 그걸 확인하느라 다시 도서관에 간 거였다. 다행이었으나 맘을 놓을 순 없었다. 나는 아무 일 없던 것처럼 행동하기로 했다.

당분간은 그래야 할 것 같았다. 드러내는 방식으로 숨는 것. 당시 나한테 필요한 방법이었다. '화살표 방향으로' '여덟번째 집'에서 얻은 소득이 전혀 없지 않았으나 결과적으론 실망스러웠다.

서고 안 인물과 다시 소통을 시도하기 위해서라도 나는 도서관에 가야 했다. '여덟번째 집', 즉 미즈하라 쥰의 집에 다녀온 뒤로 더 절실해졌다. 미즈하라의 집에서 얻은 게 있다면 두 가지.

하나는 동주의 글이 세상에 알려지지 않은 유고였다는 점. 그리고 동주의 글을 포함해 만주와 관련된 자료의 일부가 인멸되어가고 있다는 사실이었다. 도서관의 두꺼운 벽 저쪽 서고 안에서 누군가에 의해. 어쩌면 그보다 훨씬 광범위한 영역에서. 조직적으로.

전국 대학 도서관으로 검색을 확대해야 할지도 모른다고 했던 시게하루의 말이 떠올랐다. 그러나 나에게 당장 가까운 곳이 국회 도서관이었다. 미등록 도서의 존재를 알려준 곳 아니던가. 알려준 사람이 있는 곳이었다.

어쩌면 그는 자료를 인멸하려는 세력의 의도를 외부에 알리기 위해 애쓰는 자일지도 몰랐다. 내가 다시 도서관으로 갈 수밖에 없었던 이유였다.

대출 도서를 반납할 때마다 나는 눈에 띌 수 없을 만큼 작은 종이쪽지에 신호를 적어 보냈다. 찾으려면 찾을 수 있을 정도의 종이를, 책갈피 깊숙이 꽂았다.

다른 건 없을까요?

만약을 위해 이름이라든가 휴대폰 번호 같은 건 남기지 않았다. 쪽지를 반드시 '그'만 볼 거란 보장이 없었다.

서고 안쪽의 기별을 하염없이 기다리는, 지루한 날들이 지나고 있었다.

아무것도 얻을 수 없었습니다.

약도를 건넨 사람이라면 내 말의 뜻을 알아차릴 거라 여겼다. 하루 이틀, 속절없이 시간만 흘렀다.

기다립니다.

응답은 없었다.

전자 자료실은 리모델링한 커다란 유리창들로 번쩍거리는 곳이었다. 하늘이 훤히 올려다보였고, 그래서 좀 더웠던. 그러나 열기가 사라지고부터 도서관 내부의 밝기도 낮아졌다.

기별을 기다리며 나는 혼자 중얼거렸다. 시게하루가 자취를 감추었다, 전봇대 표지판을 바꾸었다, 미등록 도서 『昨日の滿洲を話す』와 약도가 출현했다, 미즈하라 집을 다녀왔다……. 도서관이 점점, 잔뜩 몸을 웅크린 거대한 짐승으로 보이기 시작했던 건 그런 일들 때문이었다. 그렇다고 생각했다. 사라진 윤동주의 유고, 정체를 알 수 없는 자료 인멸 세력의 존재들 때문이라고.

음모를 품은 듯한 도서관 저 안쪽 서고는 왠지, 죽어서 소화되지 않고는 도달할 수 없는 공룡의 장기臟器처럼 어둡고 축축할 것 같았다. 미구에 닥칠지도 모를 죽음의 암시 같기도 했다. 다시 문득 종적 없는 시게하루가 떠올라 부르르 몸이 떨렸다.

의혹의 서늘한 기운은 도서관 서고에 국한된 게 아니었다. 저 바깥의, 훨씬 광범위한 연결망에 닿아 있었다. U가 그랬고, 내 일이 그랬으며, 시게하루의 증발, 전봇대, 미즈하라, 윤동주의 글들이 그랬다. 연일 땡볕과 무더위가 기승을 부렸으나 더위를 느끼지 못했던 까닭이다. 나에게 그해 여름 유리창 밖 하늘은 더 이상 밝지도 뜨겁지도 않았다.

서고는 침묵했다. 기다림의 의욕마저 일지 않았다. 모든 걸 그만두고, 잊어버리고, 남은 여름 컴퓨터 게임이나 실컷 할까 싶었다. 알량한 돈 따위 포기하고 원래의 자리로 돌아가는 것과는, 그러나, 차원이 달랐다. 시게하루가 없어진 것이다. 어둡고 서늘한 의혹의 끝자락이 내 눈앞에서 지워지지 않고 어른거렸다.

그렇기는 해도 당장 뭔가를 할 수 없었다. 나는 도서관 한쪽 구석에 앉아 이러지도 저러지도 못한 채 오전과 오후를 보냈다. 미즈하라 쥰의 딸이라고 자신을 소개했던 노파의 말을 믿을 수도 안 믿을 수도 없었던 것처럼.

"그 앤 그런 걸 좋아했지 뭐. 난 몰라."

자신의 아버지라고 말했으면서도 노파는 종종 미즈하라를 '그 애'라 불렀다.

아들일 수 없었다. 미즈하라가 『昨日の滿洲を話す』에 글을 실었던 게 1967년이었고, 당시 그의 나이 육십팔 세였으니까. 노파는 자신의 나이를 몰랐지만 아무리 많게 봐도 팔십

기억하는 말 173

대 중반 이상은 아니었다. 미즈하라의 딸인 게 분명했다.

"따님 맞으시죠?"

라는 물음에

"딸이지 그럼 아들인가? 늙어도 여자가 남자가 될 수는 없는 거잖아."

멀쩡하게 대답하며 덧붙였다.

"늙었다고 놀리면 못써."

그러곤 큰 소리로 깔깔깔 웃었다. 기운 없는 노파가 아니었다.

"그런 걸 좋아했다는 건 무슨 말씀이시죠? 역시 뭔가를 모으고 읽고 쓰고 했다는 말씀인가요? 미우라 마사오라는 사람을 아세요? 야스다 사쿠타로는요?"

복사한 미즈하라의 글을 노파 앞에 내밀며 물었다.

"히라누마 토쥬는요? 윤동주."

나는 조급했고 궁금한 게 많았다.

"사탕 같은 거는 싫어. 왜 가져와?"

노파는 딴 소리를 했다. 맨손으로 불쑥 방문했다는 사실을 나는 그제야 깨달았다. 내 손에는 약도와 복사한 미즈하라의 글뿐이었다.

"저 말고 다른 누군가가 찾아왔었나요?"

"사탕 가져왔잖아."

"와서 뭘 묻던가요?"

"말했잖아. 가져갔다고."

그런 식이었다. 대화가 불가능할 정도였으나 노파는 어떤 부분에 대해선 놀라운 기억력을 발휘했다. 미즈하라가 에도 니혼바시의 의사 집안에서 태어났고 일곱 살에 아버지를 잃고 니치렌종의 절로 출가를 했었다는 것. 종문宗門의 모습에 회의를 품고 스물두 살에 저자로 나온 미즈하라는 전통 빗 제작자로 변신하여 돈을 조금씩 모으다가 하스미 가문의 청지기로 들어가 그 집 서출과 혼인, 자신을 낳았다는 것.

합죽선을 수직으로 젓는 미즈하라의 독특한 버릇을 비롯해 모친의 버선 사이즈와 기모노 오비帶에 매달았던 많은 노리개의 모양과 색깔까지 노파는 낱낱이 기억했다. 아버지와 어머니가 불렀다던 달 노래의 가사, 그리고 집안의 자랑이었던 방어 국물에 잰 송이버섯밥에 대해, 더듬지도 쉬지도 않고 말했다. 나는 노파의 말들을 허투루 흘려버릴 수 없었다.

기억의 세부들을 놀랍도록 정확하게 짚어낼 줄 알면서도 자신이 어찌하여 작고 오래된 집에 홀로 남게 되었는지에 대해선 말하지 못했다. 모르는 건지 말하지 않는 건지 알 수 없었다.

"그 종이뭉치가 뭐길래들 찾는 걸까. 세 사람이나 다녀갔어."

"세 사람이요?"

"지금 젊은이까지 네 사람. 내 기억은 정확하거든."

노파는 깔깔깔 웃었다.

"언제요?"

"어, 삼십 년도 훨씬 넘었지."

"셋 다 말입니까?"

"맨 처음 사람은 그보다 더 일찍이었지 아마. 아버지가 출가했을 적 절에서 함께 공부하던 사람이랬어."

"그리고요?"

"나머지 사람은 얼마 전."

"얼마 전이요?"

온몸에 소름이 돋았다.

"응. 얼마 전."

"시게하루…… 하지 않던가요?"

"몰라. 이름은."

"첫번째 사람 이름은요?"

"몰라."

"두번째는요."

"몰라."

"기억이 정확하다고 하셨잖아요."

"기억하는 한 정확하단 뜻이야. 모르는 건 모르는 거지. 모르는 걸 어찌 정확하게 기억해?"

장난기까지 드러내며 노파는 멀쩡하게 나를 대했다. 그러다 어느 순간 벌떡 일어나 벽장문 옆 비디오폰 버튼을 눌렀다.

"나 오줌 눌래."

푸른 화면 속에 중년 여인의 모습이 비쳤다. 여인이 말했다.

"바지를 발목까지 쭉 내리는 것 잊지 마세요. 쭈욱."

"내가 어린앤감."

노파가 수화기를 내려놓았다. 그리고 나를 한참이나 물끄러미 바라보더니, 책망하듯 말했다.

"나 벗어야 하는데 계속 그렇게 빤히 보고 있을 건감?"

그런 식이었다. 나는 홀린 기분에서 도무지 벗어날 수 없었다. 그곳에서도 더위를 느끼지 못했다.

내가 지나쳐온 폭 좁고 지붕 낮은 여덟 채의 집. 그만그만한 건물들의 저 어둑한 안쪽엔 노파와 같은 처지의 사람들이 나란히 살고 있을 것만 같았다. 관리인들이 어디선가 노인들의 동태를 살피고 있는 건 아닐까. 천장 모서리를 휘둘러보았지만 카메라 같은 건 보이지 않았다.

"미즈하라 씨가 할머니의 아버님이라고 하셨죠?"

"맞아. 미즈하라. 미즈하라 쥰."

대화는 그렇게, 매번 처음부터 다시 시작하고 다시 시작하고 다시 시작해야 했다.

말은 씨름이 되었고 진척이 없었다. 뭔가를 가까스로 유추하여 맥락을 잡다가도 나는 금방 놓쳐버렸다. 오락가락하는 노파의 기억 때문이었다. 그러긴 했으나 문득 문득, 휘둘린다는 느낌을 떨칠 수 없었던 것도 사실이었다. 혼란스러운 건 노파가 아니라 나일지도 모른다는.

만일 그렇다면, 노파는 내 짐작과 추리를 의도적으로 해체하는 정교한 화법을 구사하는 거였다. 과연 그럴까. 요의를 참지 못해 내 앞에서 바지춤을 엉덩이 아래까지 까 내리던 노파가?

정확하다고 할 만한 건 아무것도 없었다. 어림잡아 헤아렸던 것들의 흔적뿐. 무너지고 흩어져 쓸모없어진 정보의 파편들뿐이었다. 노파의 말은 연속성을 띠는 듯하다가도 어느새 끊어지거나 제멋대로 뒤틀렸다. 시간만 흘렀고, 갈수록 어지러웠다.

아무것도 손에 넣은 것 없이 노파의 집을 나섰다. 당초부터 갖고 있었던, 복사한 미즈하라의 글과 약도뿐이었다. 빈손이나 마찬가지였다.

골목을 빠져나와 천천히 걸었다. 멍하니 전철을 타고 모노

레일을 탔다. 오다이바로 가 해 질 무렵까지 바닷바람을 쐬었다. 아무 생각 없이 그랬다. U도 시게하루도 떠올리지 않았다.

멍할 수밖에 없어 멍한 거였지만, 그러는 사이 어지럼증이 가셨다. 어쭙잖은 추론들이 증발해버렸다. 그리고 텅 빈 머리에 뭔가 앙금처럼 남아 있다는 걸 느꼈다. 그것만큼은 다음 날이 되어도 지워지지 않았다.

여전히 짐작에 지나지 않는 것이었으나, 앙금은 왠지 뇌수 작동의 결과 같지 않았다. 연상과 판단 따위가 실패하고 중지된 순간, 빠르게 틈입하여 자리를 차지한 그것을 무어라 이름 해야 할지 알 수 없었다.

앞에서 이미 밝혔다. 미즈하라가 『昨日の滿洲を話す』에 인용한 글이, 아직 세상에 알려지지 않은 윤동주의 유고였다는 것. 정체를 알 수 없는 자료 인멸 세력이 존재한다는 것. 내게 보낸 앙금의 신호란 그것이었다. 아, 신호라 이름 하는 것이 좋겠다. 나의 뇌나 심리의 내부적 작동 결과가 아닌, 어디 저 먼 곳의 외부가 개입한 자국으로서의 신비한 신호.

그렇다고는 해도 내가 당장 할 수 있는 일은 없었다. 노파의 존재는 어딘가로 뚫린 길이 아니라 막다른 골목이었다. 윤동주의 유고를 향해 나는 한 발짝도 내디딜 수 없었고, 자료 인멸 세력의 정체를 알아낼 방법도 찾지 못했다. 시게하루의 행방은 묘연했고 U라는 대상은 막막했다. 노파는 기억하지 못했고 말을 하지 않았다. 기억하더라도 앞뒤가 안 맞았으며 말을 하더라도 혼란스럽기만 했다.

기다립니다.

도리 없이, 응답 없는 서고 안의 인물에게 기댈 수밖에 없었다. 공룡의 복강腹腔처럼 어둡고 축축할 저 벽 안쪽을 향해 하릴없는 신호를 보내놓고 반응을 기다릴 수밖에.

"받으시죠."
응답은 뜻밖의 인물이 가져왔다.
내 앞에 거대한 청자 항아리 같은 중년 여인이 손을 내밀고 있었다.
나는 늘 앉던 자리에서 책을 읽고 있었다. 독서에 속도가 붙지 않아 오전 내내 미적거릴 때였다.
"미즈하라 상의 부탁입니다."
여인은 손을 내민 채 움직이지 않았다.
작은 종이쪽지가 그녀의 손끝에서 살짝 움직였다.
"제가 여기 있는 것을 어떻게……."

"미즈하라 상은 뭐든 기억합니다."

그때까지도 내 눈은 여인의 허리쯤에 머물러 있었다. 여인은 여섯 개의 하얀 꽃잎들이 선명하게 박힌 원피스를 입고 있었다. 치자꽃이었다. 짙은 초록색 바탕.

종이쪽지가 치자꽃의 일부 같았다. 바지를 발목까지 쭉 내리는 것 잊지 마세요, 쭈욱. 내 앞의 여인이 비디오폰에 잠깐 얼굴을 비쳤던 인물이라고 생각했다.

"뭔가요, 이건?"

두루뭉술한 몸을 감싼, 번들거리는 그녀의 원피스 때문에 나는 좀처럼 현실감을 찾지 못했다. 항아리가 말하는 것 같았다.

"가져다주면 알 거라고 했어요."

그녀의 말은 웅웅, 울리는 것 같기도 했다. 도서관은 넓었다. 많은 사람들이 오가는 곳이었다. 나를 찾아냈다는 것이 신기하기만 했다. 물론 내 자리가 정해져 있긴 했지만.

"가져다주면 알 거라고요?"

종이쪽지를 받아들었다.

여인은 대답하지 않았다.

"제가 어째서 그곳을 찾아갔었는지, 미즈하라 상이 이해하고 있었다는 말입니까?"

여인은 대답하지 않았다.

"더 잘 알고 계시겠지만, 미즈하라 상은 대화가 여의치 않은 노인이십니다. 다른 분의 부탁을 받고 저를 찾아오신 거라면 모를까, 미즈하라 상의 부탁이었다면 저로선 믿기지 않는데요."

말이 끝나기를 기다렸다는 듯이 여인이 입을 열었다.

"미즈하라 상은 뭐든 기억합니다."

아, 그렇습니까. 더 묻지 못했다. '뭐든'이라는 말이 위압적으로 느껴졌다.

노파에게 나는 무얼 말했던 걸까. 나에 대해. 이름을 말했었던가? 생각나지 않았다. 노파의 말을 들으려고만 했을 뿐 나에 관해 무슨 말을 했었는지는 기억에 남아 있지 않았다.

그럴 수밖에 없었다. 방심했었으니까. 치매 걸린 노파 앞에서 자신을 단속하는 사람은 없을 테니까. 미즈하라 상은 뭐든 기억합니다……. 내가 기억 못 하는 내 얘기까지 기억한다는 뜻으로 들렸다.

낭패스러웠고 속았다는 느낌을 떨칠 수 없었다. 그러나 기억 못 하는 노파보다 기억 잘 하는 노파가 나에겐 필요했다. 기분 나쁘기는커녕 노파에 대해 낯설 만큼 맹렬한 신뢰감이 싹트기 시작했다.

앞을 가로막았던 막다른 골목의 담장이 무너져 트이는 느낌이었다. 종이는 명함보다 조금 작았다. 거기에는 시게하루라는 궁극에 가 닿기 위해 내가 우선 찾아가야 할 사람과 장소가 적혀 있었다.

타케우치 마사시竹內雅士. 야쿠시지藥師寺.

모모이 소라미가 온다. 소라미 소라미. 소라미 무슨 뜻. 동주에게 물었다. 하늘 바라본다. 바람이 불고 별이 돋는 곳. 아름다운 하늘. 아름다운 하늘. 그런 뜻. 하늘과 바람과 별.

요코는. 요코는 무슨 뜻. 동주에게 물었다. 바다. 나가사키엔 바다 있고 쿄토엔 없다. 나가사키 바다. 둥근 만灣 저쪽 건너편. 사토 상 다니는 큰 공장. 바다 싫다. 바다 말고. 동주 말한다. 그러면 서양. 귀축미영? 미영만 서양이 아니란다. 하나하나 가르쳐줬다. 가타카나로 쓴다. 프랑스, 독일, 이탈리아, 스위스······.

소라미 왔다. 아름다운 하늘. 말하면서 동주 하늘 보았다. 소라미 오는 것 동주 모른다. 동주는 아파트에 없다. 바다. 말하면서 동주 바다 안 본다. 서양 못 본다. 동주 하늘만 본다.

소라미는 약속도 없이 타케다에 온다. 싫다. 동주 긴카쿠지銀閣寺에 갔어 안라쿠지安樂寺에 갔어. 거짓말인 거 소라미 모른다. 일부러 멀리 말한다. 소라미는 요시다카미아다치쵸에 산다. 킨카쿠지에 갔다가 요시다카미아다치쵸까지 가보라지. 멀걸. 용용.

가모오하시加茂大橋의 교진橋人. 괴상한 노인. 다리 밑에 산다. 동주 가끔 노인 만난다. 교진 만나고 있을 거라 말하지 않는다. 나도 잘 모른다. 동주는 학교를 오며 가며 교진을 본다.

거지 같은, 늙은 남자. 사람들은 미쳤다며 교진 가까이 하지 않는다. 나는 글을 받아온다. 교진은 모르는 글자 없다. 모르는 사람 없다. 동주 거기 갔을 거 같다.

나는 입 다물고 말 안 한다. 안 했다. 가모오하시는 요시다카미아다치쵸에 가까워서. 소라미를 멀리 돌린다. 뺑뺑 멀리. 킨카쿠지에 갔어 안라쿠지에 갔어. 소라미 돌아갔다. 타케다에 안 왔으면 좋겠다. 종아리가 가엽다. 고생해야 안 와.

교토제국대학 미친 놈. 다야마와 동주 싸웠다. 교진 때문이었다. 나 때문이었다. 소라미 때문 아니었다. 나는 가만있었다. 교진은 언제나 다리 밑에 있다.

해 질 무렵 도리우치한테 야키도리 얻어먹었다. 왜 동주가 싸웠느냐고 묻는다. 다야마가 동주한테 도둑놈이랬거든요. 봄 가고 얼음 오면 빙수 먹을 수 있다. 그럴 수 있다고 도리우치가 말했다. 도리우치는 나만 보면 실실 웃는다. 그건 싫고 빙수만 좋다.

소라미가 타케다 아파트엘 찾아왔다. 그녀의 왕래가 부쩍 잦아진 건 연극이 끝나고부터였다. 동주가 다른 연극을 준비하는 것 같진 않았다.

그녀의 손에는 언제나 얇고 작은 책들이 들려 있었다. 봄옷을 입고부터 소라미의 얼굴에선 홍조가 가시지 않았다. 봄볕에 덴 건지 바삐 걷는 버릇 탓인지.

무대 위의 소라미와 무대 바깥의 소라미는 완전히 다른 인물이었다. 어쩜 저럴 수 있을까. 연극이 끝난 뒤 나는 공연스레 다짐했다. 저런 사람을 믿어서는 안 될 거야.

동주에게 그녀의 방문을 알린 건 주로 나였다. 아파트에 나타난 그녀는 기웃거리며 나부터 찾았다. 안 알려줄 수 없어서 알려준 거지만 성가셨다. 동주가 없을 때는 딱 한 마디만 했다.

없어요.

그녀는 멋쩍은 반 마디를 남기고 돌아갔다.

가는 길에…….

학교에 가는 길이라는 건지 집으로 돌아가는 길이라는 건지 알 수 없었다. 말도 끝을 못다 맺고. 이래저래 그녀의 말은 반 마디였던 것이다.

그녀의 학교가 아파트에서 가깝기는 했다. 그래도 거쳐 가는 길은 아니었다. 집에서 학교에 가는 길이든 학교에서 집으로 가는 길이든, 타케다 아파트를 들르려면 적잖이 에둘러야 했다. 뻔한 핑계였다.

소라미의 겉과 속은 무대 안과 밖처럼이나 달랐다. 그렇게 단정해버렸다. 만만치 않았다. 나에게 만만치 않은 사람은 필요 없었다.

어딜 갔을까요?

아니나 다를까. 빈 걸음이 잦아지자 그녀가 슬슬 묻기 시작했다. 어른 대하듯 공손하고 깍듯하게 건네는 말씨. 나는 섣불리 고분고분해지지 않았다.

긴카쿠지 쪽으로 가는 것 같던데요. 아니면 안라쿠지든가.

그녀의 집 방향과는 반대쪽을 말하곤 했다. 내가 성가신 만큼 소라미 너도 좀 성가셔야 해. 나중이야 어떻게 되든 상관하지 않았다. 나도 얼마든지 공손하고 깍듯하게 말해줄 수 있었다. 긴카쿠지에 없던가요? 아, 이를 어쩌면 좋아. 저는 그렇게 알고 있었거든요.

몇 차례 그런 일이 있은 뒤부터 소라미도 내 말을 잘 안 믿는 눈치였다.

이번에는 콘후쿠지 쪽인 것 같던데. 히라누마 상이 워낙 산책을 좋아하잖아요.

그렇게 말해도 얼른 돌아가지 않고 미적거렸다. 얼마간 시간을 지체하다 보면 동주가 나타날지도 모른다고 생각하는 모양이었던지.

그녀와 나는 후박나무 그늘 아래서 묘한 시간들을 꾸물거렸다. 나른하고 현기증 나는 봄볕만큼이나 거추장스러운 시간들을.

어쩜 그럴 수 있어요?

어느 날 그녀에게 물었다.

뭐가요?

그녀는 깜짝 놀랐다.

연극하는 모모이 상은 딴판이에요. 눈앞에 있는 모모이 상이 아니야…….

괜한 것에 놀랐다는 듯 수줍게 웃으며 그녀가 말했다.

당연하지요. 연극이니까.

아무리 연극이었다지만 어휴, 정말…….

대단했어요, 는 뺐다. 대단했었지만.

작중인물에 몰입해야 하니까. 몰입……. 처음엔 안 돼서 히라누마 상한테 많이 야단맞은 걸요.

야단을 맞아요?

히라누마 상…… 얼마나 무서운데요.

무섭다고요?

호랑이에요.

헉!

무슨 소릴까. 만만한 동주가 호랑이라니. 그녀의 말에 구미가 당겼다.

말 없고 수줍음 많은 사람이라는 거 누구보다 잘 알아요. 하지만 배우를 다루는 히라누마 상은 범이에요.

그렇게나 무서워요?

그냥 무서운 것관 달라요. 배우보다 몇 배나 더 몰입하니까. 그런 히라누마 상을 보면 온몸이 떨려요. 아무도 그의 지시를 거부할 수 없게 되죠. 그냥 빨려드는 거예요.

무섭다는 건 그런 뜻?

그래요. 감응을 받는 거예요.

감응…….

그런 말은 좀 어려웠다. 그날의 대화가 대체로 그랬다. 기억이 정확하지 않다. 오랜 세월이 지난 뒤 내가 다시 〈파우스트〉를 제대로 보지 않았더라면 연극의 제목도 지금의 기억도 가능하지 않았을 것이다.

연극만이 아니었다. 앞에서도 말했듯 나의 회상이란 현재의 나, 늦깎이로 민속학과 언어학을 전공한 나로부터 소급되어 재생되는 것들이다.

신은 누구를 구원하는가? 이건 괴테의 질문이지만 히라누마 상의 질문이에요. 1부만 공연하고 말았던 것도 그 때문이었어요. 그가 〈파우스트〉에 몰입하여 연출했던 이유도. 신은 누굴 구원하는가?

누굴 구원하는데요?

몰라요.

모른다구요?

모르니까 가혹하고 격렬한 거예요, 그 연극이.

모르겠어…….

구원받을 거라 믿지만 구원 못 받을 수 있고, 구원 못 받을 거라 여기지만 구원받을 수 있다는 얘기예요. 그레첸은 구원받기 힘든 여자였어요. 그래서 메피스토펠레스는 그레첸이 심판을 받았다고 외치죠. 요코 짱도 봤잖아요. 하지만 하늘의 목소리는 달랐어요. 구원받았느니라! 이것이 신의 목소리예요.

어, 신 마음대로라는 거네.

그래요. 사람 마음이 아니라 신 마음대로인 거죠. 그런데 신을 믿는 거의 모든 사람들은 자신의 생각대로 구원이 이루어질 거라 착각해요. 떠들고 강요하죠. 내가 믿는 신을 너도 믿어라. 그러면 우리의 신은 너와 나, 우리의 이웃을 구원할 것이다.

모모이 상도 예수 믿어요?

…….

안 믿는 거예요?

…….

동주 같아…….

네?

뜸 들이는 거. 걸핏하면 입 다물고 대답 안 하는 거.

예수를 믿진 않았지만 많은 일본 사람들이 그러는 것처럼 신을 믿고 의지했었어요.

지금은?

부끄러울 뿐이지요.

부끄러워? 이 여자, 동주에게서 단단히 옮았구나. 나는 입 안이 써서 입술을 핥았다. 늘 부끄러워 망설이고 죄인처럼 머뭇거린다던 동주가 아니던가. 동주에게 빨려들었다더니 정말 지독하게 빠져든 건가?

뭐가 그리 부끄러운데요? 뭐가?

자기 생각대로 구원이 이루어질 거라고 착각했던 점.

그게 다예요?

마침내 엄중한 내면의 소리를 들으면서도 선뜻 따르지 못하는 죄의식.

그리고?

뉘우침의 절망 속에서 좌절만 하고 있다는 점.

참 세월도 좋으신 양반들이네. 공부가 높은 사람들이라 비싼 밥 먹고 하는 짓도 다르다고 생각했다. 늘 젖은 옷 입고 주방을 땅땅거리며 호령하는 오카미, 아파트 안팎을 꼼꼼하게 단속하는 오카쿠라, 언제나 몸을 쉴 줄 모르는 히구치 아줌마의 고민들에 비하면 동주와 소라미, 그들의 번민은 한가한 뜬구름이었다. 세월 좋은. 그렇게 생각했다. 그런 말이라면 나는 더 이상 하기도 듣기도 싫었다.

그래서 히라누마 상을 사모하게 된 건가요?

갑자기 튀어나온 내 말이 갈고리 같았을 것이다.

사모……라고요?

놀라는 건 당연했다.

사모하지 않고는 같아질 수 없어요. 같아진다는 건 사모한다는 뜻.

아무렇게나 말했다. 무슨 상관인가. 말하고 나니 아무렇게나도 아닌 것 같았다. 내 직감이 정곡을 찔렀다고 생각했다. 소라미의 얼굴은 홍당무가 돼 있었다.

시를 알고자…… 하는 것뿐이에요.

어련하시겠어. 저 당황하는 것 좀 봐. 나는 소라미에게서 눈을 떼지 않았다. 더 어쩔 줄 모르게.

사모하는 건 아니다?

시…… 쓴다는 걸 알았어요. 연극적으로든 문학적으로든 그에게 이끌리는 건 어쩔 수 없어요. 히라누마라는 존재에 가닿고 싶다는 열정을 사모라고 표현할 수도 있겠지요. 하지만 내가 가닿고 싶은 대상은 단순히 한 남자거나 시인만은 아니에요. 어떤 지평이나 세계 같은 거랄까.

아휴, 역시 뜬구름. 모를 소리. 좋으면 좋다고 할 것이지. 복잡한 걸 한마디로 줄이면 사모 아닌가? 따지려다 말았다. 말로는 그녀를 이길 수 없는 노릇.

시에 대해선 아무 말도 하지 않을걸요, 동주.

내가 말했다.

보여주지도 않더군요.

그럴 거예요. 그래요.

내가 감추어두고 안 보여주는 것처럼 말했다.

정말 아무에게도 안 보여주나요?

그렇다니까요.

시를 쓰는 건 맞고요?

밤새 쓰죠. 쓰고 나면 수척해질 정도로.

아이, 어째? 그런데 어째서 아무에게도 말하지도 보여주지도 않을까.

보면 알겠어요? 조선어일 텐데.

얼마든지 일본말로 바꿔 들려줄 수도 있을 텐데. 시는 혼자 쓰고 마는 게 아니잖아요.

사실은……

잔뜩 얄궂은 맘이 생겼다.

뭔가요?

사람 봐서 보여주……거든요.

본 사람이 있다는 거네요.

그……렇죠. 모모이 상이 아직도 못 봤다니 참…….

후박나무 아래서 성가신 시간을 미적거리게 한 소라미에게 보복하고 싶었다.

틀린 말은 아니었다. 동주는 사람을 가려 시를 보여줬다. 사람 됨됨이를 차별했다는 말이 아니다. 그럴 동주가 아니었다. 조선인이냐 아니냐. 그뿐이었다. 동주는 조선 학생에게만 시를 보여줬다. 쑥스러워하는 모양이 사뭇 은밀하게도 보였다.

그걸 나는 별다르게 생각지 않았다. 조선어로 쓴 시일 테니까 당연히 그러는 거라 여겼을 뿐. 그 사실은 도리우치도 알았다. 내가 말했으니까. 그래? 그렇단 말이지? 도리우치의 반응이었다. 소라미의 반응은 침묵이었다. 안색만 변했다. 썩은 홍당무. 한참 뒤 나에게 물었다.

요코 짱도 봤어요?

이런 식의 질문이 제일 싫다. 그렇다면 그런 거지 왜 나를 끌어들여? 글을 모른다고 말할 수 없었다. 조선 학생한테만 보여준다는 말도 하기 싫었다. 그런 말을 내가 왜 한단 말인가. 입을 꼭 다물고 생글생글 웃기만 했다.

소라미의 낯이 점점 어두워졌다. 쌤통이었다.

구마모토에서 온 마루야마도 시를 쓰고 싶어하거든요. 보여달라고 사정을 해도 동주는 돌부처 같아. 나도 촌놈 마루야마는 싫더라 뭐.

내 말이 좀 잔인하다는 걸 알고 있었다. 하지만 그런 말을 해야 내 몸속 피가 활기차게 돈다는 것도 알았다. 나에게 필요한 건 어쨌거나 그런 생기였지 상대를 위한 배려 따위가 아니었다. 열다섯의 요코는 그랬다. 지겹도록 그랬다.

그때부터 소라미의 오해가 시작되지 않았을까. 모멸감을 느꼈을 것이다. 나로부터든 동주로부터든. 소라미가 찾아왔었다는 걸 동주에게 일일이 고하지도 않았다. 의무였대도 그러하지 않았을 텐데 의무가 아니었다.

소라미의 빈 걸음마저 뜸해졌다. 시를 보여주지 않는 것에 대해 동주는 그녀에게 변명도 설명도 하지 않은 것 같았다. 다행이 아닐 수 없었다.

한 계절이 지나자 소라미는 타케다 아파트에 모습을 나타내지 않았다. 정확한 사정을 알 수 없었으나 나는 멋대로 짐작했다. 내 말 때문이었다고. 그리하여 나는 얼마간 나다운 성취감에 빠져 있었다.

소라미가 썩은 홍당무 낯빛으로 돌아간 그날이었을 것이다. 동주와 야마다가 싸웠다. 주먹으로 치고 발로 내지르는 싸움은 아니었으나, 보기에 괜찮았다. 만만찮은 열기가 오갔으니까.

그 우월감이라니. 병이라는 걸 알아야지.

동주의 목소리가 아파트 복도에 울렸다. 평소보다 톤이 높지 않았으나 열 발짝 떨어진 거리에서도 잘 들릴 만큼 컸다.

정상을 벗어났다, 불건전하고 지나치다, 그런 뜻인가?

빈정거리는, 빠른 목소리가 이어졌다. 단번에 야마다의 음성이라는 걸 알 수 있었다. 주체할 수 없는 선물 세례에 상기된 어린아이처럼, 야마다는 늘 무언가에 들떠 있었다. 야심만만했고 벅찼고 거만했다.

주는 사람도 없는 칭찬과 선물에 저 혼자 흥분하는 야마다. 그래서 나는 그가 좀 실없는 놈처럼 보였다. 들리는 말로는 저놈이 수재란다. 오카미 상은 그렇게 말했으나, 그런 자가 수재라면 나는 천재도 되고 싶지 않았다.

근거 없다는 뜻이기도 하지. 그 우월감에는.

동주의 목소리는, 컸을망정 높거나 빠르지 않았다.

이 야마다에게 하는 말이 아니라 왠지 일본을 향한 말인 듯하군그래.

야마다는 언제나 큰 소리였다. 그렇게 말하지 않으면 당장 숨이 끊어질 병에라도 걸린 듯. 병이긴 병이었다. 여기 국물 좀 더 주십시오. 그 말 한마디를 할 때도 목에 핏줄이 돋았으니까. 참 희한한 인물이었다.

알고 있어 다행이군. 야마다는, 음, 그래, 일본이니까.

여, 이거 영광인걸.

진정한 자아는 없고, 비정상적이고 불건전하고 지나친 망상으로만 가득 찼으니까.

이봐, 히라누마.

보고 있잖나. 똑바로 보고 있네.

혹시 소라미가 저런 동주의 의연함에 반한 건가? 만만한 동주가 아니었다.

일본국을 그런 식으로 말하면 곤란해. 그건 말이야…….

과연 대일본국 교토제국대 학생, 야마다가 이어 말했다.

열등의식의 발로야. 조센징의. 알아?

야마다의 목소리는 정말 높고 크다. 태생적으로 목구멍이 작은 걸까? 멀찌감치 숨어서 나는 다투는 소리를 들었다.

나야 우월할 게 별로 없지만 조선인 모두가 열등하지는 않아. 그런

데 일본인은 다르지. 다 우월해. 그게 바로 가짜라는 거지.

다툼이 어째서 시작된 건지 나는 알지 못했다. 상관없었다. 싸움이면 그만이었다.

가짜라 여기고 싶겠지. 그건 자네의 바람일 뿐이야. 일본인이 조선인에 비해 우월하다는 건 과학적인 사실이야.

일본의 수재들이 제국대학에서 공부하고 국외 대학에 국비로 유학까지 하며 연구한 걸 과학이라고 하는 모양인데.

동주가 이어 말했다.

일본인이 우수하다는 걸 증명하기 위해 유능한 학자들이 혈액을 연구하고 인류학과 유전학을 응용하고 민속학을 정리하는 걸 굳이 과학이라고 한다면, 그건 곡학曲學이지 과학이 아니야. 진짜 과학이라면 그런 일본인 학자들을 단단히 병들었다고 진단하겠지.

히라누마 자네야말로 진정한 자아 대신에 다리 밑 미친 늙은이의 허튼소리로 속이 꽉꽉 차 있구만.

야마다 자네가 진심으로 일본을 위한다면 그분을 찾아뵈어야 해. 그분이 무슨 소리를 하는지는 자네도 제법 알 거야. 머리 좋은 다수의 일본 최고 학자들이 일본 우월주의에 빠져 쓰레기가 될 연구에 평생을 바치는 동안, 그분은 춥고 어두운 다리 밑에서 치열하게 세상을 근심하고 있어. 부패해가는 일본을 제대로 살릴 사람이란 바로 그런 분이지.

그래서 내 구두를 훔쳐 가져다주었나? 그렇게 귀한 사람이라면 자네의 신발과 옷을 홀딱 벗어줄 일이지 어째 애꿎은 남의 신발을 가져다주었단 말인가? 도둑놈 아닌가? 오오라! 장차 일본 구할 위대한 석학이니 일본 사람의 신발을 가져다줘야 했다?

거기서 나는 찔끔했다. 신발을 훔쳐다 준 건 나였다. 야마다가 안 모양이었다. 동주가 한 짓으로 몰아붙이고 있었다. 가죽구두 때문에 시작된 싸움이었다. 나는 귀를 크게 열었다.

나는 남의 구두 따위엔 관심이 없어.

그 늙은이를 만나는 건 이 아파트에서 네가 유일하기 때문이야!

나는 또 찔끔했다. 동주에겐 좀 미안했지만, 오해가 그쪽으로 쏠려서 다행이라 생각했다.

그런 식으로 도둑으로 모는 게 너의 과학이라는 건가?

동주의 말도 자네에서 너로 바뀌었다.

아닐 것도 없지.

전제가 잘못됐어.

전제?

유일이라는 전제.

무슨 말일까. 알 수 없었지만 나는 불안했다. 의심이 나에게로 향하면 어쩌나. 이틀 전에도 나는 교진을 찾아가 '선견지명이 있다', '관계이상으로 중요하다' 등의 문장을 받아와 연습하던 차였다.

잘못되지 않았어.

넌 늘 잘못된 전제에서 출발해. 위대한 학교에서 석학이란 자들에게 배워 그런가? 과학의 결과로 일본인의 우수함이 증명된 건 아니야. 일본인이 우수하다는 전제가 과학이라는 허울로 분식粉飾될 뿐이지.

분식이라구?

분식. 열다섯 살의 내가 그 말을 알아들을 리 만무했다.

일본 민족이 순수혈통이라고 우긴 것도 그렇고, 대만과 조선의 병탄을 합리화하기 위해 나중에 혼혈론을 옹색하게 내세운 것도 그래. 이랬다저랬다 맘대로 피를 바꾸는 것이 너와 일본의 과학이라는 거야.

서구의 침탈에 맞서는 아시아를 건설하기 위해 조선을 같은 핏줄로 받아들인 일본의 너그러움에 감사할 줄 알아야지.

미개한 조선을 개화시키기 위해 강력히 지배하고 교화해야 한다는 정략론은 어찌하여 슬그머니 감추는가.

어디까지나 한시적일 뿐이지. 결국은 동료국이라는 말이잖은가.

조선이 미개하다는 잘못된 전제로 지배와 강압을 정당화할 뿐이지.

일본과 조선은 하나일세. 아시아는 하나야. 하나이어야 해!

야마다의 목소리가 점점 커졌으나 아무도 내다보지 않았다. 복도가 어두워지면서 가케안돈懸行燈 불빛이 그만큼 밝아졌다.

야마다라면 일본인 학생들도 슬슬 피했다. 머리를 박박 깎고 황군의 승전을 소리 높여 외치는 게 그였다. 당장 전장으로 달려갈 태세였으나, 꾸역꾸역 밥을 먹고 학교만 오갈 뿐 끝내 출정하지 않았다. 일본의 패배를 가장 먼저 예감했던 건 어쩌면 그가 아니었을까.

아무도 내다보지 않았으나 아파트 식구들은 저마다의 방에서 귀를 기울였을 것이다. 나처럼.

하나인 것처럼 말해 저항을 무력화하고 결국은 영속적인 차별과 지배를 완성하자는 것일 테지.

동주가 말했다.

비관적인 오해일 뿐이야. 조선인들은 그게 문제야. 서구세력의 동점東漸을 막아내기 위해서는 하나가 돼야 해.

야마다 목줄기에 튀어나온 혈관이 보이는 것만 같았다.

서구세력의 동점을 막자면서 일본은 서구세력이 하는 짓과 똑같이 조선을 침략한 거야. 그걸 어찌 동료국이며 하나랄 수 있겠는가. 일본도, 일본의 학자와 정객도, 너도, 스스로 미친 허울의 명분에 빠져 헤어나지 못하고 있는 거야. 너희들은 너희들이 말하는 적을 그대로 닮아가고 있어.

함께 흥하자는 거야. 아시아가.

함께 흥하자며 혼자 강점하는 거지. 그러니까 망할 때도 혼자 망할 거야.

저러니 조센징을 모래알 같은 족속이라는 거지. 뭉칠 줄을 몰라.

과학도 역사도 문화도 오로지 일본제국의 아시아 점령 도구일 뿐이지. 말도 그래. 인위적으로 급속히 국어라는 괴물을 만들어 그 말로 군주국체를 강화하더니, 이제는 조선의 말까지 빼앗아 머리도 가슴도 모두 일본제국의 사악한 본성에 부복하도록 만들자는 거 아닌가. 대포나 총칼보다 무서운 게 너희들의 국어라는 무기야.

하나가 되려면 말도 같아야 하지 않겠나?

아이누가 수염을 자르고 일본식으로 삭발을 하고 일본식 의복을 입고 난 후에, 관리에게 식사와 술을 대접받는 '풍속개량 축하의식'이라고 불리는 공적인 행사가 이루어졌지. 아이누에게 일본어를 가르치는 노력도 장기간에 걸쳐 이루어졌어. 아이누 지도자들은 자신의 이름을 일본의 한자로 고쳐 쓰기도 했고.* 그랬지만 결국 아이누는 차별에서 해방되지 못했고, 말과 풍속을 빼앗긴 채 아메리카 인디언처럼 종족 자체가 멸실되어 가고 있지. 나는 만주와 조선에서 보았고, 관동대지진으로 들었어. 아버지가 직접 일본에서 그 지진을 겪으셨거든. 쥬고엥고짓센十五円五十錢じゅうごえんごじっせん. 조선에는 없는 어두유성음을 말하게 해서 발음이 정확치 않으면 바로 죽여버렸지. 말. 말로 조선인을 구별해냈던 거야. 말 한마디가 삶과 죽음을 갈랐지. 오죽했으면 아버지가 고향으로 편지를 하면서도 걱정 말라는 조선말을 못 쓰고 네바 마인도ネバマインド라는 일본식 영어 발음 딱 한 줄 적어 보냈겠는가. 조선인에 대한 일본인의 차별과 배척은 실로 추악해. 동화同化라는 그럴싸한 말

---

* 테사 모리스-스즈키, 『변경에서 바라본 근대』, 임성모 옮김, 산처럼, 75쪽.

속에는 그런 끔찍한 음모가 도사리고 있는 거야. 말이 같아야 한다고? 같아지는 게 아니라 빼앗기는 거지. 말을 빼앗기면 다 빼앗기는 거고.

다리 밑 늙은 거지의 말을 줄줄 외우는군. 거, 늙은이가 미친 조센징인 모양이네. 그래서 동족에게 내 구두를 훔쳐다 준 건가? 그렇다면 네 말은 좀 우습잖아. 그런 사람이 일본을 제대로 살릴 거라니? 일본이 망하길 바라겠지. 안 그래? 앞뒤가 안 맞아, 네 말은.

구두 얘기가 나오자 나는 다시 조마조마해졌다. 내가 조선인 노인에게 구두를 가져다준 걸까. 무슨 상관이람. 그런데 그건 뭘까. 아이누.

너에겐 그분이 네 구두를 신고 있었다는 사실만 중요하지. 그런 것 따위에만 관심이 있는 거야.

그럼 네 관심이란 건 대체 뭐야. 그래, 늙은이가 일본 사람이라 하자. 그자의 미친 소리마저도 우국충정에서 우러나온 말이라 치자고. 그래서? 그래서 그 잘난 어르신과 일본의 미래에 대해 깊은 고민이라도 나누셨단 말인가. 대견하시네. 조센징이 일본국의 안위까지 걱정해주다니.

네 머리는 일본이라는 섬나라를 떠나서는 도무지 작동을 하지 않는 모양이구나. 너의 고매하신 스승들처럼 일본에게 유리한 것만 학문이고, 그렇지 않은 것은 학문도 과학도 아니지. 하지만 그게 바로 착각이야. 일본에 유리할 거라는 비뚤어진 생각이 결국은 일본을 병들고 망하게 한다는 걸 알아야지.

정말 대견하다니까. 조센징인 주제에.

무릇 견해라는 것은 특정한 나라의 이익 여부를 따지지 않아. 인류와 평화를 위해서라면 자국의 오만한 심장부에 칼을 겨눌 수도 있어야 견해다운 견해거늘.

교진 늙은이가 그렇다?

넌 그분에 대해 아는 게 없어. 자기 신발을 신고 있다는 것밖엔.

듣고 보니 조센징인 주제에 일본을 퍽이나 염려하는 것 같은걸.

한 나라가 제대로 서야 이웃 역시 평화로운 것 아니겠나. 오늘날 어째서 아시아의 국가들이 저토록 안팎으로 당치않은 고초를 겪으며 전쟁에 내몰려야 하는지 아직 모르겠다는 말인가.

그런 단견 때문에 미개하다는 말을 듣는 거야. 근대주의로 무장한 저 서구가 몰려오면 일본만 망하나? 아시아가 먹히는 거야. 일찌감치 중국과 조선이 시달리지 않았나. 영국과 미국과 프랑스가 군대를 몰고 와 분탕질하지 않았냐 말이야. 인도차이나와 동남아시아의 많은 섬나라 국가들이 휘둘리지 않았던가 말이야. 일본쯤 되니까 나서서 아시아를 규합하는 거지. 일본이 아니라면 그 일을 누가 맡는단 말인가. 일본만을 위한 것이라는 건 옹졸한 생각이야. 그 청맹과니 같은 편협한 민족주의가 아시아의 큰 위기를 못 보게 하는 거라구.

말을 빼앗고 일본의 국어만을 강요하고 이름을 바꾸게 하고 천황을 향해 날마다 고개 숙이게 하는 것이 아시아 연대인가? 말 안 들으면 때리고 고문하고 죽이는 것이? 어찌 이 자리에서 말로 다 하겠는가. 호시나 코이치를 모른다고 하진 않겠지. 그가 독일에 유학하면서 어째서 포젠 주의 언어 정책을 연구했겠는가. 독일이 폴란드어의 최후의 보루였던 포젠 주에 대해 어떤 언어 강압책을 썼는지를 아직 모른다면 교진에게 가서 예의를 드리고 배우게. 그것은 오직 흡수를 위한 거였고 지배를 위한 거였네. 사필귀정이듯 실패하고 말았지만. 실패한 정책이었으나 호시나는 그래도 그걸 거울삼아 조선에 적용하려 했고 적용하고 있네. 아이누에 대해 성공한 사례가 있다 하여 조선에서도 성공할 거라는 건 잘못된 생각이야. 일본은 서구와 마찬가지로 정복자일 뿐이거든. 그런 국민 국가가 정복자로 나타나는 한, 반드시 피정복민족은 민족의식과 가치에 대한 요구를 자각하고 저항하게 되지. 아시아가 하나라는 구호가 깨지는 날 일본도 깨지게 돼 있어. 거짓이었으니까. 다리 밑에서 남루하게 산다 하여 거지인가? 거지 같은 말만 하는 고매한 학자님들이 거지지……

그날의 다툼이 어떻게 끝났는지 모르겠다. 끝날 싸움도 아니었다. 동주는 전에 없이 많은 말을 했다. 그랬다는 기억은 분명하다.

그러나 여기에 동주와 야마다의 다툼을 있던 그대로 재연한 건 아니다. 그들의 말을 알아듣고 이해하기엔 나는 너무 어렸고 무지했다. 교진에게 야마다의 구두를 갖다 준 장본인. 그게 나라는 사실이 탄로 날까 두려워 귀를 기울였을 뿐이다.

누가 구두를 가져다주었는지 야마다는 끝내 밝혀내지 못했다. 나도 물론 고백하지 않았으나 동주도 교진도 구두에 대해 말하지 않았던 것 같다. 사실을 숨겼다기보단, 시시한 일에 관심을 두지 않았던 것뿐이겠지. 그랬을 것이다.

그렇게 끝나고 말았다면 오늘날까지 나는 그날의 다툼을 떠올리지 않았거나 떠올리지 못했을 것이다. 동주보다 내가 더 자주 가모오하시의 교진을 만나러 가게 되지 않았더라면.

동주는 그해 여름 이후로 교진을 만나지 못했다. 교진뿐만 아니라 세상의 그 누구와도 만날 수 없었다. 그리운 간도의 어머니는 말할 것도 없었다. 그는 이 세상으로 다시는 나오지 못했던 것이다.

교진에게 동주의 연행 소식을 처음 전한 것도 나였다. 한동안 가모가와의 흐르는 물빛을 말없이 지켜보던 노인이 깊은 한숨을 쏟았다.

상선약수上善若水거늘, 어찌 갈수록 이치를 거스르는가.

왠지 동주를 두고 하는 말 같아 내가 물었다.

동주가 뭘 잘못한 건가요?

나를 빤히 바라볼 뿐 교진은 말을 잇지 않았다.

나를 볼 때마다 노인은 동주 소식을 물었다. 나는 도리질만 했다. 노인은 동주가 어떤 사람인지, 무슨 생각을 하는 사람인지, 그에게 시가 무엇이었는지를 천천히 말하기 시작했다.

교진의 말은 묘했다. 들으면 들을수록 어려워졌다. 그리고 동주에 관해 얘기할수록 교진에 대해 알게 된다는 점이 그랬다. 무엇보다, 어려운 얘기가 지루하지 않다는 거였다.

동주가 교진을 자주 찾았던 이유를 알 것 같았다. 그에겐 마력이 있었다. 나와 동주만 그렇게 느꼈던 걸까. 사람들은 여전히 그를 미친 늙은이 취급했다. 나는 몰래 몰래 그에게 튀김두부를 가져다줄 수밖에 없었다.

교진은 내 탄생과 성장, 유랑의 삶을 되짚어보게 한 은인이었다. 두 개의 지류가 오하시 다리 밑에서 만나 가모가와가 되었듯이, 나에게도 요코 아닌 또 다른 지류의 본성이 흐르고 있다는 사실을 깨우쳐준 이가 그였다.

나는 그가 깨우쳐준, 은닉되고 지워져 안 보였던 지류를 찾아, 연어처럼 본향으로 거슬러 올랐다. 뒤늦게 공부하고 글 쓰고 연구에 전념했으나, 이미 모든 것을 그로부터 배운 거나 마찬가지였다.

오늘날 내 기억들이 기억다운 가치를 지니게 되었다면 그것 역시 교진 덕분이었다. 그가 아니었다면 나는 평생 책 한 권 읽지 못하는 아이로 늙었을 것이며, 내 기억이라는 것도 이리저리 어지럽게 엇갈려 뒤섞인 잡념에 지나지 않았을 것이다. 동주에게도 그가 훌륭한 스승이었을 거라는 걸 나는 조금도 의심하지 않는다.

교진은 1957년 여름에 죽었다. 후두부를 둔기로 얻어맞아 숨졌다는 짧은 기사를, 나는 홋카이도에서 읽었다. 비로 불어난 가모가와에 휩쓸려 시신은 고조오하시五條大橋 근처까지 떠내려갔다고 했다.

짧은 기사로나마 이름 없는 늙은 걸인의 죽음을 신문이 알린 이유가 있었다. 그는 난바 다이스케難波大助의 조력자로 밝혀졌다. 섭정 중이던 히로히토 황태자를 난바가 저격하는 데 뜻을 함께했던 사람.

난바는 1927년 12월 27일, 제국의회 개원식에 참석하기 위해 의회로 가던 황태자를 도쿄 도라노몬虎の門에서 저격했다. 총알이 빗나가고 현장에서 체포되어 다음 해에 사형당한 난바는 무정부주의자였고, 교진은 그의 숨겨진 동지였던 것.

교진의 정체를 신문을 통해, 그것도 타살 사건 기사를 읽고 처음 안 나였지만 그다지 놀랍지는 않았다. 후두부의 큰 상처, 그리고 시신이 고조오하시까지 떠내려갔다는 사실이 못내 가슴 아팠을 뿐이다. 범인은 영영 잡히지 않았다.

내 기억들이 재구성될 수 있었던 건 그런 교진이 있었기 때문이었다. 어린 나의 뇌수에는 이것저것 순서 없이, 그때그때 사무치던 감정들과 뒤섞여 저장되어 있었을 것이다. 교진의 잦은 한숨과, 어린 계집애 앞에서 보이던 열정, 동주를 추억하는 아련한 눈빛과 세상을 근심하는 진지한 음성……. 그런 것들이 내 안의 작은 열망의 씨앗들을 키웠을 것이다.

동주가 떠난 뒤 나는 3년 반 동안 더 교토에 머물렀다. 그동안 내 안에는 어설프게나마 세상을 보는 안목의 줄기가 자라고 그것은 제법 빳빳한 가지를 쳤다. 아직은 모든 것이 추상에 불과했고 의식 또한 미미한 수준에 지나지 않았으나, 거칠고 막막한 현실의 물길을 뚫고 본향을 향해 똑바로 헤엄쳐 오를 수 있었던 건 분명 가모가와 다리 밑에서 교진과 함께한 시간들 덕택이었다.

나는 마침내 본격적으로 책을 읽고 공부라는 걸 할 수 있었다. 어쩌면 그때부터였을 것이다. 교진의 존재를 비로소 제대로 인식했던 것은.

흐르는 물길에 던지던 아련한 눈빛, 나를 강렬하게 찌르던 충혈된 눈빛, 문득 문득 촉촉해지던 눈자위, 그러다 다시 홀로 깊어만 가던 눈빛. 아울러 바람처럼 노래처럼 파도처럼 이어지던 말 말 말들……. 그가 어째서 그랬어야만 했던 건지, 책을 잡고 공부를 하게 되면서 비로소 하나하나 그 이유들이 또렷해지며 전율을 일깨웠다. 내가 당연한 일처럼 민속학과 언어학에 매달렸던 것도 사실은 그때 그 다리 밑에서 정해졌던 거나 다름없었다.

시간이 지날수록 교진에 대한 기억은 명료해지고 단단해졌다. 동주에 대한 것도 마찬가지였다. 그러므로, 야마다와 동주의 다툼이 비록 당시의 실황과 많이 다를지라도 결코 기억 밖의 것이라 할 수 없는 것이다.

말하자면 이런 것이다. 다루이 도키치樽井藤吉의 『대동합방론』이라는 책이 있다. 그 책을 읽기 전에는 교진이 나에게 무슨 말을 했으며, 동주가 야마다에게 무슨 말을 했는지 모를 수밖에 없다. 그런데 책을 읽다 보면 교진의 눈빛과 동주의 음성이 생생하게 재생되었던 것.

나는 일본인들이 아이누의 땅과 조선 땅에서 무슨 짓을 했는지 지금은 잘 알고 있다. 특히 왜, 어떻게, 말을 빼앗으려 했는지. 교진과 동주는 그때 이미 알고 있었다. 시차가 있는 두 앎이 서적과 공부를 통해 기억으로 만났다. 도서관의 많은 목록들은 그토록 훌륭한 기억의 매개인 것이다.

동주가 '위대한 대학 고매한 스승들'이라며 비웃었던 까닭도, 야마다의 모교인 교토제국대학을 중심으로 한 이른바 교토학파의 학술 활동을 접하게 되면서 나에게 확연해졌다. 야마다 같은 수재가 어찌 그토록 옹졸한 견해에 갇히게 되었을까도 처음엔 궁금했지만, 지금 나는 그보다 심한 일본의 석학들의 명단을 숨도 쉬지 않고 50명을 댈 수 있다. 야마다의 생각이라는 것도 당시 일본 문학 예술계의 초미의 관심사였던 '근대초극론'을 반영한 것에 지나지 않았다는 사실도 알게 되었다.

기억은 그렇게 분출되는 거였다. 내게 유독 동주에 대한 기억이 많은 것도 그래서일 것이다. 동주와 나는, 잃었든 버렸든 고향을 떠나왔고, 교토의 한 아파트에 살았으며, 무엇보다 가모오하시 교진을 친구며 스승으로 여겼다. 동주는 앞서고 나는 뒤지긴 했으나, 동일선 위에 있음을 부인할 수 없는 한 내 기억은 동주에게 치우칠 수밖에 없는 것이다.

어쨌거나 내 기억은 서른이 되고 마흔이 넘으면서 정리되고 견고해진 것일 뿐, 열다섯의 못난 요코는 여전히 종작없기만 했다. 그때는 교진보다 도리우치가 더 가까웠으니까. 교진은 찾아가는 사람이었고 도리우치는 찾아오는 사람이었다. 교진에겐 뭔가를 갖다 먹였고 도리우치에게선 뭔가를 자꾸 얻어먹었다. 빙수와 야키도리.

동주와 야마다가 다툰 얘기도 그에게 두서없이 털어놓았다. 나는 그가 사주는 걸 먹는 데만 급급했다. 도리우치는 고개를 끄덕이며 중얼거렸다. 그래? 그랬단 말이지……. 나는 내가 무슨 짓을 하는지 몰랐다.

없어도
　있는 말

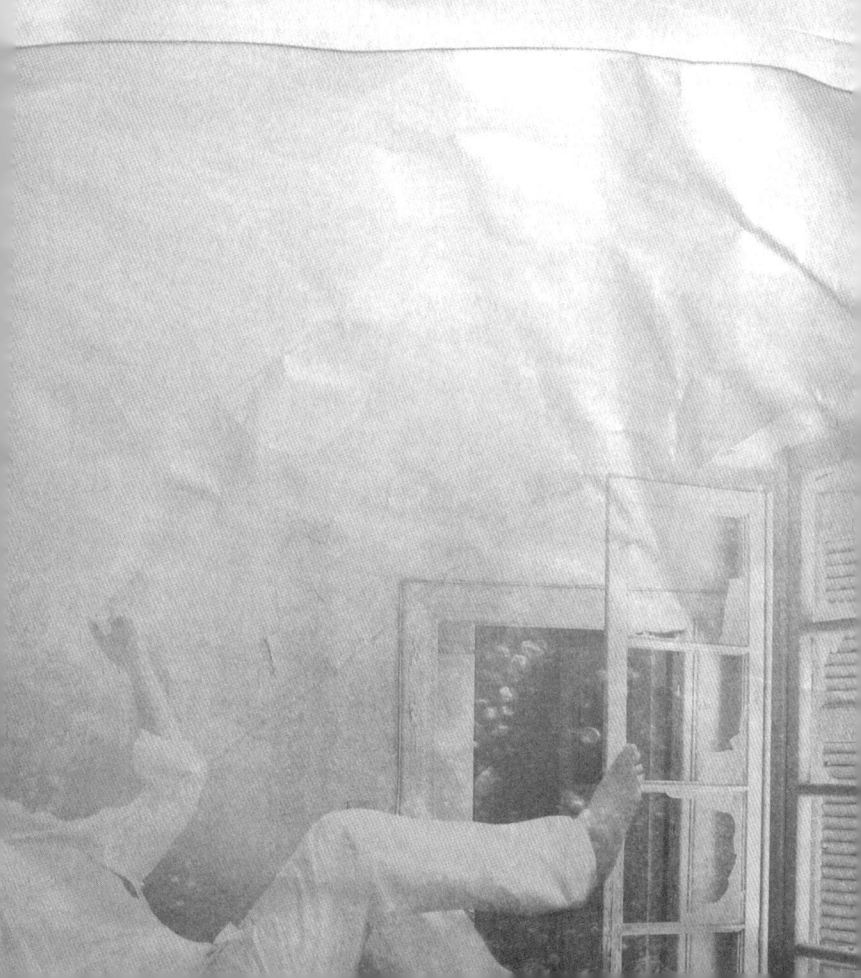

"나 여기 있어."

시게하루가 불쑥 내 앞으로 튀어나오며 말했다. 나는 짐짓 태연한 척했다.

"뭘 그리 찾는데?"

시게하루가 물었다.

"너……."

"나?"

"응. 너."

"왜?"

"그냥."

그냥은 아니었다. 그가 잘 있는지 궁금했던 것이다. 어두워진 저녁을 잘 지내고 있는지.

시계하루와 나는 열 살이었다.

어느 날 저녁 나는 그가 문득 궁금해졌다. 문득 궁금한 것이 몹시 궁금해지다 못 견디게 궁금해졌다.

이미 땅거미가 진 시각이었다. 그의 집은 가깝지 않았다. 큰 연못을 우회하고, 우리가 다니던 학교를 지나서도 좁은 골목을 한참 오르고, 작은 숲을 두 개나 지나야 했다.

그래도 나는 집을 나섰다. 어두운 저녁에 그토록 먼 길을 혼자 걸은 건 처음이었다. 쉽지 않은 일이었다. 부모님에게 말했다면 허락하지 않았거나 함께 다녀오자고 했을 것이다.

나는 말할 수 없었다. 그 시각에 먼 길을 걸어 다녀와야 할 만큼 시급한 일이 아니었다. 그냥 문득 궁금해서, 라고 말할 수 없었다. 몰래 혼자 갈 수밖에 없었다. 정말 문득 궁금했을 뿐이니까.

얼른 갔다가 시계하루만 보고 서둘러 돌아오자. 그럴 생각이었으나 아무래도 쫓겼다. 혼자 처음으로 걷는 거였고 마음이 바빠 길은 멀었다.

열 살 때 걸었던 그 길을, 십삼 년이 지나 다시 걷는 기분이었다. U의 존재와 의문의 약도, 미등록 도서와 미즈하라 노파, 야쿠시지와 타케우치 마사시……. 길고 어두운 길이었다. 시게하루를 찾아가는 길. 십삼 년 전 그때는 길 끝에, 그의 집에, 시게하루가 있었는데…….

"뭘 그리 찾는데?"

기웃거리는 나에게 그가 물었고,

"너."

라고 나는 대답했었다.

그러곤 삼 분도 채 머물지 않고 나는 집으로 달려왔다.

의심 많은 노파 미즈하라. 그녀가 가르쳐준 야쿠시지로 향하면서, 그곳에서 시게하루를 만날 수 있길 바랐다. 옛날처럼 불쑥 내 앞으로 튀어나오며 "나 여기 있어"라고 말하는 시게하루를.

야쿠시지가 있는 고베神戶는 멀었다. 어느덧, 시게하루를 찾아 저녁 길을 나서던 열 살의 내가 되어 있었다.

시게하루가 궁금해서 그날, 열 살의 그 저녁, 그 길을 나섰던 거였지만 다른 이유도 있었다. 그 길을 꼭 걸어보고 싶었던 것이다. 해가 전혀 없는 저녁때거나 새벽에.

사실은 새벽에 걷고 싶었다. 그러나 자다 말고 일어나 새벽길을 걷는다는 건 엄두를 낼 수 없었다. 첫새벽에 어린애가

기척도 없이 부모 곁을 빠져나온다는 건 불가능했다. 저녁 길을 시도할 수밖에 없었다.

새벽길을 걷고 싶었던 이유가 있었다. 어느 날 시게하루가 우리 집에 와서, 내가 잠든 머리맡 창 문종이를 새끼 고양이처럼 살살 긁었던 게 새벽이었기 때문이었다.

새벽길을 걸어 나에게로 올 수밖에 없었던 사정을 들었다. 얼마나 춥고 얼마나 무섭고 얼마나 외로웠을까. 새벽길을 걸어야 시게하루가 겪었을 공포와 절망의 백분지 일만이라도 느낄 수 있을 것 같았다.

그날, 잠결에 이상한 소리를 들었다. 도둑고양이가 창문이라도 긁는 걸까? 고양이라면 새끼 고양이일 게 분명했다. 소리는 아주 작았고 머뭇거렸고 한동안 잠잠했다.

깜빡깜빡 자다 깨다를 반복했다. 그러다 어떤 예감에 이끌려 눈을 떴다. 새벽이었지만 깜깜했다. 예감이었을 뿐, 특별한 내용의 예감은 아니었다. 고양이가 아닐지도 모른다는 정도.

일어나 벽으로 기어갔다. 창문 밖 어둠 쪽을 향해 귀를 기울였다. 거의 죽어가는, 바람 같은, 누군가의 목소리가 들렸다. 잠이 확 달아났다.

젠타로······.

내 이름을 부르고 있었다. 공기주머니의 작은 구멍을 빠져

나가는 바람 소리처럼 가늘고 연약한 소리. 시게하루였다.

소리 나지 않게 쪽문을 열고 친구를 맞아들였다. 무조건 이불 속으로 끌어들였다. 그날 내 이불 속으로 들어왔던 게 뭐였는지 나는 알 수 없었다. 시게하루가 분명했지만 시게하루가 아닌 것 같았다.

너무도 차가웠기 때문이었다. 얼음덩이 같았으나 얼음덩이도 아니었고, 차가웠으나 실은 차가운 것만도 아니었다. 뭐라 말할 수 없는 어둡고 낯선 기운이었다. 딱딱하게 응고된 그것을 나는 끌어안을 수도 밀쳐낼 수도 없었다. 머잖아 내 몸조차 한겨울 개울가 돌멩이처럼 굳어버릴 것 같았다.

명료한 느낌이라곤 하나도 없이, 어둡고 무겁고 차갑고 딱딱하고 낯설기만 했던 이불 속 서슬을 견디느라 나는 몇 번이고 오줌을 쌀 뻔했다. 시게하루도 나도 아무 말 못하고 꼼짝없이 웅크리고 있었다.

창밖이 희붐하게 밝아올 무렵, 눈뜨면 사라지는 뒤숭숭한 꿈의 기억처럼 시게하루는 내 방을 빠져나갔다. 아닌 게 아니라 꿈만 같았으므로 새벽의 일을 나는 굳이 떠올리고 싶지 않았다.

"그냥 어딘가로 걷고 싶었어. 그날 새벽."

며칠 뒤 시게하루가 나에게 다가와 말했다. 학교 앞에서였다. 그의 집은 내 집과는 반대편이었으므로 학교 앞에서 갈라져야 했으나 그날은 그가 나를 따라왔다.

"안 그러면 죽을 것 같았으니까……. 어딜 가려 했던 게 아니라구. 그런데 가다 보니 네 집 앞이었어."

"그랬구나."

나는 시큰둥하게 대답했다. 여전히 그가 낯설었기 때문이었다. 그의 말투, 그의 표정.

학교를 오가며 그와 몇 차례 마주쳤다. 그런데도 나에게 말을 걸지 않았다. 나를 바라보는 눈빛이 어딘가 아득했다. 나는 '눈빛이 멀구나'라고 혼자 생각했다. 나 역시 그에게 선뜻 다가가 말을 걸 수 없었던 것이다.

"왜 네 집이었을까. 그걸 생각했어. 이유를 알아야 너에게 말을 붙일 수 있을 것 같았어. 이제야 말해서 미안해. 그날…… 고마웠어."

"이유를 안 거야?"

물으며 걸음의 속도를 늦췄다.

"아니."

그가 걸음을 멈추었다. 나도 따라 멈추었다.

"아직?"

"응."

"이제야 말한다고 했잖아. 이유를 알았다는 뜻 아니야?"

"모르지만, 언제까지고 말을 안 할 수 없었어. 도리가 아니잖아."

도리? 시게하루가 그런 말을 하다니. 달라진 게 분명했다. 그 새벽 이후로. 그가 낯설었던 이유가 그거였다.

갑자기 말투가 점잖아지다니. 표정이 그윽해지다니. 먼 눈빛을 짓다니.

"무슨 일이 있었던 건지 말해줄 수 있어?"

"엄마는 나고야에서 돌아오지 못했어. 너도 알잖아."

일이 많은 날이면 시게하루 어머니는 도쿄로 돌아오지 못했다. 일주일에 세 번 정도는 그랬다. 어째서 그 먼 나고야까지 가 돈을 벌어야 하는 건지 자세한 사정은 알 수 없었다. 사정이 어떻든, 그럴 수밖에 없는 형편을 시게하루나 시게하루 아버지는 받아들이는 것 같았다.

"교통비가 장난이 아니잖아."

왠지 그래야 할 것 같아 나는 추임새를 넣었다.

"이래서, 너하고는 통하는 것 같아. 아버지도 그게 불만은 아니지. 아버지에게 불만이 있다면, 그건 자신의 무능이야. 누군가를 탓하기 전에 아버지는 자신부터 탓하지. 도무지 세상을 탓할 줄 모르니까. 대신 히야얏코冷豆腐* 따위에 화풀이

없어도 있는 말 219

를 하는 게 문제야."

"히야얏코?"

"간장이 떨어졌다는 걸 내가 깜빡했거든. 그냥 간장이 떨어졌던 것뿐인데."

"그런데?"

"물론 반찬이란 게 그게 전부였기 때문에 간장이 없으면 좀 곤란하긴 했지."

"그것 때문에 아버지가 화를 냈니? 너한테?"

"화는 뭐……."

시게하루는 말을 멈추고 하늘을 올려다보았다. 맨 침을 삼키자 목울대가 오르내렸다. 얼마간 숨을 고른 뒤 그가 말했다.

"그냥 한마디 했어. 조용히."

"뭐라셨는데?"

"나가. 들어오랄 때까지 문밖에 서 있어."

"들어오랄 때까지?"

"아주 조용한 말이었지만, 듣지 않으면 날 죽여버릴 것 같았어."

"설마."

---

* 찬 날두부에 양념 간장을 곁들인 음식.

"너라도 거기까진 모르는 거지. 나는 아버지의 슬픔을, 인정하진 않지만 알아. 무능한 사람이긴 해도 대책 없이 게으른 사람이 아니라는 것도. 어쨌든 난 밖에 나갔던 거고, 들어오랄 때까지 안 들어간 거야."

"새벽까지?"

"아버지가 깊이 잠들었던 거지. 오다이바에서 일일 용역 뛰고 온 날이었거든."

"들어가지 그랬어."

"안 들어갔어. 내 미움은 이미 가난한 아버지나 어머니를 향하고 있지 않았으니까. 나는 스스로 밖에서 꽁꽁 얼고 있었던 거야. 더 차갑게 더 딱딱하게 얼어서 내 속의 분노가 평생 실없이 풀어지는 일이 없기를 바라면서. 추위와 두려움과 외로움이 뼛속 깊이 사무치기를."

열 살짜리의 말투와 표정이라고 믿어지지 않았으므로 나는 그렇게 말하는 시게하루가 어딘지 조금은 멋져 보인다고까지 생각했다. 아득하고 먼 눈빛의 정체가 그거였다. 뼛속 깊이 사무친 추위와 두려움과 외로움, 그리고 분노. 어느 하루 문득 사무치고 만 게 아닌.

"그렇게 있다 얼어 죽으면 뭐해?"

나는 열 살짜리답게 말했다.

"네 말마따나 정말 죽을 거 같아서 무작정 걷기 시작한 거야. 하지만……."

시게하루는 나를 빤히 바라보았다. 왠지 마주 보기가 뭣해서 나는 고개를 숙이며 중얼거리듯 말했다.

"하여튼 잘한 거지 뭐……."

"정말 외롭다는 생각이 들었을 때, 니 생각이 난 거야. 그리고 발길이 너한테로 향했어. 왜 너였을까?"

"아직…… 모르는 거잖아."

"알아."

"알아?"

"알아."

"뭔데?"

"말로는 할 수 없을 것 같아."

더 묻는 대신 나는 고개를 끄덕였다. 궁금하지 않았다. 고개를 끄덕이는 내 눈빛이 시게하루만큼 그윽해졌을까만 궁금했다.

그날 새벽 시게하루가, 이불이 아닌 내 안으로 들어왔다는 걸 나는 알고 있었다. 시게하루가 안다고 한 것이 궁금하지 않은 이유였다. 산뜻하고 포근하고 뭉클하게 들어온 게 아니었다. 나는 그걸 어떻게 말해야 할지 지금도 잘 모르겠다.

그 기분을 적기 위해 나는 조금 전 한글 역순사전을 뒤졌다. 가장 가까운 뜻이 '수꿀스럽다'였다. 수꿀스럽게, 시게하루는 그날 새벽, 나에게 들어온 것이다. 호감도 비호감도 아니면서 그 둘 다인 것, 어딘가 두려우면서도 받아들여야만 하는 숙명 같은 것. 아파 떨쳐내고 싶으나 내 안의 장기 같아 차마 그럴 수 없는.

나로선 뭐라 이름 할 수 없는 색다른 우정이, 그 추운 새벽 어두운 내 이불 속에서 발아하고 있었던 것이다. 내치려 해도 내쳐지지 않을 것 같은, 그러면 그럴수록 오히려 더 단단하게 자리할 것만 같은.

며칠 뒤 나는 저녁 길을 걸어 그의 집에 갔다. 멀고 어둡고 무서웠으나, 그러고 싶었고 그래야만 할 것 같아서.

집은 어둠에 싸여 있었다. 옅은 불빛조차 없었다. 더듬더듬 마당에 다다라 기웃거렸다. 그날도 그의 어머니는 나고야에서 돌아오지 않은 것 같았다. 아버지도 귀가하지 않은 집 안에서 시게하루 혼자 웅크리고 있는 건 아닐까. 자는 걸까. 저녁 반찬은 역시 히야얏코였을까.

"나 여기 있어."

어둠 속에서 목소리가 튀어나왔다. 시게하루였다.

"뭘 그리 찾는데?"

그가 다가와 물었고 나는 대답했다.

"너."

"나?"

"응. 너."

"왜?"

"그냥."

그도 나도 더 이상 말을 못했다. 문득 네가 궁금해졌어. 그렇게 말할 수 없었다. 왜 궁금해졌느냐고 그가 물으면 나는 또 그냥, 이라고 답할 수밖에 없었으므로.

말이 필요 없다는 걸, 나보다 그가 더 잘 알았는지 모른다. 한동안 말이 없을 수밖에 없었다. 계속 말이 없었다. 그렇게 이 분, 삼 분쯤 흘렀다.

"널 봤으니 이제 간다."

돌아서는 나를 시게하루는 잡지 않았다.

"아무한테도 말하지 않고 왔어. 집에서 날 찾을지도 몰라."

왔던 길을 향해 뒤돌아섰다. 등 뒤에 우두커니 서 있는 시게하루가 느껴졌다. 내 뒷모습을 향해 그가 나지막이 말했다.

"곧 달이 뜰 거야."

얼마간 걷자 정말로 달이 떠올랐다. 갈 때보다 훨씬 무섭지 않았다. 뭔가에 북받쳐 나는 갑자기 걸음을 멈추고 황급히 뒤

돌아보았다. 시게하루의 모습은 보이지 않았고, 아득한 길 끝에 그의 작은 집이 검게 웅크리고 있었다.

오랜 시간이 흐른 뒤, 시게하루는 가끔씩 그날의 저녁을 떠올렸다.
"그랬어, 그날."
나는 무심하게 대꾸했다.
"그랬어."
이삼 분의 짧았던 순간이었으므로 내용이랄 것도 없었다. 회상도 싱거울 만큼 짧았다. 그런데도 시게하루는 종종 그날 저녁을 떠올렸다.

추위와 외로움을 밤새 견디다 시게하루가 걸었던 길. 어느 날 저녁 문득 그가 궁금해져 내가 걸었던 길. 같은 길이었다. 길 양쪽 끝에는 내가 있었고 시게하루가 있었다. 길은 그와 나를 잇는 선이었다.

어찌하여 그 선이 나타났으며, 그 선은 무엇이었을까. 양쪽 끝에서 조금씩 더듬어 끌어당기면 서로가 만나게 되는 선. 어둡고 길고 외롭되 쉽게 사라지지 않는 흔적, 혹은 기억. 밝은 태양이 아닌, 차가운 달빛에 의한 화인火印이어서 더 구원하고 은근한.

"그랬어, 그날."

"그랬어."

라고 말했을 뿐, 그 선線에 대해 진지해져 본 적은 없었다. 서로의 가슴 안에 완연한 길 하나 새긴 것으로 무언가는 충분했다.

중고등학교를 나오고 대학을 다니면서도 곤고한 형편은 조금도 나아지지 않았으나, 시게하루와 나는 처지를 서글퍼하는 대신, 저 홀로 비대해져 가는 일본 사회의 한 귀퉁이에서 농담과 웃음과 위악으로 견디며 청춘의 한 시절을 보내고 있었다. 그의 입에서 우스갯소리처럼 튀어나오는 계급이라든가 연대 따위도, 오기와 극기를 너끈히 비축한 뒤에야 비로소 여유로워진 말들이었다.

덕분에 다른 아이들보다 일찍 가난한 부모와 가정사의 위태로운 파행들과 화해할 수 있었다. 시게하루를 만나면 내 눈에는 그의 장난기 가득한 눈빛과 싱글거리는 입과 들썩거리는 어깨보다 먼저, 긁힌 상처처럼 길게 누워 있는, 존재 깊은 곳의 '저문 길' 이미지가 들이닥쳤다. 그의 길이면서 나의 길이었다.

그런 시게하루. 그가 사라진 거였다.

저녁 길을 나서던 십삼 년 전의 열 살 소년처럼, 나는 그를 찾아갈 수밖에 없었다. 고베는 멀게만 느껴졌다.

물어물어 찾아간 고베의 야쿠시지는 폐허나 다름없었다. 무너져내린 2층짜리 목조건물의 잔해가 무심한 햇빛에 말라가고 있었다. 본당과 요사채의 구분이 없었다. 잔해들 사이로 비죽비죽 솟은 영가의 비석들만이 그곳이 사찰 터임을 간신히 짐작케 했다.

JR선 모토마치 역 너머로 나카돗테 여객터미널과 푸른 바다가 바라다보였다. 언덕을 등지고 서서 햇살 부서지는 물빛을 망연히 바라보았다. 이마에 흐르는 땀이 식기를 기다린 거였으나 실은 무엇부터 해야 할지 몰랐던 것이다.

야쿠시지를 찾아 언덕을 오르는 동안 어지럼증에 시달렸다. 길가의 쓰레기 더미, 유령처럼 움직이는 사람들, 금방이라도 무너져내릴 것 같은 건물들……. 태초 이래 제 모습을 간직하고 있는 거라곤 바다밖에 없어 보였다. 물빛을 전망할 때만 겨우 어지럼증에서 벗어날 수 있었다.

사찰인 건 분명했으나, 내가 당도한 곳이 야쿠시지인지는 확인할 수 없었다. 언덕 끝에는 유령처럼 움직이는 사람들조차 눈에 띄지 않았다. 현판도 표지판도 찾을 수 없었다.

타케우치 마사시……. 입 속으로 그 이름을 되뇌었다. 내가 누군가를 찾는 것보다, 누군가 나를 찾는 게 빠를 것 같았다.

과연 누군가가 나를 찾았다.

어찌…… 오셨습니까?

비쩍 마른 육십대 초반의 여인이었다. 강렬한 햇살 때문에 그녀는 눈을 제대로 뜨지 못했다. 경계의 눈빛이 아닌 실의의 눈빛. 나는 망설일 수 없어, 입 속으로 되뇌던 이름을 곧장 뱉어냈다.

타케우치 마사시.

그러곤 물었다.

여기가 야쿠시지 맞습니까?

여인은 가타부타 말없이 나를 바라보았다. 대체 그 모든 것이 무슨 소용이냐는 표정이었다. 곧 까닭을 알았다.

야쿠시지 맞습니다.

라고 말한 뒤 여인이 고개를 숙였다.

타케우치 스님은 돌아가셨습니다.

언제, 왜, 라고 나는 묻지 못했다. 그녀에게도 나에게도 필요한 건 그게 아니었다. 아닌 것 같았다.

눈길을 돌려 다시 바다를 바라보았다. 몇 차례 심호흡을 했다. 어지럼증이 가시기를 기다려 여인에게 말했다.

도쿄 신오쿠보에 미즈하라 준이라는 분이 계십니다. 미즈하라 준. 타케우치 스님과는 출가 동학입니다. 이곳에도 몇 번 왔었다고 들었습니다. 그분의 따님이 아직 도쿄에 살고 계시지요. 그 노친의 소개로 왔습니다. 타케우치 스님을 만나 여쭙고 확인할 게 있어서요……. 하지만 이미 안 계시는군요. 나무아미타불 관세음보살.

나는 법당이었을 법한 곳을 향해 두 손을 모았다.

미즈하라 쥰. 그분도 이미 세상을 떠나신 걸로 압니다만.

나는 반짝 정신이 들었다.

알고 계셨군요. 미즈하라…….

따님도 알고 있습니다. 따님은 좀 어떠신지요?

건강하십니다. 두 분을 다 알고 계시다니 다행입니다.

다행이라 하면…….

우선 햇볕을 피해야 했다. 무너진 건물의 북쪽 면 귀퉁이 그늘로 자리를 옮겼다. 그곳에서 나는 내 신분을 소상히 밝혔다. 미즈하라 노친이 준 쪽지를 내보이고 야쿠시지를 찾아온 용건을 말했다.

타게우치 씨를 만나거든 그렇게 말해요. 미즈하라 노친은 내게 다짐을 주었다. 나는 노친이 하라는 대로 했다. 예와 성의를 다해 나 자신에 대해 설명했고 야쿠시지에 온 까닭을 말했다. 세상을 떠난 타케우치 씨 대신 쇠약한 여인이 내 말을 듣고 있었지만.

그러므로 나는 더 자세히 이야기해야 했다.

타케우치 스님은 미즈하라 쥰이 니치렌종의 한 절로 출가했을 때 만났던 동학이었습니다. 그때 미즈하라 씨의 나이 일곱 살이었지요.

내 말을,

부친이 에도 니혼바시의 의사였다지요. 갑자기 부친상을 당하고 절로 들어왔을 때 그를 따뜻하게 맞아주었던 분이 타케우치 스님이었습니다.

라며 여인이 받았다.

역시, 알고 계시군요.

뭐, 그 정도입니다만.

미즈하라 씨는 의문의 죽음을 당한 부친의 유고有故를 한시도 잊지 않았습니다. 배후를 짐작할 만한 단서를 찾아 나섰지요. 일곱 살에 출가를 했던 것도, 나중에 전통 빗을 만들며 신분을 감추었던 것도, 그리고 하스미 가문의 청지기를 자청했던 것도 모두 그것의 일환이었습니다. 부친이 칼에 찔려 절명할 당시 유일한 숨은 목격자가 미즈하라 씨였습니다.

그랬군요.

그랬답니다. 저도 이곳에 오기 직전 따님으로부터 들은 얘기입니다. 한밤중에 두 명의 사내가 병원으로 잠입했고, 다짜고짜 서명을 요구했다더군요. 활동비를 보조하라는 요구였다는데 돈의 규모가 엄청났었답니다.

거절한 모양이군요.

병원을 팔아도 감당할 수 없는 액수였다니까요.

지독한 사람들.

대륙낭인의 하수인이었을 거라 짐작할 수밖에 없었다는 겁니다. 강도 치고는 터무니없이 당당했다는 점이 그랬고, 감당할 수 없는 돈을 요구했다는 점이 그랬으며, 활동비라는 명목을 들이댄 것과 사람을 가

차없이 살해한 것 모두 대륙낭인의 수법이었다는 거죠. 범인 색출에 미온적이었던 경찰의 태도에서 더 분명해졌다고 하더군요.

여인에게 말하면서 나는 미즈하라 노친에게서 들었던 대륙낭인 얘기를 떠올렸다.

일본의 대륙 침략을 위해 조선과 중국의 정국 깊숙이 침투해 암약했던 민간 활동 단체와 그 주도자들. 국가 차원의 도움을 배제하고 순수하게 개인의 우국충정으로 열정을 다했다던 그들을 사람들은 대륙낭인이라 불렀다.

다루이 도키치, 아라오 세이荒尾精 등에서 시작해 매우 의욕적이었던 우치다 료헤이內田良平 등의 2세대에 이르기까지, 현양사玄洋社와 천우협天佑俠, 흑룡회黑龍會라는 조직을 통해 조선의 합병을 꾀하고 러일전쟁과 만주국 건설을 도모했던 이른바 민간인 지사들.*

국가의 재정적(사실은 외교적) 부담을 덜기 위해 민간 후원과 모금으로만 활동비를 충당한다는 미명을 내세웠으나 부호들에 대한 폭압적 갈취가 끊이지 않았다. 미즈하라 노친의 얘기 중에는 이런 것도 있었다.

한 거물급 대륙낭인이 현금이 가장 많은 재벌 총수에게 갔다. 돈을 내놓으라고 했다. 죽지 못해 있는 현금을 모두 내놓았다. 아무 소리 없

---

* 한상일, 『아시아 연대와 일본 제국주의』, 오름.

이 그걸 갖고 돌아서는 대륙낭인에게 총수가 떨리는 목소리로 말했다.

저…… 저…… 증거를…….

그러자 대륙낭인이 돌아섰다. 자기에게 감히 돈을 빌려간다는 증거를 남겨주기를 원하는 재벌 총수를 지그시 쏘아보았다.

'증거' 말인가?

그는 허리에 차고 있던 칼을 뽑더니 대뜸 자기의 손가락 하나를 툭 잘랐다.

이것이면 되겠는가?

'증거'를 따로 남겨주기를 원한 자에 대한 불쾌감과 모욕감을 그렇게 표시했다는 것.*

범인을 찾기 위해 아버지는 평생을 바쳤노라고, 미즈하라 노친은 말했다. 윤동주의 유고를 입수하게 된 까닭도 그래서였다. 대륙낭인에 관한 기록이라면, 선친 살해사건과 직접 관련이 있건 없건 수집했다. 아무리 미미한 실마리라도 결코 소홀히 하지 않았다.

윤동주의 기록에 등장하는 미우라 마사오. 그가 선친을 살해했을 가능성도 그다지 커 보이진 않았다. 그러나 윤동주의 기록은 미우라 마사오가 야스다 사쿠타로일 가능성을 높여주는 문건이었다. 대륙 진출 사업자금이라는 명목으로 엄청난 금액을 갈취한 미우라 마사오. 많은

---

* 송우혜, 『윤동주 평전』, 푸른역사, 207쪽.

피해자들의 원성을 두려워하기는커녕 사사로이 빼돌려 개인의 영달에 투기했고 부동산 재벌 명단에 이름을 올린 자였다. 야스다 사쿠타로는 신분과 전력을 감추기 위해 패전 이후 새로 지어 가진 그의 개명이라는 것.

미즈하라 노친은 말했다. 윤동주의 기록을 입수하기 전까지만 하더라도 아버지는 기대했었다고. 그 기록 안에 자신의 선친을 살해한 낭인의 정보가 담겨 있기를.

전쟁 말기에 도시샤 대학에 다녔다는 어떤 사람이, 미즈하라가 쓴 이런저런 글들을 접했노라며 슬쩍 조선 시인 윤동주에 대해 귀띔했다. 시인이 잡히면서 함께 압수당한 원고가 있었다고. 대학뿐 아니라 같은 아파트에서 기숙했다는 제보자의 인적 상황을 따질 겨를이 없었다. 대륙낭인이 등장한다는 한마디만으로도 시인의 기록을 찾아 나설 이유론 충분했다.

윤동주가 연행되었었다는, 아직도 그 자리에 그 모습 그대로 서 있는 교토 시모가모下鴨 경찰서, 송국送局 뒤 기소될 때까지 갇혀 있던 료고료초兩御靈町 검사국, 시인이 재판을 받았던 어원 남문 앞 교토지방재판소 등이 미즈하라 씨가 일일이 방문해 관련 문서 열람을 의뢰했던 곳이었다.

그중 어떤 곳에서도 윤동주와 관련된 문서를 확인할 수 없었다. 교토지방재판소에 '예심 종결 결정서'라는 판결문이 보관되어 있다는 사실만 알았을 뿐 열람할 순 없었다. 형사 소송법 53조 1항에는 누구나 소송 기록을 열람할 수 있도록 규정하고 있으나 미즈하라에겐 '기록의 보존 또는 재판소 혹은 검찰청의 사무에 지장이 있는 경우에는 반드시 그렇지 않다'는 단서 조항을 적용했다.

재판소 쪽에서도 알고 있었던 것이다. 미즈하라가 대륙낭인에 관련해 문제적인 글들을 쓰는 인물이라는 사실을. 사법당국의 문서보관실은 일본이라는 나라가 존재하는 한 끝내 공개하지 않을 문서들로 가득할 거라는 것. 미즈하라 또한 모르지 않았다.

미즈하라에게 필요한 게 판결문은 아니었다. 연행과 함께 압수되었다는 조선 시인의 원고. 그것의 처리, 그것의 행방이 궁금했으나 알 길이 없었다. '규정에 의해 처분'되었을 거라는 무책임한 답변만 검경과 재판소 직원에게 되풀이해 들었을 뿐이다.

시일이 한참이나 더 지나서야 시인의 사건 관계 기록을 국회 도서관에서 입수할 수 있었다. 『특고월보特高月報』에 수록된 '재在 경도京都 조선인 학생 민족주의 그룹 사건'이란 명칭의 문건이었다. 과거 일본 정부의 극비문서들이 일부 공개되었던 것이다. 패전 삼십여 년 만의 일이었다.

윤동주를 체포하고 취조한 것은 시모가모 경찰서 소속의 특고형사들이었다. 특고경찰은 특별고등경찰의 준말이었고, 이들 특수경찰조직의 주 임무는 사상 탄압이었다.

그들이 발행했던 내부 월간 기관지가 『특고월보』였다. 내무성 경보국 보안과 발행의 이 『특고월보』 말고, 사법성 형사국 발행의 『사상월보思想月報』라는 문서도 있었다. 그곳에는 시인의 사촌 소무라 무게이의 판결문만 수록되었는데 '본건 관계자 처분 결과 일람표'가 첨부되어 있었다. 미즈하라는 그 첨부물에서 윤동주에 대한 검사의 구형량과 판결 확정일자 등을 확인했다.

새로 입수한 문건들에서도 압수된 원고의 행방은 밝혀낼 수 없었다. 미즈하라에게 소무라 무게이라든가 윤동주라는 조선 학생들의 피의사실과 공판기록은 그다지 중요한 게 아니었다. 대륙낭인의 존재를 담고 있다는 윤동주의 원고. 그것이 필요했다.

그때부터 아버지는 사람들을 직접 찾아다녔죠. 미즈하라 노친이 말한 사람들이란 다름 아닌 사건 담당 경찰, 검사, 그리고 재판부 판사들이었다. 원고의 존재와 처분에 관해 한마디의 귀띔이라도 얻길 바랐다. 입수한 비밀문건들에서 윤동주 원고에 관한 사항은 일절 언급되지 않았으나, 사건을 처리하고 판결한 사람들의 이름을 확인할 수 있었던 것이다.

교토지방검사국 에지마 다카江島孝 검사, 교토지방재판소 제2형사부 재판장 이시이 히라오石井平雄, 판사 와타나베 츠네渡邊常造, 판사 카와라타니 스에오瓦谷末雄 등이 그들이었다.

두 명은 죽고 두 명만 살아 있었다. 살아 있는 사람에게서 들을 수 있었던 말은 '잘 모르겠다. 기억나지 않는다'였다. 퇴역 판검사들의 응답 매뉴얼인 모양이었다. 그들은 토씨 하나 호흡 하나 다르지 않게 말했다. 잘 모르겠다. 기억나지 않는다.

추적의 끈을 이어준 건 살아 있는 사람이 아닌 죽은 사람이었다. 이시이 히라오. 정확히 말하면 그 집안의 늙은 시하인侍下人이었다. 그 집안의 집사를 2대째 이어온다는 노인은 판결과 관련된 정황과 문서를 직업적으로 수집하는 사람을 알고 있다고 했다.

그가 말했다. 도움이 될진 모르겠습니다만, 주인 영감 생존 시에도 한번 다녀갔습죠.

그가 말한 수집가는 오사카에 살았다. 우메다梅田 화물열차 역 근처에 있는 커다란 중고책방의 주인이었다. 책방 주인은 윤동주를 알지 못했다. 그때까지만 해도 윤동주는 일본에 알려진 시인이 아니었다. 이시이 히라오 댁을 방문했던 사실은 기억했다.

두 번 방문했었다고 했다. 입수한 문건의 진위 여부를 확인하러. 이시이 판사뿐 아니라, 공판 관련 부속 문건들을 입수하면 담당 검사나 판사를 직접 찾아가 확인하는 절차를 거친다고 했다. 생각보다 가짜가 많다며. 그 집에서 무언가를 가져오거나 한 건 아니라고 했다.

아버지는 그 서점에서 너덜너덜한 종이뭉치만 한 아름 사들고 왔어요, 공연히……. 미즈하라 노친은 그때의 상황을 재밌게 얘기했다.

이런 걸 뭣하러 사오셨어요?

딸이 묻고 아버지가 대답했다.

재밌어서.

내용이요?

그걸 헌책방에 판 사람 얘기가.

어쨌게요?

그것 때문에 어느 날부터 좋지 않은 일만 생겼대. 아이가 넘어져 다리가 부러지고 노모는 식도암에 걸렸단다. 밤마다 뭔가에 쫓기고. 왠지 기분이 나빴다는구나. 부친이 보관하던 거고 사연이 있는 물건인 것 같아 함부로 버리질 못했는데, 전문가라면 알 수 있지 않을까 하여 수집가를 직접 찾아왔노라고 하더라나. 누군가가 미행하는 것 같기도 하고 하여튼 위험한 물건인 것 같다며.

꺼림칙하니까 버리려던 거였네요.

파는 형식으로 버린 거지.

그냥 버리면 부정 탈까 봐?

그런 사람들이 적지 않다더구나.

중고서적상은 꺼림칙하지 않을까요?

거저 얻는 거나 마찬가지인데 나쁠 거 없겠지. 직업이니까. 이렇게 나한테 되팔았잖니.

아버진 어째서 이런 걸 사셨어요?

말했잖니. 사연이 재밌어서라고.

그뿐이에요?

그뿐이야.

물론 그뿐이 아니었다. 그뿐이라는 건 미즈하라가 책방 주인에게 던져두고 온 대답이었을 뿐이다. 그 종이뭉치가 윤동주의 원고였다.

공판기록을 입수하고 이시이 판사 집에 들르고 그 집 시하인으로부터 중고서적상에 대해 들었던 것. 말하자면 추적의 범주를 좁혀갔던 것. 거기까지는 미즈하라의 노력이었으나 원고를 얻는 데 결정적으로 작용했던 건 우연이었다.

미즈하라는 그런 우연에도 얼마간 익숙했다. 그가 평생 모았던 자료 중에는 보다 극적인 경로를 통해 손에 넣은 것들도 적지 않았다. 사람에게도 사회에게도 그러하듯이 한 장의 문서에게도 운명이라는 게 있다고 미즈하라는 믿었다.

원고가 어찌하여 오사카까지 가게 되었는지, 중고서적상에 판 사내의 부친은 뭘 하던 사람이었으며 왜 그걸 간직하고 있었는지는 끝내 수수께끼로 남았다. 그러나 그런 수수께끼라는 것이 문서가 이곳에서 저곳으로 이동해 가는 힘이라고 미즈하라는 생각했다.

윤동주 원고만 아니라……. 미즈하라 노친은 말했다. 아버지가 모은 거의 모든 기록들이 그런 우여곡절의 결과라 할 수 있지요.

윤동주 원고에서는 선친 살해와 관련된 단서를 찾아낼 수 없었다. 다만 도쿄 부동산 재벌 야스다 사쿠타로에 대한 매우 유력한 정보를 얻을 수 있었다. 그것만으로도 의미 있는 일이었다.

원고 입수가, 우연한 결과였으되 천운은 아니었다. 그것이 집안에 들어온 뒤로 불길한 기운에 시달려야 했다. 오사카 중고서적상에게 원고를 떠넘겼다던 사내의 말이 결코 과장도 장난도 아니었다는 걸 알게 되었다.

이상한 일들이 벌어졌다. 미즈하라는 선친 살해범을 추적하고 있었으면서 누군가로부터 쫓겼다. 원고를 갖게 된 뒤의 일이었다. 쫓고 쫓기는 형국이라는 걸 깨닫자 미즈하라는 은밀히 원고를 야쿠시지의 타케우치 스님에게 보냈다.

심상치 않은 물건이란 느낌은 들었어요.

야쿠시지 여인이 말했다. 여인의 눈매가 어느새 편안해져 있었다. 건물 안의 그늘 때문이었고, 얼마간 마주한 시간이 흘러서라고 나는 생각했다.

언덕을 오르느라 온몸에 뱄던 땀도 다 식었다. 그제야 내 눈에도 부서진 처마 밑의 야쿠시지 현판이 들어왔다. 작은 자기瓷器 호리병으로 테두리를 두른 모습이 특이했다.

따님께서는 아버님의 교통사고도 그것 때문이었을 거라더군요.

방 안을 둘러보며 내가 말했다. 건물 안은 시원했다.

스님도 저보고 잘 보관하라고 하셨죠.

부인께서 그걸 보관하고 계시군요.

'잘 보관하라'는 뜻을 나중에야 알았어요. 그걸 찾는 남자들이 집엘 다녀갔는데, 문득 정말 잘 보관해야겠단 마음이 생겼어요. 왜 그래야 하는지는 모른 채.

남자들이요?

두 차례나 다녀갔지요. 교토대학 무슨 발굴조사팀이라고 했는데, 왠지 무를 감자라고 말하는 사람들 같았어요. 단지 느낌뿐이었지만, 그랬어요.

원고는 잘 있습니까?

내 물음에 여인은 대답하지 않았다. 한동안 나를 물끄러미 바라다보았다. 나는 다시 설명하지 않을 수 없었다.

번호가 있으니 미즈하라 노친에게 전화해보셔도 됩니다. 저에 관해서라면 걱정 안 하셔도 됩니다.

그게 아니라…….

여인이 언덕 아래쪽으로 시선을 던졌다.

……잃어버렸어요.

잃어버렸다구요?

이곳 형편을 보시다시피…….

여인은 언덕 아래에서 시선을 거두어들이지 않았다. 나는 그녀의 말이 무슨 뜻인지 알아챘다. 처음 맞닥뜨렸을 때 느꼈던 실의의 눈빛과,

대체 그 모든 것이 무슨 소용이냐는 표정까지도.

무너진 건물에 매몰됐나요?

그랬거나 그 남자들이 가져갔거나겠죠. 시는 건졌어요.

그녀가 한 말을 잘못 알아들었나 싶었다.

뭘 건졌다구요?

시……는 건졌어요.

제가 찾는 게 그거예요!

그렇다면 다행이네요.

그녀가 말했다. 위험하고 심상찮아 보이는 종이뭉치가 점점 궁금해지더라고. 그래서 여인은 글을 읽기 시작했다. 여인의 집은 절 아랫동네였다. 스님은 그녀의 집에다 문서를 보관하는 게 오히려 더 안전할 거라고 했다.

시처럼 생긴 건 어려워서 놔두고, 시인의 고향 이야기와 절절한 친구 이야기를 틈틈이 읽었다. 재밌고 슬프고 아팠다. 매일 매일 가슴 졸이며 조금씩 읽었다. 종이뭉치를 둘로 나눌 수밖에 없었던 이유였다. 집이 무너졌다. 다락방에 따로 놔두었던 시 부분은 되찾았고 장롱 속에 넣어두었던 산문 원고는 잃었다.

나누어놓지 않았다면 모두 잃었거나 모두 잃지 않았을 거라고 나는 생각했다. 원고의 일부긴 하지만, 시 부분이라서 다행이었다. 내가 찾던 게 시였으니까.

나는 여인에게 말했다.

야쿠시지에 온 게 그것 때문이에요.

그것 때문에 야쿠시지에 간 게 아니었다. 윤동주가 아니라, 시게하루 때문에 나는 고베에 간 거였다. 친구가 지나갔을지도 모를 어둡고 먼 길을 따라. 열 살 소년이었던 때처럼 그렇게.

시 때문에 갔다고 말하는 저 '나'는 그러니까 이 '나'가 아니다. 활자를 눈여겨봤다면 짐작했을 것이다. 저 '나'는 중년의 요코인 이타츠 푸리 카고, 이 '나'는 야마가와 겐타로, 김경식인 것이다.

내가 고베의 야쿠시지를 찾아갔던 것은 2006년. 이타츠 푸리 카는 그보다 앞선 1995년이거나 그 이듬해 여름이었을 것이다. 나보다 십 년 혹은 십일 년 전. 고베가 대지진으로부터 미처 복구되지 못한 시기였음을 이타츠 푸리 카의 글에서 느낄 수 있다.

그녀의 기록이 담긴 오래된 갈대 바구니를 발견했을 때만 해도 나는 아무것도 알 수 없었다. 그녀가 누구인지, 어째서 윤동주의 유고를 추적했는지, 고지藁紙처럼 누런 백상지에 기록된 내용이 무엇인지. 그녀가 윤동주의 유고를 찾아 야쿠시지의 폐허까지 추적해 갔다는 사실도. 사정을 알기 위해서는 그녀의 알파벳 표기가 아이누어 전문가에 의해 일본어로 번역될 때까지 좀더 기다려야 했다.

이미 맨 앞에서 자세히 썼지만, 그녀의 유품이나 마찬가지인 갈대 바구니 속에는 색깔과 탄력을 모조리 잃은 종이뭉치 한 덩이가 나무토막처럼 누워 있었다. 종이끼리 서로 맞붙어서 한 장 한 장 떼어내기도 쉽지 않았다.

거기엔 열다섯 어린 요코의 희미하고 어지러운 연필 글씨와 중년에 이른 이타츠 푸리 카의 선명하고 가지런한 펜글씨가 들어 있었다. 윤동주의 원고는 들어 있지 않았다.

나보다 십 년이나 앞서 야쿠시지에 들렀을 때 그녀는 유실되고 남은 윤동주의 시 원고를 목격했다. 목격했을 것이다. 그러나 갈대 바구니 속 문서를 조심스럽게 끝까지 확인했음에도 윤동주의 것처럼 보이는 원고는 내 눈에 띄지 않았다.

그녀의 글이 번역되어 나에게 전해지기 전까지 나는 윤동주와, 그의 기록과, 그것의 종적에 대해, 그의 글을 쫓아야만 했던 이타츠 푸리 카와, 추적의 이유에 대해, 그리고 시게하루의 행방에 대해, 여전히 무지했다. 그래서 나는 아무것도 알 수 없었노라 말하는 것이다.

내가 내 눈으로 직접 확인하여 알 수 있었던 건, 그곳 고베에 야쿠시지가 없다는 사실이었다. 야쿠시지라는 이름을 아는 사람들이 있었으나 그것은 이미 사찰이 아니라, 기억 속에나 존재하는 무너진 건물의 영상이었을 뿐이다.

야쿠시지가 있었다는 장소에는 프릴 장식의 흰 커튼이 창마다 드리워진, 판유리 외관의 멋드러진 양옥 한 채가 우뚝 자리하고 있었다. 담장 모퉁이마다에서 외눈을 빤히 뜬 시큐리티 전문회사의 보안 카메라가 행인을 노려보았다. 어디엔가 도착했다는 느낌은 전혀 들지 않았다. 어딘가를 향해 또다시 걸음을 뗄 수밖에 없는 출발점이란다면 모를까.

머리 위에서 한여름의 광선이 하얗게 쏟아져 내리며 지열을 달구었다. 어찌할 도리 없이 무섭게 텅 빈 하늘을 올려다보거나, 바다에 잇닿은 지진 메모리얼 파크를 우두커니 내려다보았다.

고베는 깨끗했다. 폐허의 흔적뿐 아니라 사람들이 살며 남기게 마련인 시간성의 자취조차 강렬한 햇빛에 모조리 휘발된 느낌이었다. 다시 그 열 살 적, 시게하루를 찾아 나서던 저녁 길이 떠올랐다. 어둡고 좁고 길었던 길. 오르막 내리막 굽고 울퉁불퉁하던 길. 웅크린 담장과 처마가 불쑥불쑥 튀어나오고 검은 나무들이 한없이 수런대던 숲길. 떠오른 달빛에 고즈넉이 침잠하던 가난한 마을의 저녁 길.

세상에 없는 어떤 것이라도 새로 생겨 문득 말을 건네줄

것만 같던 길. 무엇보다 반가운 친구의 음성이 마중 나와 반겨주던 길.

나 여기 있어…….

그러나 그곳에 시게하루는 없었다. 야쿠시지도 없었다. 깨끗하게 복구된 고베의 바다와 언덕들뿐이었다. 엄청난 햇빛이 시게하루의 행적과 그를 찾으려는 내 의지 모두를 증발시켜버렸다.

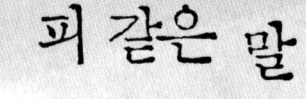
피 같은 말

다른 집 에비라 마을 남자들 아버지들은 어떻게 말할까. 그렇게 말할까. 피 같은 말. 나는 온통 피 같다. 아버지 말, 아버지가 아니더라도 온통. 밤이 되고 달이 뜬다. 싫은 밤.

나가사키 항 건너편에 큰 회사. 어마어마하게 큰 아버지 자랑 큰 회사. 에비라 마을에 큰 회사 다니는 남자들 아버지들 많다. 일본이 흥하고 일본이 일어서는 회사. 사토는 회사 위해 아침부터 저녁까지 회사 위해 나가사키 항 바다 건너. 아버지 일터가 있다. 있었다.

해가 지고 어두워지면 대구가 퍼덕 봉당에 떨어진다. 바닷가에서 올 때 아버지 사온 것. 어떤 날은 꽁치 어떤 날은 삼치. 어머니는 대구 배를 가르고 대문 앞 무화과나무에 대구를 단다.

비릿한 냄새가 집 안에 돈다. 아버지 사토 상 손바닥이 두툼하다. 미영귀축 때려잡을 주먹. 그렇게 말한다. 비린내. 우리 온 가족. 천황의 핏줄. 내 말 들어. 잠자코. 안 들으면 요코 때려잡을까. 아버지 무섭고 밤도깨비. 해 뜨면 모자를 쓰고 작업복 입고 일장기에 절하고, 소리 높여 구호 외치고, 남자들, 아버지들 줄을 서서 회사로 오고 간다. 주먹 쥐고 간다.

나는 그러다 임신을 해서 아버지 아이를 낳나? 몸 안에 남자 들어왔다 나가면 절로 아기가 생기는 거란다. 절로. 킥킥. 시바사키 여편네 날 보고 뱅글뱅글 웃는다. 왜 그런 말 하는지. 아버지 들어왔다 나가는 거 시바사키 여편네 아냐? 아버지 들어갔다 나오지 않아서 어머니는 아이가 없나?

다른 집 에비라 마을 남자도 아버지도 그러나? 시바사키 여편네 순 구라쟁이. 에비라 마을 계집아이들 아이 낳지 않는다. 모두. 나도 아이 낳지 않는다. 다 하는 거란다. 우리 온 가족 천황의 핏줄. 그 핏줄이 그 핏줄을 낳고 그 핏줄이 핏줄을 낳으니. 사토 상은 그래서 우리 일본 모두 온 가족이란다. 내 말 들어. 잠자코.

아버지 말은 피 같은 말. 피 같은 말이라고 자꾸 말한다. 따르고 지키고 받들어야 일본이 전쟁에서 승리한다. 목숨 바쳐. 멸사봉공 아버지 멸사봉공 황은에 보답. 한 핏줄은 한 핏줄이라. 황후도 공주도 황태자도 다 같은 피. 피 같은 피. 다 섞이는 하나. 우리 강토 온 가족. 가족은 그런 것. 퍼런 달빛이 봉당에 죽어 자빠진 퍼런 꽁치 삼치 대구 비린 냄새처럼 퍼런 달빛이. 온 가족 피 같은 말.

숨 쉬고 끙끙 앓으며 사토 상, 마법 거는 시간. 주방의 음식 냄새 뱀처럼 기어다니는 한밤중. 차가운 달빛에 살갗이 쏠리고 쏠려 아프고. 어머니는 딱딱한 마른 빨래 개다가 잔다.

아버지 냄새. 풀즙 같은 달빛. 달빛 같은 피. 비린내. 이 앓는 소리 사토. 온 집안 부모자식 없이 하나. 무슨 개. 고양이. 너구리. 그래도 피 같은 말. 멸사봉공 황은에 보답. 나라가 산다. 아버지 말 들어. 잠자코. 천황의 말 같은 피.

어찌 말로 할까. 떠올리는 것마저 두려운 것을. 그것은 냄새고 그저 빛깔이며, 도리질쳐 뿌리치고 싶은 소리들인 것을. 말하지 않아도 움직이고 숨 쉬지 않아도 절로 흐르며 떠올리지 않아도 사무치는 것을.

아버지는 그렇게 냄새처럼 움직이고, 체하여 아린 속 마냥 내 안에서 한껏 부대끼고, 그렇게 관격關格처럼 들어왔다 쓸려 나가며 때론 슬퍼졌던 것을.

말할 수 없고, 말하라 해도 말이 되지 않는 말들이 아버지 사토였다. 사토를 말하라 할 때 내 말은 물처럼 흐무러지고 안개처럼 흩어져 혼비백산한다. 콤피라 산에 보름달이 뜨고 집 안이 온통 푸른 달빛에 잠기면 흥건한 피에 묻혀 내내 악몽을 꾸는 듯했던 것처럼.

말해 뭣할까. 나는 말하지 않으련다. 그저 깊이깊이 앓고 문득문득 소스라치며 주체할 수 없는 기억에 겨워 혼절하고 말 뿐이다. 나쁜 것인지 좋은 것인지, 잘못된 것인지 제대로 된 것인지도 모른 채, 그것은 그저 뺨을 때리고 지나가는 겨울바람이거나 느닷없이 쏟아져 온몸을 적시는 여름 폭우였다.

사시사철 가시지 않던 주방의 뭉근한 무국 냄새와 문밖의 대구 마르는 냄새, 그것 말고도 흐르는 것이라면 콤피라 산을 넘는 바람이며 도무지 어찌할 수 없는 달빛까지 모두, 밤새 여린 몸을 가위 누르듯 짓누르고 짓눌러 나는 두억시니에 씌운 듯 옴짝달싹 못했다.

길고 가늘고 물러서 데친 숙주나물같이 말갛기만 말갛던 내 몸은 퍼런 달빛에 한껏 젖어, 아물지도 못한 채 널브러져 가쁜 숨을 할딱거렸다. 그 밤들이 떠오르면 절로 숨이 차 언제라도 몽롱해지며 난마처럼 얽히는 기억인지 꿈인지들로 어지러웠다.

온종일 쇠를 잡고 밀차를 밀어 딱딱하게 굳고 갈라진 사토의 손바닥은, 밤이 깊을수록 고양이 혀가 되고 혓바늘이 되어 납작하고 따갑고 까칠하게 내 무른 살을 핥고 쓰다듬었다.

손끝만 닿아도 불에 덴 듯 쓰라렸던, 설익은 구기자 열매만 같던 젖꼭지를 깨물릴 때마다 달빛에 대한 나의 원망과 저주는 아랫배를 지나 허벅지를 지나 무릎과 종아리를 지나 발가락 끝끝까지 철삿줄처럼 날카롭게 뻗쳤다.

스스로 뻗댈 힘이라면 단 한 방울도 남아 있지 않았다. 몸과 가슴과 머리에는 허탈하고 맥 빠진 체념이 마른 콩깍지처럼 버석거릴 뿐이었다. 사토의 거센 입김과 둔탁한 움직임이, 그렇게, 온기도 습기도 탄력도 없는 몸 위를 아무려나 지나가기만 바랐다. 한 묶음 무기물에 지나지 않는 짚더미를 요란한 마차바퀴가 그저 짓밟고 지나가려면 지나가기를.

그러나 거듭되는 것이라면, 거듭되는 것이라서 불길하고 무서운 꿈조차 만성이 되었다. 익숙해져 둔감해지긴 했으나 그렇다고 아무 일 아닌 듯 지나친 것도 아니었다.

두려움이 몰려오고, 무기력한 저주와 원망으로 몸부림치고, 아픔이 아픔을 마비시키고, 끝내는 육신이 저 스스로 단념하여 무감각해지는 과정을 겪은 다음. 그다음에 왔다. 내가 세상과 결코 화해하지 않으리라 다짐하고 되풀이해 적의를 키우지 않을 수 없었던 사정은.

사토가 육박해올 때마다 내 강력한 거부감과 오심마저 아랑곳 않고 거슬러 오르던 미묘한 느낌. 그것에서 나는 빤히 얼굴을 내미는 절망의 본모습을 보았다. 몸속에 힘 한 방울 남아 있지 않았으면서, 어느 순간 숨을 할딱이게 하고 몸을 뒤틀게 하는 외부의, 악마의 힘에 이끌리던 나. 초경도 거치지 않은 아이가 느꼈던, 감당할 수 없도록 처참했던 곤혹. 절망이라는 말 말고는, 그런 나와 그런 곤혹을 설명할 길이 없었다.

분노하고 증오하는 마음과 다르게, 단순한 물리적 충격에 성적으로 반응하는 몸뚱어리를 나는 나라고 할 수 없었다. 그것이 나라면, 나를 포함한 인간 모두를 거부할 수밖에. 인간이라면 파리지옥이나 미모사처럼 반응할 수 없는 거니까.

어린 몸이 마음과는 다른 반응을 보였던 것. 반복 폭행의 참혹한 부작용이었다. 생각할수록 그 사실이 무섭고 끔찍하다. 사토가 내 몸을 북처럼 두드릴 때마다 의지와 상관없이 나는 아득하게 정신을 잃었고, 어느 순간 무섭고 이상하고 어찌할 수 없어 나도 모르게 소리 지르며 울었던 일. 그럴 때마다 얼굴 일그러뜨리며 쾌감에 들뜨던 사토. 창피하고 진저리쳐지는 그 느낌과 상황을 나는 기억이 아닌 증오로 떠올릴 뿐이다.

내 말을 들어.

아버지는 그렇게 말하곤 했다. 뱀처럼 다가드는 아버지를 주춤주춤 피할 때, 어머니에게 식기를 던지며 소리치고 패악을 부릴 때, 나를 놀라게 하는 정체불명의 격정에 비명을 지르며 울음을 쏟아낼 때, 아버지 사토는 놀란 소를 진정시키듯 말했다.

내 말을 들어라.

아버지는 자신의 말을 스스로 피 같은 말이라 하여, 듣지 않으면 안 되고 받들지 않으면 안 된다고 했다. 내가 알아들을 거라 생각했던 걸까. 그 말을 어머니가 알아들을 거라 생각했던 걸까. 가족은 그렇게 피를 나누는 사이이며 그것은 혈족이 되고 민족이 되며 국가가 되는 거라는 말을. 말도 안 되는 말을.

황실에서도 그렇게 가족끼리 피를 나누어 유구한 황족을 지탱했고, 집집마다 사촌을 취하고 이모를 취하여 오늘의 야마토국을 유지했고, 같은 피를 나누고 나누어 하나가 돼왔음을 강조했다.

전쟁 승리를 위해 천황을 중심으로 성스런 국체를 보존해야 한다는 사토의 말이, 피 같다는 말이, 의붓딸을 범하고 아내를 능멸하는 짓과 어떤 관련이 있는 건지, 나도 어머니도 하늘도 땅도 알지 못했다.

몸과 맘을 총동원하여 공장의 밀차를 밀고 전쟁 물자를 수송하고 미영귀축을 멸사봉공으로 무찔러야 한다는 말은, 전쟁광인 도조 히데키의 말일지언정 자신의 피 같은 말이라니, 아버지 사토도 미친 게 틀림없었다.

내 말을 들어.

안 들으면 죽여버리겠다는, 피를 본다는 협박이 아니고 무엇이었을까. 목숨을, 피를 바쳐 국가에 충성하고 보국하겠다는 뜻일지라도, 그것이 봉당에다 대구를 던지는 일과 무슨 상관이며 어린 딸을 밤새워 욕보이는 패륜과 무슨 관련이 있다는 말이었을까.

공장을 오가며 동료 직원들과 하늘에 대고 날마다 주문처럼 외쳤던 천황과 총리의 견마지로 멸신보국 따위 '피 같은 말'들이, 미처 추스르지 못한 사토의 벌어진 입에서 더러운 냄새의 여운처럼 흘러나왔던 게 아니었을까. 가족을 지키고 고향을 지키고 나라를 지키는 일이란 오로지 피 같은 말을 받드는 길뿐이라는, 구호의 찌꺼기 같은 것.

황조황종皇祖皇宗의 굉원宏遠한 덕으로 이룩한 만세일계萬世一系 대일본국이 천황을 중심으로 일심동체가 되어 양귀洋鬼를 밀어내야 하듯이, 콤피라 산기슭 에비라 마을의 사토 가족 또한 피 같은 가장의 말을 받들어 지극한 충과 효로 억조창생의 도리를 다하라는 말이었을까.

자신의 말이 곧 가족의 말이며 가족의 말이 곧 나라의 말이며 나라의 말이 곧 천황의 말이란 뜻이었을까. 만일 그랬다면, 사토는 미쳤거나 어리석은 아내와 딸을 미혹케 하려던 어설피 간사했던 자에 지나지 않았다.

말해 뭣할까. 어머니와 나는, 그토록 미쳤거나 어설프게 간사했던 자에게 너무도 쉽게 억눌림 당했었으니. 나는 그저 시바사키네한테 놀림 당하며 정말로 내가 아버지의 아이를 낳는 게 아닌가, 그리되면 그건 내 아이일까 내 동생일까 걱정만 태산 같던 열세 살 계집아이였을 뿐이다.

물어물어 찾아갔던 야쿠시지. 고베의 폐허처럼 강말랐던 예순 남짓의 여인의 입에서 그 소리가 흘러나왔을 때 나는 소스라치게 놀랐다.

피 같은 말.

분명 그녀의 입에서 흘러나온 말이었다. 사토가 등장하는 기억의 화면이 채 끝나기도 전에 다음 화면이 겹쳐지듯 그녀의 말이 튀어나왔던 것이다. 온몸이 경직되어 나는 꼼짝할 수 없었다. 넋을 잃고, 방금 전 뭔가 흘러나왔던 그녀의 입을 물끄러미 바라보았다.

그녀의 입술은 한일자로 가지런히 닫혀 있었다. 환청이었을까. 지나는 바람이 그녀의 초췌한 입술을 말끔하게 훔치고 달아나버린 듯했다. 그 말이 그늘의 허공 어딘가에 떠돌고 있을 것만 같아 나는 공연히 두리번거렸다.

  정신을 차렸다. 우연일 뿐이었다. 그녀의 입에서 튀어나온 말은 사토와 아무런 상관도 없는 거였다. 어쩌면 그랬기 때문에, 더 놀랐고 더 깊이 각인되었고 더 잊히지 않았던 건지도.

  피 같은 말이란 걸 알아야지…….

  그녀의 입을 통해 흘러나왔던 게 동주 부친의 말이었으니까. 동주의 아버지가 동주에게 했다는 말.

  그랬다. 야쿠시지의 여인이 내 앞에서 조선의 시인을 얘기하고 있던 중이었다. 여인은 동주를 몰랐다. 그저 그녀가 읽었던 문서의 내용을 떠올리고 있었을 뿐이다.

  여인은 시 원고를 젖혀두고 시인의 다른 원고를 읽었다. 그것은 이야기였다. 시인의 고향 이야기였다. 가족 이야기였고 친구 이야기였다. 흥미롭고 슬프고 아픈 얘기였다. 빠져들지 않을 수 없었다. 곁에 두고 몇 번을 읽었다. 시 원고와 이야기 원고가 분리될 수밖에 없었던 이유였다.

  동주의 사촌 소무라는 나에게 말했었다. 그곳 간도는 평화롭고 평화로웠노라고. 산야 나목의 앙상한 가지들이 삭풍에 울부짖고 은색 찬란한 설야엔 옥색 얼음판이 굽이굽이 뻗으며 선바위골로 빠지는 풍경은 실로 절경이었다고.

봄이 오면 마을 야산에는 진달래, 개살구꽃, 산앵두꽃, 함박꽃, 나리꽃, 할미꽃, 방울꽃들이 시새어 피고, 앞 강가 우거진 버들숲 방천에는 버들강아지가 만발하여 마을은 꽃과 향기 속에 파묻힌 무릉도원이었다고.*

소무라가 굳이 덧붙여 말하지 않았더라도 내 상상 속 간도, 그들이 태어나 자란 명동촌의 모습은 한 폭의 그림이었다. 내가 자란 나가사키 에비라의 음침한 기억들과는 너무나 대비되는 느낌이었기 때문이었을 것이다. 그러했던 것인데 야쿠시지 여인의 입에서 느닷없이, 평화로운 마을의 고요하고 아늑한 굴뚝 연기를 뒤흔드는 말이 튀어나왔던 것이다.

동주의 아버지가 정말 동주에게 그렇게 말했을까. 피 같은 말…….

확인할 길이 없었다. 여인은 이미 유실되어 종적을 알 수 없게 된 원고 속 이야기를 나에게 말하고 있었던 것이다. 나는 잠자코 들을 수밖에 없었다. 그녀의 입이 닫혀 행여 영영 열리지 않는 일이 없기만을 바라며.

저는 문과로 갑니다.

---

* 김정우, 「윤동주의 어린 시절」, 『나라사랑』 23집.

동주는 단호했다.

가서?

그의 아버지 또한 엄했다. 아들의 대답이 나오기도 전에 말했다.

문학을 하겠다고?

연전延專에는 훌륭하신 선배 문인과 스승님들이 계십니다.

문과를 나와 기껏 잘돼봤자 신문기자다.

아버지께서 그런 말씀을 하시다니요. 누구보다 문학을 잘 이해하고 깊게 사랑하시는 분이 아버지십니다.

그러니까 하는 말이다. 이 아비가 일찌감치 문학에 뜻을 두었었다는 거 너도 잘 알고 있지 않느냐. 나를 선배로, 나를 스승으로 보면 안 되겠느냐. 선배와 스승으로서 하는 말이다. 의사가 되거라. 네 실력이라면 충분히 가능하다.

아버지의 뜻을 어찌 제가 모르겠습니까만, 제 문학은 무엇과 바꿀 수 있는, 그런 게 아닙니다. 집안과 식솔을 보우하기 위해 문학을 내려놓아야만 했던 아버지의 고충을 모르는 바도 아닙니다. 아버지를 존경하고 사랑합니다. 아버지께서 끝까지 반대하신다 해도 아버지에 대한 제 존경과 사랑은 변함없을 것입니다.

진심이라면 의과로 가려무나. 그러면 내가 심히 기쁘겠다.

제 문과 행을 기뻐해주십시오.

시를 잘 쓰고 인정받는다 하여 다 시인이 될 필요는 없지 않겠느냐.

피 같은 말

아비의 말을 들어라. 할아버지의 소원이시기도 하다. 의사가 되어서도 시를 쓸 수 있잖느냐.

할아버지는 고등고시에 합격하기를 바라십니다. 그러나 의사든 판사든 관료든 제가 가려는 길이 아닙니다.

너 하나만을 위한 선택이어서는 안 된다. 이곳은 간도다. 나라는 빼앗겼다. 시인으론 가족을 세울 힘이 없고 조선인 사회를 이끌 수 없고 교회를 받들 수 없으며 빼앗긴 나라를 되찾을 수 없다.

집안과 이곳 조선인 사회가 전격적으로 기독교를 받아들인 까닭도 압니다. 정재면* 선생님 때문만은 아니지요. 청나라와 러시아와 일본의 틈새에서 살아남기 위해 서구 세력에 기대려는 뜻이 컸습니다. 그래야만 살 수 있었으니까요. 간도에서는 어쩔 수 없는 선택이었습니다만, 엄격히 말하면 신앙과는 다른 문제입니다. 저는 오로지 참 신앙을 가진 신자가 되고 싶듯이, 문학 이외의 이유로 문학을 하고 싶지도 않고 문학 이외의 이유로 문학을 그만두고 싶지도 않습니다.

우리 가문의 사정이 이러하고 간도의 사정이 이러하며 교회와 조국의 사정이 이러한데 어찌하여 문학이라고 저 홀로 문학일 수 있겠느냐?

저는 한시라도 가정과 간도의 조선인과 교회와 조국의 사정을 잊은 적 없습니다. 그러나 그런 사정들이 문학을 못 하거나 문학을 못 하게

---

* 정재면의 전도에 힘입어 명동촌은 기독교 민족교육의 책원지가 되었다.

하는 이유일 수는 없습니다. 이게 제 생각입니다. 제 운명이 어찌 되더라도 아버지와 가족에 대한 사랑을 포기할 수 없는 이유와 같습니다.

문학에서든 신앙에서든 마치 너만 순수하고 집안 어른들과 교회 사람들은 그렇지 않다는 뜻으로 들리는구나.

이해 못 하는 바는 아닙니다. 불에 탄 명동학교를 다시 세우기 위해 김약연 교장선생님께서 히다카 헤이시로日高丙子郞와 타협했다는 사실도 알고 있습니다. 그자의 뒤에 미우라 마사오가 있다는 걸 알면서도 말이지요. 어쨌든 그때까지 우리 명동학교에선 일본어를 가르치지도 배우지도 않았었으나 일본 정부의 돈으로 학교가 복구된 뒤부터 일본어를 가르치게 되었지요. 학교 재건을 위해 어쩔 수 없었던 사정은 이해하나 그것이 잘된 일이라고 볼 수만은 없습니다. 하지만 어른들과 교회가 결정한 일이라 마을은 그 결정에 따랐습니다.

무슨 말을 하려는 게냐?

따르지 않을 수도 있다는 겁니다. 일본어를 배워야 했으나 반드시 그러지 않으면 안 된다는 식으로 말할 수는 없다는 겁니다.

그것이 네가 유일하게 일본어에만 낙제 점수를 받은 이유더냐?

학교의 애꿎은 사정은 사정이고 일본어는 일본어입니다. 명동교회의 사정도 사정일 뿐 신앙은 신앙대로 참모습을 지켜나가야 합니다. 사정만을 앞세워 기본과 본질을 변질시킬 수 없습니다.

학교도 가정도 교회도 간도가 처한 사정 때문에 순수성을 잃고 어딘가 전도顚倒되었다는 게냐? 그게 할 말이더냐? 조상과 이웃이 어떻게 이 땅에 발 디디고 살게 되었는지 그 참혹하고 서러운 역사를 차마 모르고 하는 소리더냐? 정녕 작금의 민족과 조국의 형편을 모르고 하는 소리는 아니겠지. 아, 문학을 한다더니 네 속에 요망한 것만 들어 있는 게로구나.

제 말씀은 다만…….

다만 뭐더냐?

아버지께서 말씀하시는 것들이 문과를 반대해야 할 명분이 되지 못한다는 것입니다.

아비의 뜻이 곧 집안의 뜻이고 할아버지의 뜻이라 해도?

예.

조선이 원한대도 너는 네 뜻대로 하겠구나.

저의 하느님은 저를 반대하시지 않을 겁니다. 저의 조선도.

나는 네 아비가 아니라서 내 말 따위는 안 듣겠다는 것이냐? 너희 할아버지 말씀도? 나는 네 아비다. 할아버지가 누구시냐? 장로님이시다.

제 소원을 들어주십시오.

이 아비의 말이 피 같은 말이란 걸 알아야지…….

저는 압니다. 기도도 잘 하셨지만 교회가 간도의 환경과 현실에 지나치게 구애받는다고 비판하셨던 분이 다름 아닌 아버지셨습니다. 하느님의 말씀은 어떤 경우라도 본령을 벗어나서는 안 된다 하셨던 것도 아버지십니다. 저는 아버지의 그 하느님을 따르겠습니다. 그러니 제 고집은 아버지의 신조를 따르는 것이기도 합니다.

그런 요설이 문학이더냐?

문학은 한때 아버지의 신앙이기도 했습니다. 아버지의 문학은 요설이 아니었으며, 요설이 아니어서 저는 아버지의 문학을 존경하고 사랑하고 이어왔다고 자부합니다.

아비가 변했느냐?

사정을 내세우십니다.

잘못된 것이더냐?

나약해 보입니다. 그럴수록 완고하십니다. 학교도 교회도 간도의 조선인 사회도 나약해져 완고해진 가부장 같습니다.

탓하려면 이 아비만 탓하거라.

일본 세력 몰아내겠다고 모든 것 다 버리고 항일전선에 투신한 저 밀영密營의 사람들조차 그렇습니다.

명준이를 얘기하려는 거라면 그만하자.

일본 세력보다 더 무서운 적은 우리 안에 있어요. 과장된 명분으로 서로를 억압하고 배척하고 싸우고 죽이죠. 일본인들이 우릴 가만 놔둬도 자멸할 판이에요. 명분을 과신하는데, 그 과신은 자신 없고 불안하기만 한 유약한 마음을 드러내는 일일 뿐이에요. 그러는 동안 대륙낭인과 일본 세력의 배후는 그 활약이 나날이 대범해지고 있습니다.

피 같은 말 263

반민투*라면 그만하자. 명준이는…… 나도 가슴이 많이 아프다.

　특정한 조직이나 사건을 말하는 게 아닙니다. 우리 안의 나약함을 말하는 겁니다. 그로 인해 본의 아니게, 자신도 모르는 사이 완강해져 해방의 이름으로 강권하고 서로를 무자비하게 해치는 지경에 이르지 않았습니까.

　그 모순을 이 아비에게서 보고 있다는 말이구나. 네가 요즘 교회에도 미온적이더니 이래저래 불만이었던 거냐?

　한마음으로 일제를 몰아낸다는 명분이 참담할 정도로 위험해지고 있다는 것, 아버지께서도 잘 아시지 않습니까. 다른 생각 다른 의견이란 즉각적인 죽음을 의미합니다. 일본의 총칼이 아닌 동족과 동지의 총칼에, 이 좁은 북간도에서, 오백 명이나 목숨을 잃었습니다. 일제 파쇼보다 어찌 덜 무섭다 하겠습니까. 해방은 성스러운 명분이 아니라 살육의 독이 되어가고 있습니다.

　어쩌다 얘기가 이 지경에 이르렀단 말이냐. 듣기에 몹시 민망하고 거북하구나. 의과에 가라는 아비의 말이 그리도 참담하더냐?

　참신앙의 교회가 되어야 합니다. 참정의의 조선민족이어야 합니다. 제가 문학의 참동기를 포기할 수 없는 이유입니다.

　네 말을 듣고 있자니 아비와 선대들의 처신에 문제가 많았던 것처럼

---

* 반민생단투쟁. 항일유격구에서 조직 안에 침투한 민생단 첩자를 적발 처결한다는 이유로 무고한 대원들을 학살하던 일.

보여 서글프다. 그렇게 말하는 네가 섭섭하다.

어른들의 당초 뜻이 잘못되었다는 게 아닙니다. 하지만 한 치 앞을 내다볼 수 없는 혼란한 만주 상황과 조선족의 불안이 내부적인 불신과 편 가르기를 초래했습니다. 어른들이 품으셨던 당초의 뜻, 그리고 신앙의 본령으로 돌아가지 않으면 안 됩니다. 저에게는 흔들림 없이 문학에 매진하는 일이 그것입니다. 부디 제 앞길을 열어주세요. 가족과 교회와 간도와 조국을 결코 한순간도 잊지 않겠습니다. 조선이 없으면 조선의 시인도 없습니다. 저는 조선의 시인이겠습니다.

동주는 한 치도 물러서지 않았다. 그랬다고, 야쿠시지의 여인은 말했다. 그녀의 말을 나는 여기에 적고 있을 뿐이다. 유감이라면 유감일지 모르겠다. 동주의 이야기 원고가 유실되었다는 것, 야쿠시지 여인의 기억에 의존할 수밖에 없다는 것, 야쿠시지 여인의 기억을 내가 다시 기억해내고 있다는 사실이.

기억의 세부를 따지자면 차이가 적지 않을 것이다. 그러나 동주의 입장을 놓치지 않기 위해 나는 귀담아들었고, 그 뒤로 내가 접한 자료와 정보를 참고해 최대한 동주의 입장이 훼손되지 않도록 애썼다.

학과 선택과 진로 문제를 놓고 동주와 부친의 갈등이 어떠했는지는 동주 동생들의 기억으로도 분위기를 짐작할 수 있다. 성품이 유순하고 부드러웠던 동주였으나 자기주장을 내세울 때는 매우 강인하여 결코 물러서지 않았다는 것.

몇 개월에 걸친 부자간의 대립은 대단한 것이어서 동생들은 겁에 질릴 정도였다고 했다. 아버지의 퇴근 전부터 산이고 강가고 헤매다가 밤중에야 자기 방에 들어오는 날이 계속되었고, 한숨이 늘고 가슴을 두드리는 때가 많았다고.*

야쿠시지 여인의 기억을 다시 떠올리자면, 동주는 윗대의 곤고한 역사를 부정하지 않았다. 그러나 간도의 조선인들과 교회와 집안이 일제 말기에 점증하던 사회 불안으로 점차 근본주의적 성향으로 경화硬化되면서 노정하기 시작한 권위와 신앙의 가부장화에 저항적이었을 뿐이다.

비판적이라는 말 대신 저항적이라고 쓰는 이유는 명준이라는 이름 때문이다. 열아홉 살의 나이로 처참하게 죽어간 동주의 친구. 그 친구 이야기는 나중에 좀더 자세히 말하겠지만, 친구를 죽음으로 몰고 간 당시 북간도의 항일 정세가 동주의 격한 분노를 자극했다. 동주는 친구를 죽인('죽게 한'이 아니라) 항일혁명운동에 온건하게 비판적일 수 없었다. 극단적이고도 모험적으로 경도된 반민투 노선을 증오했다.

좌경이든 우경이든, 한쪽 명분에 치우쳐 차이와 다름을 쓸어버리려는 기도에 대해서는 아무리 미미한 낌새라 해도 완강히 저항했다. 무차별하고 무자비한 면에서라면 일제나 일제에 항거하는 세력이나 다를

---

* 송우혜, 『윤동주 평전』, 푸른역사, 222쪽.

게 없었다. 친구의 죽음 왼쪽에는 반민투가 있었고, 오른쪽에는 토벌대와 미우라 마사오 등의 대륙낭인이 있었다.

무차별하고 무자비하지는 않았으나 혼란의 여파가 용정의 조선인 사회를 비켜가지는 않았다. 살아남은 자들이 강퍅한 세태에 응전하려다 보면 또한 절로 강퍅해지지 않을 수 없는 법. 스스로 시의 형제라 일컬었던 친구의 죽음은 동주로 하여금, 학교 교회 가문으로 이루어진 용정 사회의 작은 경화에도 놀라 반발하게 했다. 동주의 태도를 두고 저항적이라 했던 건 그런 이유였다.

동주는 연전 문과에 진학했다. 아버지에 대한 승리로 간주하기엔 아버지의 충정衷情이 컸다. 모를 동주가 아니었다. 아버지 또한 동주의 진심을 모르지 않았다. 다투고 싸워 이기고 질 문제가 아니었다. 서로의 입장을 살펴 한 걸음 더 나아가기 위한 것이었으므로, 긍정에 필요한 부정의 과정이었던 것이다.

궁극은 다르지 않았으나 당시 간도가 당면하고 있던 상황에 대해, 집안 어른들의 입장과 동주의 그것과는 차이가 있었다. 그 사이에는 아무래도 명준이라는 친구의 죽음이 깊게 자리하고 있는 듯했다.

동주의 아버지는 아들 친구인 명준의 죽음에 대해 극구 언급을 피하려는 눈치였다. 반면, 동주의 입장에는 친구의 죽음을 몰고 온 당시 북간도 항일 정세라는 것이 극명하게 반영되어 있었다.

반민투에 의해 희생된 동주의 친구 명준. 그 사태를 어떻게 받아들이느냐에 따라 간도 조선인 진영들 간에 미묘한 시각차가 존재할 수 있었다. 문제는 그 시각차를 어떻게 처리하느냐였는데, 대부분의 사람들은 동주의 아버지처럼 언급을 회피하는 쪽을 택했다. 그러면서 집안과 교회와 학교 사회가 안고 있던 목하目下의 사정만을 앞세워 의과 진학을 독려했다는 점이 동주의 반발과 저항을 샀던 것이다.

되풀이해 말하건대 다투고 싸워 이기고 질 문제가 아니었다. 용정의 여론이라 할 수 있는 장로 할아버지와 아버지의 엄격한 뜻을, 거스르지도 따르지도 않으면서 동주는 자신만의 입장을 외로운 섬으로 지켜낸 거였다. 이미 말했듯, 거기에는 마음에서 우러나는 아버지의 참된 정과 덕 깊은 할아버지의 용인이 있었던 것이다.

외롭지만 늠름한 동주의 그 섬을 나는 '소통 공간' 혹은 '차이로서의 장소'라는 이름을 빌려 표현하고자 한다. 소통과 나눔이 가능한 공간이되 서로의 차이를 인정하고 인정받는 지점으로서의 섬. 동주가 그 섬을 어렵사리 발견하고 지켜낼 수 있었던 건 그런 할아버지 그런 아버지 슬하였기에 가능한 일이기도 했다.

하이데거는 '존재 상실'이라는 말을 하면서 그것은 농민적이고 게르만적인 공동체의 상실을 의미한다고 했다. 그러나 존재 상실이라는 말이 제대로 된 의미를 지니려면 '소통 공간' 또는 '차이로서의 장소'를 상실할 때 비로소 가능해지는 것 아닐까.

일제의 침탈에 의해서만 간도의 조선민족 공동체가 상실되는 건 아니었다. 민족 구성원 간에 불통하고 대립할 때도 공동체의 존재는 상실된다. 그리고 조선 스스로 조선으로서의 차별적 장소를 확보하지 못할 때도 그 존재는 상실된다.

내가 이렇게 단언할 수 있는 건, 이미 존재가 거의 상실된 아이누가 있었기 때문이고, 내가 그중 한 개체이기 때문이며, 상실의 원인과 과정을 연구한 사람이기 때문이다. 아이누는 간도島보다 훨씬 큰 북해도島를 갖고 있었으나 잃었다. 내가 '장소'라고 말하는 것이 '땅'에 국한된 개념이 아니라는 이유이기도 하다.

아이누적인 것, 조선적인 것으로 차별(차이)되는 것이 하나도 없는 땅은 이미 그들의 영토도 뭣도 아니다. 그것이 없어지는 순간 존재는 상실된다. 차별되는 것. 그중 으뜸 되는 것을 동주는 말이라 여겼음에 틀림없다. 뒤늦게 아이누어를 배운 나로서 단언하는 바가 그것이다. 동주가 한 치도 물러서지 않고 문과를 택한 것, 조선말로만 시를 쓰고 조선 시인으로 죽은 까닭이 그것이다.

조선민족이 거했으되 서로 소통하지 못했다면 간도는 존재할 수 없었다. 존재했으되 조선말 아닌 일본말을 썼다면 역시 그것은 간도가 아니었다. 동주는 그 둘을 다 알았다. 그의 할아버지와 아버지도 모르지 않았다.

동주는 연희 문과에 입학했다. 승패의 결과가 아니라 입장의 차이를 인정받고 소통한 열매였다. 하나의 작은 섬이 지켜진 사례였으나 크게는 간도와도 조선과도 무관하지 않은 의미의 섬이었다. 그리하여 나는 그들 가족이 이루어내고 지켜간 섬을 '소통 공간' 혹은 '차이로서의 장소'라 이름하며, 덧붙여 아름다운 사이의 섬, 간도라 부른다.

동주 스스로 그 섬의 주인이었던 사례가 또 있다. 친구 명준은 중학에 진학하지 않고 홀로 집을 떠나 항일혁명운동 조직에 몸담았다. 친구의 출정을 막지도 따르지도 않았다. 누구보다 그의 안위를 걱정했고, 그가 죽었을 때 가장 슬퍼하고 분노했으면서도 친구와 같은 길을 가지 않았다.

입장을 달리하면서도 각자의 진로를 긍정했기에 대립이란 있을 수 없었고, 살아서도 죽어서도 친구로서의 각별한 우정은 변함이 없었다.

명준은 중국공산당 동만당東滿黨 소속 항일유격대의 일원이었다. 많은 독립군들이 일본 토벌군을 피해 노령露領으로 넘어갔다 오면서 공산주의자가 되었다. 실제로 레닌은 금화를 지원하여 독립운동을 도왔다. 더구나 경신 대학살*을 겪으면서 고립의 위기에 빠졌던 북간도인들은 세계 인민을 국적과 인종에 상관없이 하나로 묶는다는 공산주의 이념을 절박하게 받아들일 수밖에 없었다.

비참한 조선 소작인들의 처지에서도 공산주의 사상은 복음이 아닐 수 없었다. 무엇보다 공산당은 일본 제국주의 세력에 직접적이고 우선

---

* 홍범도, 김좌진의 활약으로 막대한 피해를 입은 일본군이 간도 교포 이천 명을 학살한 사건.

적으로 저항하면서 새로운 평등 세계에 대한 동경과 이상을 제시했다. 보다 나은 인류의 미래를 꿈꾸는 실험정신이 사람들의 마음을 끌 수밖에 없었다.*

그런 시대 배경 속에 함께 놓여 있던 명준과 동주였다. 밤새워 시를 나눠 읽던 둘도 없는 친구였으나, 명준은 항일 공산유격대원이 되었고 동주에게서는 공산주의의 기억 자도 비치지 않는다. 시대의 아픔을 공유했으면서도 대처하는 이념과 방식이 다를 수 있다는 점을 서로 인정하지 않았고서야 그리될 수 없었을 터, 각자에게 소중한 '사이의 섬'을 마땅한 것으로 받아들였던 사례라 아니할 수 없다.

동주에게는 명준 말고 또 한 명의 친구가 있었다. 연전 기숙사에서 함께 방을 썼던 강처중. 일본 유학을 떠나는 동주가 서울에 남겨두고 간 시들을 모아 해방될 때까지 보관했던 사람이었다. 중학교 시절까지의 시와 동시와 습작을 제외한 나머지 유작 거의 전부가 강처중에 의해 세상에 남았다.** 나중에 경향신문 기자가 되어 동주의 시를 신문지상에 실었던 것도 그였고, 첫 시집의 출간을 주도한 것도 그였으며, 그 시집에 발문을 썼던 것도 강처중이었다.

그 강처중은 곧 좌익인사로 공안당국에 체포되었고 군사재판을 거쳐 사형선고를 받은 뒤 총살당했다. 한 방을 쓰고, 친구로서의 의리와 정

---

* 송우혜, 『윤동주 평전』, 푸른역사.
** 송우혜, 같은 책.

이 각별했던 둘 사이에 무엇이 있어 의연히 서로의 다른 길을 인용認容했을까.

섬······. 집안과 교회와 간도 사회의 경화된 견해로부터 자신의 섬을 모색해냈듯이, 동주는 친구들 사이에서도 그랬다. 그랬다고 나는 생각한다. 그리고 그것은 차이를 인정하면서도 동주와 끝없이 소통했던 어른들과 친구들이었기에 가능했던 일이라고. 그리하여 그들 '존재'는 마침내 '상실'의 위험으로부터 벗어나 동주와 명준과 처중과 아버지의 '간도'는 이방인인 나 이타츠 푸리 카에게도 이처럼 기록의 섬이 되어주고 있노라고. 육신은 비록 모두 서럽게 멸했으나.

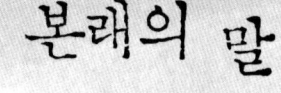

본래의 말

아바시리는 홋카이도 북동쪽에 위치한 조그만 어촌이었다.
마을 앞바다가 오호츠크 해였다. 오호츠크 해. 도쿄나 고베에서 보던 바다와는 사뭇 달랐다.

멀리도 왔구나.

나도 모르게 중얼거렸다. 통장의 잔고가 얼마 남지 않았다는 사실과 무관하지 않은 감회였을 것이다. 그해 여름 내가 움직인 거리는 이십삼 년 동안 살면서 움직인 거리의 총량보다 길게 느껴졌다.

멀긴 멀었다. 열도를 온전히 종주한 거였다. 열차를 갈아타고 달리고 달려 도착한 곳이 소박하기 이를 데 없는 아바시리

역이었다.

시골에서 살아본 적이 한 번도 없었다. 그런데도 한적한 시골역이 어째서 눈물이 날 만큼 정겹게 느껴졌던 걸까. 정취가, 낯설면서도 싫지 않았다. 열도의 북쪽 끝. 아득한 마지막이면서 무언가의 시작인 듯한 기분에 살짝 어지러웠다.

먼 곳이기도 했지만, 그곳은 다른 곳이었다. JR열차가 미치는 곳이라 하여 다 일본일까, 라는 생각이 들 만큼. 나는 열도의 북쪽 끝, 핏줄로 치자면 실핏줄의 끝단에 어찌어찌 다다른 거였다. 열차를 타고, 내리고, 갈아타고, 졸고, 흔들리는 동안, 어떤 경계를 나도 모르게 넘은 것 같았다.

이타츠 푸리 카. 그녀의 주소란에 적혀 있던 곳. 홋카이도 아바시리 시網走市 카이간쵸海岸町 12번지. 그녀가 자신의 고향으로 여겼던 곳이었다.

햇빛과 바람, 물빛과 소리가 달랐다. 겨울이라면 유빙으로 뒤덮일 바다가 여름이라 온통 검푸른 잉크로 펼쳐져 있었다. 껑충 뛰어오르면 시베리아 캄차카까지 이어지는 쿠릴열도가 징검다리처럼 훤히 내려다보일 듯도 싶은 바닷가 마을.

그러나 하늘과 땅과 바다일 뿐, 볼만한 것이라곤 없는 동네였다. 어쩌면 그 하늘과 땅과 바다가 누구에게는 가장 볼만한, 가장 살 만한, 가장 애틋한 곳이었는지도. 텐도 요코가 그곳에 자리 잡고 이타츠 푸리 카로 불리길 원하며 살았던 까닭도 그 누군가의 자랑, 그 누군가의 뭉클함으로 아바시리를 깨달았기 때문 아니었을까. 무심코 방문하는 도쿄의 청년 따위에게는 보이지 않을, '사이의 섬' 같은 어떤 것.

지층처럼 완고한 시간의 겹이 시市의 기원이랄까 아바시리 원래의 풍속과 생태들을 한 꺼풀 덮어버린 것 같았다. 감쪽같이. 그곳에 살았던 사람, 그곳에서 행해지던 춤과 노래, 그곳에서 말해지던 언어들을.

그 지표 위에 세워진 근대 양식의 감옥이 무슨 상징처럼 덩그마니 남아 있었다. 격리하고 배제하고 강압하여 아바시리를 새로운 질서에 편입시키기 위해 사용했던 감옥.

땅에 귀를 대면 이미 소멸해간 풍속의 시간들이 다시 스멀스멀 되살아날 것만 같은, 그러나 이제는 어디까지나 평이한 일본의 어촌에 지나지 않는 아바시리. 일본이면서 일본이 아니고 익숙하면서 어딘지 낯선 이유였다. 이타츠 푸리 카였기에 그 미묘한 경계의 틈 사이를 감지하고 그곳에 자리를 잡을 수 있었던 거라고 나는 생각했다.

훗날 나는 서울에 유학했다. 그때 친구들과 가봤던 서대문 형무소. 독립지사들에게 악명 높았다던 붉은 벽돌 건물이 아바시리 감옥 박물관의 옥사와 너무도 똑같은 걸 보고 나는 알 수 없는 현기증으로 비틀거렸었다.

이타츠 푸리 카. 그녀의 주소를 삿포로에서 확인할 수 있었다. 홋카이도 대학 종합박물관 사무부에서. 박물관은 운영위원회 밑에 연구부, 자료부, 사무부를 두고 있었다. 그녀가 소속됐던 부서는 자료부, 직위는 특정전문직원이었다. 1993년에 퇴직한 걸로 기록되어 있었다. 1993년이라면 그녀가 고베의 야쿠시지를 찾아가기 이태 전이었다.

내가 찾아 나섰던 건 이타츠 푸리 카가 아니었다. 시게하루였다. 종적을 감춘 뒤 아무 연락이 없는 친구의 기미를 따라 고베에 갔다. 시게하루가 윤동주의 유고를 따라 움직였을 거라는 게 내 짐작이었다.

그때까지만 해도 윤동주와 윤동주의 유고는 친구를 찾기 위한 실마리에 지나지 않았다. 시게하루가 어째서 시인의 유고를 밟아갔어야만 했는지는 여전히 의문이었다. 윤동주의 동족은 나였지 시게하루가 아니었다. 문학이라면 시게하루에게도 멀기만 한 분야였다.

그런데 어째서 친구는 시인의 유고를 추적했을까. 알고 싶었으나 그 이유를 아는 것은 나중 일이었다. 친구의 행방에 접근하는 것. 내게 당장 필요했던 건 그거였다.

미즈하라 준이 보관하던 시인의 유고는 고베의 야쿠시지

로 이동했다. 일종의 피신이었다. 미즈하라 노파에게서 확인한 사항은 그뿐이었다.

그러나 고베에는 야쿠시지가 없었다. 절의 이름과 함께 메모지에 적혀 있던 인물, 타케우치 마사시. 그 또한 그곳에 있지 않았다.

"죽었어요. 대지진 때."

수예점을 운영한다는 여인이 말했다.

나는 한나절 넘게 야쿠시지와 타케우치 마사시라는 사람을 수소문하고 다녔다. 야쿠시지의 대지가 부동산 업자에게 수용돼 네 채의 새로운 주택 단지로 개발되었다는 사실은 일찌감치 알 수 있었다. 야쿠시지 본당 자리에 서 있는 크고 멋진 지중해풍 건물도 확인한 터였다. 그러나 타케우치를 아는 사람을 만나지 못했다.

무라야쿠바村役場*나 구청 민원센터엘 들를 수밖에 없겠다고 생각했다. 야쿠시지 언덕을 다 내려올 동안 아무도 타케우치에 대해 말해주지 않았으니까.

언덕을 다 내려와 오래돼 보이는 잡화점에 들렀다. 시원한

---

* 면사무소나 동사무소에 해당하는 행정기구.

아이스바라도 핥고 싶었다. 오랫동안 땡볕을 돌아다녀서 목덜미는 땀으로 끈적거렸다. 멜론 아이스바를 사면서 이왕이면 한 번 더, 하는 생각이 들었다. 잡화점 주인 남자에게 물었다.

"타케우치 마사시라는 분의 근황을…… 아십니까?"

"모……르겠는데요."

잡화점 주인이 대답했다.

다시 물었다.

"근황이 아니라…… 그분을 아시는지."

"죄송합니다만, 모르겠습니다."

나는 차가운 멜론 아이스바를 허허로운 입 안으로 쑤셔 넣었다.

"죽었어요. 대지진 때."

다른 누군가의 목소리가 들렸다. 아주 작은 음성이었으나 분명 나를 향한 말이었다.

오십 정도 된 여인이었다. '사과파이크래커'라고 쓰인 과자 상자를 들고 있었다. 잡화점을 막 나가려는 참이었다.

"죽었다고요?"

내가 다급하게 되물었다.

"네. 야쿠시지 주지 스님이라면, 그렇습니다."

여인이 말하자,

"야쿠시지 주지 스님이 타케우치였나요?"

잡화점 주인도 물었다.

"속명이었겠죠. 법명은 엔뽀圓法."

여인의 대답이 끝나자 잡화점 주인이 나를 보고 고개를 끄덕였다.

"아, 야쿠시지 주지 스님이라면 저도 압니다. 예, 돌아가셨지요, 그때."

그제야 나는 알았다. 야쿠시지 주지를 아느냐고 물었어야 했다는 것을. 하지만 나는 그렇게 물을 수 없었다. 타케우치가 야쿠시지 주지라는 사실을 몰랐으므로.

야쿠시지에 가면 타케우치 마사시라는 사람을 만날 수 있을 거라고만 생각했지 그가 주지일 거라곤 미처 짐작하지 못했었다. 좀 바보 같았다는 생각에 허탈해졌으나 정신이 멍해졌던 정작의 이유는 따로 있었다. 내가 찾고자 했던 야쿠시지와 타케우치, 그 둘 모두 세상에 존재하지 않는다는 사실이었다. 깨끗이 사라진 거였다.

땡볕이 쏟아져 내리는 언덕길처럼 머릿속이 하얗게 바랬다. 시게하루의 흔적을 더듬을 끈을 한꺼번에 잃은 거였다. 시게하루의 영상이, 당겨진 고무줄에 이끌려 가듯 갑자기 모습을 감추었다. 나는 어떤 길의 앞으로도 뒤로도 갈 수 없을 것 같았다. 잡화점 앞에 놓인 길이, 나와는 아무 상관없는, 다른 세상의 무심한 도로 같았다.

"그분을 어떻게 아시나요?"

급한 마음에 물었다. 가게를 나서려는 여인을 어떻게든 붙잡고 싶었을 것이다.

"누구나 알죠. 가게 주인아저씨도 안다고 하시네요."

누구나라고? 또 낭패. 뭐라 더 말할 수 있단 말인가.

"네. 속명을 몰랐다 뿐이지, 헤헤……."

잡화점 주인도 거들었다.

나는 멍청한 어린아이처럼 멜론 아이스바를 입으로 핥을 수밖에 없었다. 그러다 그 입에서 불쑥 튀어나온 질문에 스스로 대견해졌다.

"그런데 아주머니는 어떻게 속명까지 아시나요?"

"수예점 하면서 스님과 영수증을 주고받았으니까요."

"세무 관련이라 속명으로 하는가 보죠?"

"그럴 테죠."

하얗게 사라졌던 길이 다시 눈앞에 모습을 드러내는 것 같았다.

"스님과 자주 만나고 절에 들르는 일도 잦았겠네요?"

"더 알고 싶으면…… 함께 가요."

여인이 앞장섰다. 쾌재를 부르고 싶었으나 왠지 섣부른 것 같아 서둘러 아이스바 값을 치르고 조용히 여인의 뒤를 따랐다. 삼 분쯤 뒤 도착한 곳은 작은 수예점이었다.

다양한 자수 천들로 가득한 가게 한 켠에는 생활승복과 찻상보, 찻잔받침, 연꽃무늬와 만다라 문양의 베갯잇들이 벽에 걸리거나 바닥에 쌓여 있었다.

칠십 중반 되었음직한 로오 ろうおう老媼가 날염된 피륙을 무릎 위에다 차곡차곡 펴 말리고 있었다. 어깨가 굽어 고개를 제대로 들지 못했다. 내가 수예점으로 들어섰을 때 한 번 고개를 들어 목례를 보냈을 뿐이다.

그랬다. 수예점 여인은 그녀를 로오라 불렀다.

로오는 언제나 바닥에 앉아 부분 염색된 베와 무명과 비단 따위를 손으로 펴 말리는 일을 하는 것 같았다. 풀물이 깊게 밴 것처럼 손바닥이 검푸르면서도 반질반질 빛났다.

착색된 무늬를 따라 여인이 능숙하게 수를 놓기 시작했다.

"야쿠시지의 타케우치 마사시라는 분을 만나 확인할 문서가 있었습니다."

내가 말했다.

"그런데 야쿠시지도 주지 스님도 이미 세상에 없는 거군요."

여인이 말했다.

"야쿠시지는…… 어떻게 되었습니까?"

"보셨겠지만 완전 정리가 되었지요."

"불구佛具와 경서들은 어찌 되었을까요?"

"경매에 붙여 불교용품 수집가들에게 팔려 나갔어요. 경서들은 고베대학 무슨 불교문화연구소에 기증되었고요. 이름이 뭐였더라……."

"가비마라 불법연구소."

로오가 가느다란 목소리로 말했다. 음성은 은근하고 작은 듯했으나, 빨랐다. 마명대사의 법통을 이은 13대 존자 가비마라, 라고 이어 말했다.

"전적으로, 모든 걸 스님의 자제들이 처분했어요. 아무도 간여할 수 없었죠. 아무도."

여인이 말했다. 여인과 내 앞에 어느새 김이 모락모락 나는 찻잔이 놓였다. 늙고 굽은 몸이었으나 로오의 동작은 조용하면서도 민첩했다.

"제가 찾는 게 경서는 아닙니다만, 고베대학엘 가면 볼 수 있을지도 모르겠군요."

"경서가 아니라면?"

"문서입니다. 원고죠. 조선의 어떤 시인이 쓴."

여인은 내 말에 얼른 반응을 보이지 않았다.

"시인이요?"

로오가 대신 물었다. 그녀는 어느새 다시 바닥에 앉아 손바닥으로 피륙을 문지르고 있었다.

"윤동주라는 사람입니다. 히라누마 토쥬."

"그렇습니까?"

여인은 수틀에서 눈을 떼지 않았다. 줄곧 그랬다. 이리저리 움직이는 것은 외려 늙은 로오였다.

"내용을 아세요?"

역시 로오가 물었다. 나는 그제야 뭔가를 퍼뜩 깨달았다. 더 알고 싶으면 함께 가자며 여인이 나를 수예점까지 데려온 까닭을. 뭔가를 나에게 더 알려줄 사람은, 여인이 아니라 로오였던 것이다.

"잘은 모릅니다. 시인의 시거나 그런 거겠지요. 분명한 건 그 원고에 미우라 마사오라는 사람에 관한 내용이 있다는 것 정도입니다."

"미우라 마사오에 대해 알고 싶은 건가요?"

로오는 고개를 들지 않고 일에 열중했다. 나는 의자에 앉은 자세로 로오 쪽으로 몸을 틀었다.

"뭐 꼭 그런 것은 아닙니다만."

"원고를 찾는다고 하지 않았나요?"

"저처럼 그 원고를 찾아온 사람에 대해 관심이 있습니다. 그렇습니다. 저는 친구를 찾습니다. 저와 동갑이고 이름은 시게하루입니다. 나츠메 시게하루. 저보다 키가 조금 크고, 얼굴은 길고 검은 편입니다. 그 친구가 여길 찾아왔었다면 삼 주 전쯤이었을 겁니다. 친구를 찾기 위해, 친구가 찾아 나선 원고를 쫓는 셈이랄까요. 친구의 행방을 아는 데 도움이 되는 거라면 모를까, 원고의 세부적인 내용에 관해서는 크게 관심이 없습니다."

"삼 주 전쯤이라면 아무도 찾아온 사람이 없어요."

나는 잠시 어리둥절했다. 로오의 대답이 지나치게 단정적이었던 것이다.

"그……렇습니까?"

뭔가를 더 묻는 대신 나는 멍해져서 고개를 끄덕였다. 내 입에서 흘러나온 말은 말이 아니라 신음 같은 거였다. 그랬던 것뿐인데 로오는,

"그래요."

굳이 대답했다. 나는 얼른 무어라 응대할 수 없었.

상황을 파악한 여인이 수틀을 내려놓으며 말했다.

로오는 야쿠시지의 영소領所였노라고. 영소가 무엇인지 나는 잘 알지 못했다. 여인은 조심스럽게 말했다. 그녀의 말로

미루어보건대 로오는 야쿠시지의 경영과 관련된 사무를 담당했던 것 같았다. 단순히 사무만을 관장했던 게 아니라, 주지인 타케우치 마사시와 사적으로도 긴밀한 관계였던 듯했다.

어떻게 긴밀했었는지, 확정할 만한 단서나 내용을 포착할 순 없었다. 여인의 말이 매우 조심스러웠기 때문이었다. 그러나 주지의 자제들이 독단적으로 야쿠시지의 재산권을 행사한 사실에 대해 다소 상기된 반응을 드러내는 것에서 무언가를 짐작할 수는 있었다. 일테면 로오가 주지의 정인情人이 아니었을까 하는.

아무려나 나에겐 상관없는 일이었다. 시게하루가 그곳에 가지 않았었다는 사실. 내가 중요하게 여겼던 건 그거였다. 시게하루는 그곳을 찾지 않았던 것이다. 찾았더라도 로오를 만나지 못했거나. 물론 시게하루도 야쿠시지와 타케우치가 흔적 없이 사라졌다는 사실만큼은 확인했을 것이다. 시게하루는 또 어디로 간 것일까……. 하여튼 그날 내 질문은 그거였다.

"원고의 행방을 아시나요?"

로오에게 물었다. 지나치게 단정적이었던 그녀의 태도에 기대를 걸었다. 야쿠시지의 영소였다지 않은가.

"홋카이도 대학 종합박물관 텐도 요코."

그녀의 말이 너무 빨랐다.

"다시 한 번 말씀해주시겠습니까?"

"홋카이도 대학 종합박물관 텐도 요코."

나도 빠르게 기억했다. 로오가 말했다.

"신분을 정확히 밝혔고, 내가 직접 박물관 사무부 담당 계장에게 전화해 거듭 확인했으니까요."

"그랬군요."

끊어질 뻔했던 시게하루의 행적이 다시 이어지는 것 같았다.

"나에겐 필요 없었으나 왠지 그분에겐 긴요한 물건 같았으니까요. 누군가에게 긴요한 물건이라면 그에게 가야 한다고 생각했어요. 더구나 박물관 자료부 특별전문직원이었으니까요."

"언제였던가요, 그게?"

"십 년인가 십일 년 전이겠죠. 지진 나던 해였으니까."

"그 뒤론 찾아오는 사람이 없었던가요?"

"그전에 있었지요. 그리곤 텐도 요코라는 분이 마지막이었어요……. 어째서들 그 문서를 찾는지…… 혹시 아나요?"

나는 고개를 저었다. 몰랐다. 어째서 시인의 유고를 찾는 건지. 나에게는 나만의 이유가 있었다. 시게하루였다.

정말 그럴까도 생각해봤다. 시게하루를 찾기 위해, 오직 그것만을 위해 유고 추적에 나섰던 것일까, 나는?

내 질문에 내가 답해도 그렇다, 였다. 그러나 그 밖의 궁금한 것이 전혀 없었던 건 아니었다. 우선 시게하루는 어째서 시인의 유고를 찾아 나섰어야 했는지가 궁금했다. 미우라 마사오와 야스다 사쿠타로라는 인물은 누구일까. 어째서 미즈하라 부녀는 시인의 원고를 야쿠시지로 보냈던 것일까. 원고를 쫓는 또 다른 인물들은 누구이며 이유는 뭘까. 그중 하나인 텐도 요코라는 사람의 정체는 뭘까. 그 모든 것들은, 내가 컴퓨터에 날마다 쳐 넣던 만주라는 검색어와, U와는 어떤 상관일까…….

당면해 있던 동기가 시게하루였다면, 위의 궁금증들은 그 동기를 에둘러 감싸고 있던 배경적 원인이었다. 게다가 한 겹 더 먼 외곽의 계기를 든다면, 육십일 년 전에 세상을 떠난 시인 윤동주와 만주라는 시공간이었다. 그리고 십 년 전에 알게 된 내 혈족의 기원…….

그러한 농담濃淡의 동기와 이유를 안고 나는 그해 여름 정처 없는 구름처럼 온 일본을 떠돌았다. 그리고 끝내는 열도의 끝 홋카이도 아바시리에 다다랐다.

로오의 입에서 홋카이도, 라는 말이 흘러나왔을 때 나는 아득했다. 늘 듣던 지명이었으면서도 그곳이 세상의 끝처럼 여겨졌던 건 왜였을까. 알 수 없었으나 아바시리의 해변에 당도

하자 푸른 감각의 어떤 느낌이 바람을 타고 밀려왔다. 뭐라 이름 할 수도 없고, 그리하여 말할 수도 없는 어떤 것.

까마득한 시간들이 흐르던 땅위에 길이 나고, 열차가 지나고, 기름 냄새 가득한 공기가 내려 쌓이며, 시나브로 사라져 갔을 원초의 정경들. 풍속과 말을 잃어 다시 되살릴 수 없게 된 옛 삶들. 그것들은 푸른 바다가 거대하게 뒤척일 때마다 포말에 뒤섞여 미세하게 비산飛散하는 갯내음으로나 간신히 자극될 뿐이었다.

다시 그 땅을 딛고, 얼마나 오랜 세월 귀 기울여 바다를 향해야 잊힌 외침이라도 들릴까. 얼마나 더 간구해야 저 하늘과 대지를 지붕과 보료 삼아 안온하게 잠들 수 있을까. 어느 순간부터 나는 홋카이도와 아바시리라는 땅에 누적된, 겹을 이룬 서로 다른 시간의 지층을 감각할 수 있었다. 어쩌면 홋카이도 대학 종합박물관 사무부 서류철에서 텐도 요코라는 사람의 이름을 발견했을 때부터였는지도 모른다. 그녀의 이름 곁에 병기된 이타츠 푸리 카라는 로마자 이름을 보게 되면서부터.

아바시리에서 처음으로 나는 한 번도 가보지 못한 한국이란 나라를 떠올렸다. 야마가와 겐타로. 내 일본식 이름 곁에 병기될 한국명이 있다면 그게 뭘까가 궁금했다. 내 스물셋 생애의 저 아득한 어디엔가 나도 모르게 누적된 다른 시간의 지층이 있을 것만 같았다.

아바시리는 먼 곳이었다. 그리고 그곳은 다른 곳이었다. 나는 멀고도 다른 곳을 향해 발걸음을 옮겼다.

아바시리 시網走市 카이간쵸海岸町 12번지로.

도리우치였다. 동주 끌고 갔다. 도리우치와 또 다른 남자가. 나는 아파트 공동주방에서 겁에 질렸다. 주먹을 입에 물었다. 울음인지 구토인지가 나왔다. 눈물도 났다. 나는 잘못했다. 모르고 있었지만 알고 있었다. 이상한 게 많았다. 나는 빙수와 야키도리에 미쳤다.

도리우치가 너무 사람 좋게 웃었다. 나는 모르고 있었지만 알고 있었다. 나는 잘못했다. 늘 잘못했다. 잘못하고, 잘못해도 좋았다. 잘못해야 좋았다. 그런데 안 좋았다. 동주 끌려갔다. 특고야 특고. 오카미 상이 말했다. 특고래 특고. 히구치 아주머니가 말했다. 나는 특고 몰랐다. 빙수만 알았다.

동주 방은 너덜너덜했다. 도리우치와 또 다른 남자. 함부로 뒤져 함부로 들고 갔다. 동주는 웃는 것 같았다. 우는 것 같았다. 소리 내지 않았다. 울지도 웃지도 않았다. 인중 왼쪽에 평소보다 깊은 주름이 패었다. 그게 우는 것도 같고 웃는 것도 같았다.

조용히 그들을 따라갔다. 천천히 걸음을 걸었다. 복도를 빠져나와 마당을 지나 후박나무를 지나 멀어져갔다. 멀어져갔다. 산책 나가듯 갔다. 뻗대지도 소리 지르지도 허둥대지도 않았다. 방문한 친구와 산보 나가는 것처럼 갔다. 도리우치와 또 다른 남자. 동주는 그들과 두런두런, 말을 나누는 것도 같았다. 멀어지는 동주 어깨가 수려하면서도 가냘팠다.

어느 순간 두 사내가 왔고 어느 순간 동주가 잡혀갔다. 금방 멀어졌다. 모두 나와서 보았다. 아다치, 시라토리, 다야마, 마루야마, 오카쿠라, 히구치가 문밖에 나와 서서 멀어지는 동주를 바라보았다. 조용히 바라보았다. 오카미 상만 울먹울먹 한마디 했다. 어디로 가는 걸까, 어떻게 되는 거지?

나는 무서워서 미안해서 아무 말 하지 않았다. 조용히 잡아갔고 조용히 잡혀갔지만 무언가 쾅 무너진 것 같았다. 아파트가 무너졌거나, 갑자기 텅 빈 것 같았다. 사람들이 소리 없이 오래 오래 서 있어서 더 그랬다.

두 명의 사내와 동주의 그림자가 보이지 않을 때까지 나는 서 있었다. 사람들이 아파트 안으로 들어가고 난 뒤에도 혼자서 오래. 뭘 어떻게 잘못한 건지 나는 몰랐다. 몰랐던 게 아니었다. 알려고 하지 않았던 것이다. 미안하고 무서운 맘이 들어 나무처럼 우두커니 서 있었다. 나는 울지 않았다. 울지 못했다.

그러다 홀린 것처럼 가모오하시로 갔다. 동주가 잡혀갔다고, 교진에게 말했다. 교진은 놀라는 대신 한숨을 쉬었다. 흐르는 가모가와를 말없이 바라보았다. 무언가를 다 짐작하고 있었던 듯.

동주를 다시 볼 수 없었다. 얼마 뒤 동주의 당숙이라는 사람이 아파트에 들렀다. 동주의 방에 남아 있던 책들과 소지품들을 챙겼다.

동주는 어찌 되었나요?

내가 물었다. 동주의 당숙이라는 사람은 나를 한동안 물끄러미 바라보았다.

잘 있나요?

잡혀간 사람이, 잘 있을 리야 없겠지만, 나도 모르게 입에서 튀어나온 말이었다.

동주를 동주라 부르는 너는, 누구더냐?

내게서 눈을 떼지 않은 채 그가 물었다.

요코……

기어들어가는 소리로 대답하고 나서 다시 물었다.

히라누마 상은…… 어찌 되었나요?

그러자 그가 말했다. 여러 번 고개를 끄덕이고 난 뒤였다.

히라누마보다는, 동주가 낫겠구나. 동주라 부르라 했기에 동주라 부른 모양이다만, 역시 그게 낫겠어. 과연 동주구나 싶다.

무슨 뜻인지 얼른 알아차리지 못했다.

동주의 성은 히라누마가 아니었느니. 윤이었단다. 파평인坡平人이었지. 윤……

나는 알지도 못하면서 고개를 끄덕였다.

본래의 이름을 못 쓰게 하고 본래의 말을 못 쓰게 하여 본래로 돌아가지 못하게 했으나, 동주는 본래의 이름과 본래의 말로 시를 쓰며 고유한 자기를 지키고자 했느니.

당숙은 혼자 중얼거리듯 말했다. 도리우치가 어질러놓은 동주의 텅 빈 방 한가운데서.

그의 낯빛은 상실과 실의로 굳어 있었다. 내가 들으라고 하는 말 같지는 않았다. 표정과 음성만으로도 동주가 처한 상황을 짐작할 수 있을 것 같았다. 그가 말했다.

동주의 안부가 궁금하더냐?

나는 감히 그렇다고 말하기조차 부끄러웠다.

시모가모 경찰서는 알고?

나는 고개를 끄덕였다. 두붓집엘 가거나 신사엘 가거나 교진을 만나러 갈 때 늘 지나던 곳이었다.

그곳에 잡혀 있지. 매일 수사관에게 끌려가 조사를 받는다. 자기가 쓴 원고를 쌓아놓고 수사관 앞에서 그걸 일본말로 옮기고 있……

당숙은 말을 잇지 못했다.

경찰서는 가까운 곳이었다. 당숙이 가고 난 뒤 나는 몇 차례나 시모가모 경찰서 앞을 서성거렸다. 건물 안에 동주가 있다는 생각을 하면 발걸음이 떨어지지 않았다. 다른 곳으로 언제 이송됐으며 그곳이 어디인지 알지 못한 채 나는 그해 여름이 다 가도록 경찰서 앞길을 오가며 어찌할 바를 몰랐다.

내가 조카의 시를 알지. 도쿄에서도 우린 만날 때마다 따뜻한 사케를 나눠 마시며 밤늦도록 시를 얘기했단다. 동주에게 시 쓰는 일은 너무도 소중한 일이었어. 시 얘기라면 언제나 눈을 반짝였고, 시간 가는 걸 아까워했지. 나는 그런 조카의 시를 사랑했고.

그날 당숙은, 경찰서 안에 갇힌 동주를 옮겨다 놓은 모습과도 같았다. 갇힌 사람보다 오히려 더 슬프고 아팠는지도. 그의 낯빛과 목소리와 어깨의 움직임은 아닌 게 아니라 잡혀가던 동주의 그것처럼 음울했으니까. 그가 말했다.

사상을 캔답시고 조선어 시를 강압적으로 번역시키다니. 그건 시도 뭣도 아니고…….

잠시 숨을 고른 뒤 말을 이었다.

사람을 죽이는 일이다. 시를 능지처참하는데 어찌 시인이 참멸^{慘滅}을 면하겠느냐. 감히 시인의 손으로 제 시를 훼손케 하다니, 극악하고 무도하기 이를 데 없는 육살^{戮殺}이 아니고 무엇이겠느냐.

그러며 문득 물었다.

요코가 본래의 이름이더냐?

하도 갑작스러워 나는 딸꾹질하듯 대답했다.

네.

참멸과 육살이라는 끔찍한 말끝에 곧장 붙어 나온 내 이름이 괴상하게 느껴졌다. 처음으로 내 이름 같지 않았다. 그는 어째서 불쑥 물었던 걸까. 알 수 없었으나, 요코가 아닌 본래의 이름이 있었을지도 모른다는 생각이 그때 잠깐 스쳤다. 그렇다면 그건 뭘까, 라는 궁금증과 함께.

나는 그걸 보고 오는 길이란다.

그가 말했다.

그렇게 죽어가는 시인을, 동주를…….

내 이름에 대해 묻던 그가, 죽어간다는 동주를 말했다. 나는 잠시 헷갈렸다. 내 이름이 본래의 것이냐던 건 환청이었을까. 내 대답은 아랑곳 않고 곧장 죽어간다는 시인을 말하다니.

그날 당숙은 동주의 방에 남아 있던 몇 권의 책과 필기구와 옷가지들을 유품처럼 안고 아파트를 나섰다. 돌아보지도 않고 지친 몸으로 떠나던 그의 모습 뒤로 습한 바람이 불었다.

그 후로 그는 다시 나타나지 않았다. 동주도 영영 돌아오지 않았다. 좀더 나중에야 알았다. 소무라 무게이의 모습도 보이지 않았던 까닭을. 동주보다 며칠 먼저 도리우치에게 잡혀갔기 때문이라는 사실을.

내 귓가에 오래도록 남아 맴돌던 말이 있었다. 그날 동주의 당숙이 남기고 간 말이었다.

동주는 그렇게 죽어가고 있었노라던.

당숙의 말마따나 동주는 그때 죽은 건지도 몰랐다. 자신의 시를 자신의 손으로 훼손시켜야만 하는 참경을 당했을 때 이미.

고향 간도와 조국 조선을 앗기고 마침내는 말과 이름까지 앗겼던 동주. 그러면서도 앗긴 글로 밤새워 시를 쓰며 간도와 어머니를 그리워하던 조선 청년.

동주의 당숙이 다녀갔노라고, 교진에게 말했다. 당숙이 했던 말도 전했다. 동주는 본래의 이름과 본래의 말로 시를 쓰며 고유한 자기를 지키고자 했다는.

조선의 말과 글이 특별히 우월하여 동주가 그것을 지키고자 했던 것은 아닐 게야.

교진이 말했다.

우월하고 열등하고를 떠나, 누구에게나 무엇에게나 고유한 자기라는 게 있기 마련이니까. 일본과 다른 조선, 일본말과는 다른 조선의 고유한 말을 지키고자 한 거겠지. 우열을 매겨서 저마다 우등하다 칭하는 것을 취하고 열등하다 칭하는 것을 버리면 하나로 같아져 개별과 단독의 고유성은 없어지는 거란다. 칭한다 하는 것은 사칭한다는 뜻이니 거짓으로 속인다는 말이다. 실제로 우월하고 열등한 것이 아닌데도 우월하고 열등하다 속여 이르면서 침략과 동화同化를 정당화하려는 거지. 미개하고 야만적인 세계를 문명화한다는 명분. 그러나 우월병에 걸린 것은 지금의 미친 일본이고 그게 외려 야만이란다. 동주가 조선 시인으로 살고자 했던 것은 그것이 더 좋고 더 나아서가 아니라 고유성을 지키려 했던 거고, 그것을 잃으면 실상 모든 것을 잃는다는 신념 때문이었을 게야. 들판의 모든 꽃이 사쿠라가 돼버리면 세상에는 꽃이란 것 자체가 없어지는 거란다. 사쿠라는 다른 꽃이 있어야 사쿠라인 게지. 일본은 그걸 알면서도 모르는 척 문명을 사칭하여 남의 나라를 강압적으로 침략하고 지배하고 있어. 망하는 길이지. 동주는 동주의 꽃을 피우려 했을 뿐이야. 시인이라면 백화가 만발한 꽃동산의 아름다움을 잊지 못하니까. 꽃은 서로 다르되 향기의 숨결로 생명을 나누며 함께 숲을 이루지. 다르면서 서로 의지하고 교통하는 생존의 이치를 아는 시인이라면 남을 치거나 미워하지 않는단다. 다만 자기를 지키다 꽃처럼 고요히 죽어갈 뿐이지. 이런 시인은 어쩌면 험악한 세상을 바꾸지 못할지도 몰라. 하지만 아무리 험악한 세상도 이런 시인을 결코 바꾸진 못한단다. 앞으로 미친 세상은 마땅히 이래저래 바뀌겠지만 동주와 같은 시인은 시인으로 영원하다. 모두가 자기의 고유성을 죽음으로 지킬 때, 동화를 명분으로 앞세운 침략의 야욕은 필패必敗할 수밖에 없는 까닭이지.

교진은 전에 없이 침통해하며 많은 말들을 쏟아냈다. 나는 그때를 돌이켜본다. 그리고 인정하지 않을 수 없다. 동주가 가족과 교회와 친구와 이념 사이에서 자신만의 섬을 발견했노라는 지금의 내 생각도, 따지고 보면 그때 교진의 말로부터 암시받는 거였다는 것을. 동주가 할아버지와 아버지, 명준과 처중을 따르지 않았으면서도 그들과의 도리를 거스르지 않고 마땅히 지켜낼 수 있었던 까닭을 나는 저 교진의 말에서 찾아냈던 것이다.

본래의 것이냐고 물었어요, 요코라는 이름이.

나는 교진에게 말했다. 동주의 당숙이 문득 물었던 말이었다. 환청이 아니었다면, 무슨 뜻인지 알고 싶었다.

그분이 그렇게 묻더라고?

네.

과연, 말과 말의 영토를 앗긴 자의 눈에는 보였던 모양이로구나.

보이다니요?

유심히 듣지 않으면 알아들을 수 없는 게 교진의 말이었다.

말과 말의 영토를 앗긴 자의 눈에는, 말과 말의 영토를 앗긴 자가 보였던 모양이라는 말이다.

말말말말……. 교진의 말은 아리송하기만 했다.

제가 말과 말의 영토를 앗긴 자라는 뜻인가요?

모르겠니?

어찌 알겠어요?

몰랐었단 말이지?

뭘 말인가요?

말말말말……. 갑자기 말이 모든 것처럼 느껴졌다.

야마토가 아니란 말이다, 너는.

일본족이 아니라구요?

모르고 있었다니…….

무슨 족속인가요, 저는?

아이누다.

아이누…….

아이누. 들은 적 있었다. 동주와 야마다가 큰 소리로 다툴 때. 그게 그거였단 말인가. 동주도 내가 아이누라는 걸 알았던 걸까. 자신을 만만하게 대하는 버르장머리 없는 나를 한없이 용인했던 동주. 거기엔 그러한 사정이 있었던 걸까. 아이누.

어떤 건데요, 그게?

나는 물었다.

그런 게 있다. 어찌 한마디로 말하겠니.

한마디로 말할 수 없는 건가요? 교진 같은 분도?

안다고 확신하는 건 위험하다. 안다는 건 평생을 두고 겪는 것이니까.

아이누라는 걸 어떻게 아나요?

주의 깊게 보면 느낌이 온다. 피부와 골격과 인상.

왜 저만 몰랐을까요?

아무도 말해주지 않았을 테지.

아이누는 이름도 다른가요?

말이 다르니, 이름도 다르지.

그럼 제 본래 이름도 있는 걸까요?

있을 뻔했으나 없고 만 거겠지. 주워온 애라며?

제 말과 말의 영토는 어딘가요?

홋카이도.

홋카이도?

먼 곳이지. 열도 북쪽 끝 아주 큰 섬이다. 야마토에게 빼앗긴 아이누 땅. 이제는 말도 없고 말의 영토도 아니게 된 곳.

어떻게 가나요?

쉽다. 열차를 타고 배를 타고 가면 되니까. 하지만 당장은 도달할 수 없지.

쉽다면서요?

여행하듯 갈 거라면 쉽다는 말이다. 하지만 내가 보기에 요코 네가 그곳엘 가려 한다면, 요코 네가 진실로 그곳에 당도하고자 한다면, 어쩌면 평생이 걸릴지도 모른다는 거야.

어려워요, 늘, 교진의 말은.

말이라는 게 참 그렇다.

교진의 말이 어렵긴 했으나, 어쩌면 어려웠기 때문에 뭔가는 더 분명해지는 게 있었던 것 같다. 물안개처럼 희미하면서, 희미하므로 그것이 물안개임을 아는 것처럼.

저 밑바닥으로부터 스멀스멀 기어오르는 것은 향기 같기도 그저 그런 냄새 같기도 했다. 어떤 기미나 낌새 같은 것. 무정형의 움직임이었으나 내 작은 존재 안에 시나브로 들어차는 것. 세상과 불화하고 갈등하고 어긋나던 이유 같은 것.

엇갈리고 성가시고 기울어지고 스며들지 못하고 거스르기만 했던 지난 시간들의 기원. 유년을 내내 짓누르던 반발과 대립과 충돌의 원인. 열다섯이 되도록 무엇과도 화해하지 못하고 배돌며 자학과 기만을 일삼았던 까닭들. 숨고 도망치며 교통을 거부하던 위악의 근거. 거짓과 거짓된 변명의 구실들.

어찌하여 그럴 수밖에 없었던 건지. 꼭 집어 말할 수는 없어도 저 스스로 피어오르는 야릇한 기분들로 인해, 뭔가는 분명하고 확연해지는 느낌이었다. 야마토가 아니란 말이다, 너는……. 교진의 말 한마디가 그동안 나를 옥죄고 있던 두꺼운 껍질 하나를 홀연히 벗겨냈다. 내 안에서 가물가물 질식해가던 나의 시원이, 새로이 소생하여 하나의 작은 흐름을 이루는 듯했다.

두꺼운 각질의 압박 속에서도 끝내 숨 막히지 않고 용쓰던 생명의 기운이 마침내 태동하는 낯섦. 그것을 뭐라 할까. 뭐라 하든, 그것이 내 꼬리를 슬쩍 건드렸다는 느낌은 완연했다.

교진의 말을 듣는 순간 나는 문득 깨어나 뒤채기 시작한 한 마리 물고기 같았다. 무언가에 의해 꼬리지느러미가 세차게 충동된.

교진이 그랬듯, 나도 소리 없이 흐르는 가모가와 물빛을 바라보았다. 저 물길을 거슬러 거슬러 올라가면 무엇이 있을까. 그곳에 혹 아이누의 땅 홋카이도가 있는 건 아닐까. 나는 그 물길을 따라 오르고 싶었다.

그리하려면 내가 우선 물고기가 돼야 했던 것이다. 그때까지와는 다른 요코. 쉼 없이 헤엄쳐 찾아야 할 무언가도 뚜렷해야 했다. 그것은 아이누였다.

교진을 더 만나면서 조금씩 조금씩 그의 뜻을 감득했다. 습득하거나 이해하는 차원이 아닌, 그야말로 느낌으로 알고 영감으로 깨달아 열리는 지평 같은 거였다. 물길을 익히고 그것과 싸우고 때로는 밀리며 다시 거슬러 오르는 일이라는 것을.

때론 천변의 풍광에 한갓지게 머물 줄도 알아야 하고, 물비늘 밑에서 바람의 세기를 가늠해야 하고, 사력을 다해 폭포를 올라야 한다는 것을 알았다.

지난 세월을 돌이켜보건대 그것은 스무 살에 시작하여, 과연, 평생이 걸린 일이었으며, 평생이 걸렸으되 겨우 모천에 다다른 꼴이었다. 말과 말의 영토가 잊히고 소멸된 시간만큼이나 오랜 소급과 회귀의 여정이 필요했다.

키타노템만구北野天滿宮*에 가 서원을 올리고 밤새워 책을 읽던 스무

---

* 학문의 신 스가와라 미치자네菅原道眞를 모시는 교토의 신사. 해마다 입시철만 되면 합격을 기원하러 오는 이들로 인산인해를 이룬다.

살을 지나, 생활과 공부를 유지하기 위해 수없이 많은 고난의 날들과 맞서면서, 서른에 이르러서야 겨우 삿포로 홋카이도 대학에 닿았다.

교진은 말할 것도 없고, 타케다 아파트 주인 모리 상과 유바에야의 포주 텐도 상의 은혜를 잊을 길 없다. 나에게 민속학을 권하고 삿포로에 기거할 집과 일자리를 주선해주었으며, 나중에 니부타니 아이누 문화자료관을 건립한 가야노 시게루萱野茂의 아낌없는 격려가 아니었다면 나는 내가 당도한 땅의 냄새조차 제대로 맡을 수 없었을 것이다. 그리고 나에게 이타츠 푸리 카라는 과분한 이름을 지어주며 언어학의 길을 열어준 동갑내기 선생님 마쓰이 쓰네유키 씨의 우정에 눈물로 감사한다.

교진의 말마따나 북쪽 큰 섬은 그렇게 멀었다. 다다르는 일이 결코 쉽지 않았다. 나는 이제야 조금은 알 듯하다. 어째서 한마디로 설명할 수 없노라 교진이 말했는지. 평생을 두고 겪어야 한다고 했는지.

겨우 나는 등뼈를 갖춘 한 마리의 물고기가 돼 있음을 느낀다. 하지만 내가 헤엄쳐 가야 할 물길은 아직 멀고 어렵다. 인멸의 역사에 매몰되어 좀처럼 그 흐름과 온도를 다시 감지해내기 어려운 본래의 물살, 그 시간의 지층-사이의 섬을 찾아내기란.

겨우 등뼈를 갖추었는데 육신은 이미 민첩하지 못하고 정신은 갈수록 어두워지기 때문이다. 동주의 유고도 어찌해야 할지 모르겠다. 나를 이곳에 다다르게 한 것은 아이누, 교진의 한마디였다. 동주의 물건을 챙기러 왔던 당숙에게서 암시됐던 말이기도 하다. 그러나 모든 동기는,

체포되어 다시 돌아오지 못한 조선 청년 시인으로부터 촉발됐던 건 아닐까.

앗긴 말과 이름으로 밤새워 시를 썼던 그. 고향의 어머니와 말의 영토를 그리워하던 청춘. 그가 향하고 노래 부르던 곳 간도가, 나로 하여금 홋카이도로 거슬러 오르게 한 것이었다.

그러했던 동주. 그의 시 원고가 나에게 있다. 시인의 가족이거나 그의 조국에 돌려줘야 할까? 의당 그래야겠지만, 나는 스스로 묻는 내 질문에 대답하지 못하고 있다. 고민이라기보단 딜레마였다. 동주의 원고를 서둘러 추적하게 된 당초의 이유가, 시인의 유고가 세상에 공개되는 걸 막기 위함이었으니까.

지금도 그 마음은 변함이 없다. 그렇다고 당장 어찌할 수도 없다. 가지고 있다가 내가 죽게 되면 원고는 어떻게 되는 걸까. 내 바람과는 다르게 세상에 알려질지도 모른다. 그것만은 막고 싶다.

원고原稿라고 했지만 실은 원래原來의 고본稿本이 아니기 때문이다. 원고는 없고 번역본만 남았던 것이다. 내가 갖고 있는 유고는 동주가 형사의 강압에 못 이겨 스스로 번역했던 자신의 시였다. 유고 정보를 입수했을 때부터 나는 그것이 조선어 시가 아니라는 사실을 알고 있었다.

동주의 시가 아니며 동주의 시여서도 안 된다는 것. 내 변함없는 생각이긴 하나, 전적으로 나 혼자만의 판단이기에 망설일 수밖에 없다. 그러나 여러 사람의 의견을 들으려 하는 순간 동주의 번역시는 공개되고 마는 거였다.

나는 궁지에 빠져 있다. 세상엔 번역시라는 게 얼마든지 있다. 그러나 이것은 일본어로 번역 출간된 말라르메의 시와는 다른 것이지 않은가. 기괴한 상상이지만, 말라르메가 적국 경찰의 강압에 못 이겨 적국의 언어로 자신의 시를 번역했다면 과연 그는 그 시가 출간되기를 바랄까. 동주의 예를 놓고 보면 기괴한 상상이랄 것도 없다. 다시 조선어로, 다시 프랑스어로 되번역한들 그건 명백히 그들의 시가 아닌 것이다. 동주의 시가 아니고 동주의 시여서도 안 되는 까닭이 그것이며, 동주의 번역 원고를 끌어안고 어찌할 바 모르는 이유다.

아바시리 시 카이간쵸 12번지.

그곳엔 삼십대 중반의 건장한 부부가 살고 있었다. 바다 물결 소리가 가까이 들렸다. 특별히 건강하다고 할 만한 점은 없었으나 시간을 뛰어넘어 먼 과거로부터 훌쩍 달려나온 듯한 인상이, 왠지 건장하다는 말이 아니고는 달리 비유할 수 없을 것 같았다.

남자의 눈썹은 숯처럼 짙었다. 아내인 듯한 여자는 긴 생머리를 뒤로 묶고 있었다. 그들에게선 바다 냄새가 날 것 같았다. 두 사람 모두 눈이 움푹 깊었다.

부부의 아들인 듯한 사내아이가 밖에서 부주의하게 뛰어

들어오다 내 몸과 부딪혀 넘어졌다. 다섯 살쯤 됐을까. 뒷머리를 긁으며 천연스럽게 일어나는 모습만으로도 하루에 수십 차례 넘어지는 아이란 걸 알 수 있었다.

강렬한 햇빛이 아이의 검게 탄 얼굴 위로 쏟아져 내렸다. 실눈을 뜨며 아이가 말했다.

"누구래요?"

꼬마의 북방 억양이 제법 재밌어서 나는 웃을 뻔했다. 뒤쪽 어딘가를 향하는 아이의 눈길을 따라 나도 고개를 돌렸다. 그곳에 건장한 부부가 나란히 서 있었던 것이다.

"처음 뵙겠습니다."

그들을 향해 허리를 굽혔다.

"아유, 애가 천둥벌거숭이랍뒤. 긴데 뉘기라요?"

남자는 사람 좋은 표정을 짓고 있었으나 말이 낯설어 나는 긴장을 풀 수 없었다. 푸근한 인상에 짙고 굵은 눈썹, 구수한 목소리와는 달리 단도직입적인 남자의 질문이, 겉으로 느껴지는 것보다 더 묘한 불균형으로 다가왔다.

"어르신을…… 찾아왔습니다."

그렇게 말했다. 나도 모르게 그만 그들이 텐도 요코의 아들이거나 딸일 거라고 여겼다. 남자가 말했다.

"어르신이라니 뉘 말이오?"

남자는 막 집을 나서려던 참인 것 같았다. 눌러 쓴 뉴욕 양키스 캡 아래로 거칠고 굵은 머리카락이 비어져 나와 있었다.

"텐도 요코……. 이타츠 푸리 카라는 분입니다."

"오, 기러시구만."

그러고는 휙 마당을 가로질러 집 밖으로 나가버렸다. 남자의 널찍한 등과 어깨 너머로 푸른 바다가 넘실거렸다.

나는 좀 당황했지만 어찌할 수 없었다. 여자와 눈이 마주쳤다. 대답을 기다리며 서 있었다. 여자는 입을 열지 않았다.

다시 내가 물으려는데 여자가 말했다.

"……그, 분은 이제 이곳에 살지 않아요."

"그럼 어디에 사십니까."

또 입을 열지 않았다. 다시 내가 물으려 하자,

"……아, 무 데도 살지 않아요."

살짝 늦게 대답했다. 남자에 비해 억양이 평이한 대신 여자는 묘하게도 두 박자 느리게 반응했다.

"혹시?"

"……돌, 아가셨어요."

"그러셨군요. 언제?"

"……이, 년 전에."

"가족 아니신가요?"

"……아, 닙니다."

중독성 있는 엇박자였다. 좀 어지러웠다.

"그분의 살림이나 유품들은 어떻게 되었나요?"

"……어, 디서 오셨지요?"

"도쿄에서 왔습니다."

"……그, 걸 물은 게 아니라."

"아."

나는 말이 막혔다.

아, 하고 작은 탄성을 지르는 사이에 시게하루가 어딘가로 사라지는 것 같았다. 뉴욕 양키스 캡을 눌러 쓰고 마당을 가로질러 집 밖으로 나간 게 여자의 남편이 아닌 시게하루인 것만 같았다.

어찌하여 그런 생각이 들었던 걸까. 나는 시게하루를 찾아 북방의 섬 홋카이도 아바시리에 도착했던 거였다. 텐도 요코는 시게하루를 찾기 위한 끈이었다. 그녀가 세상을 떠났다는 말을 듣는 순간 내 손에서 스르륵 끈의 끄트머리가 자취를 감추었다.

어느 정도는 예감하던 순간이었다. 텐도 요코가 이 세상 사람이 아닐 거라는 예감 말고, 시게하루가 그곳 북방의 섬 작은 어촌 마을까지 당도하지는 않았을 거라는 짐작.

고베에 당도할 때까지만 해도 친구의 움직임은 그런대로 살아 있었다. 내 머릿속 영상으로나마.

그러나 흔적 없이 사라진 야쿠시지와 적막한 언덕길, 타케우치 마사시를 아느냐는 질문에 도리질하던 사람들과 맞닥뜨렸을 때부터 이미 시게하루의 움직임은 내 감지의 범위를 이탈하는 듯했다.

다행히 로오를 만날 수 있었으나, 그녀의 말은 외려 더 결정적이었다. 시게하루가 고베마저 찾지 않았다는 사실을 그녀에게서 확인할 수 있었으니까.

하지만 나는 기대를 아주 버리지는 못했다. 시게하루가 고베에 당도했으나, 처음에 내가 그랬던 것처럼, 로오를 만나지 못했을 수도 있다고 생각했다. 나름 자기가 목적하는 방향을 향해 움직였을 거라고.

잠시 길이 달라지더라도 친구가 원고의 향방을 쫓는 한 언젠가는 나와 만나게 되리라 여겼다. 그럴 수 있기를 바랐다. 다행히 나는, 윤동주의 원고를 보관했다던 로오라는 사람을 만났으니까. 로오가 유고를 건네준 사람의 이름이 텐도 요코라는 것, 그녀의 위치가 홋카이도 대학 종합박물관 자료부라는 것까지 알아냈으니까.

그렇긴 해도 시게하루와는 왠지 자꾸 멀어진다는 느낌을 떨쳐낼 수 없었다. 열차에 몸을 싣고 북으로 북으로 달릴수록.

로오에게서 산문 원고가 유실됐다는 말을 들었기 때문이었는지도 모른다. 시 원고와 산문 원고가 분리되는 운명을 맞았듯 나와 시게하루도 영영 만나지 못하는 건 아닐까.

시게하루가 찾던 게 시가 아닌 산문 쪽이었다면, 그러나 로오가 말했듯 산문 원고가 지진의 폐허 속에 유실된 게 사실이라면, 시게하루의 추적은 거기서 멈추게 되는 거였다.

하지만 분명한 건 하나도 없었다. 정말로 시게하루가 시 아닌 산문 원고만을 찾았던 건지, 고베에는 다녀갔던 건지, 그리고 유실됐다는 산문 원고는 수십 세기가 지나도 영영 나타날 수 없는 지경이 돼버리고 만 건지.

하여튼 시게하루가 여전히 소식 두절이라는 사실에 더하여 실제로 지하 천 미터 어두운 방에 갇혀 있는 게 아니라면, 그것은 친구가 여전히 뭔가를 찾아 움직이고 있다는 뜻이기도 했다. 어찌하여 나에게까지 비밀로 해야만 하는 건지는 지겹도록 모를 일이었지만.

분명한 게 하나도 없었으므로 모든 가능성 또한 열려 있는 거였다. 열차 좌석에 깊숙이 몸을 묻은 나는 차창을 빠르게 스쳐 지나가는 바깥 경치를 바라보며, 한편으론 시게하루에게 가까워지는 것 같으면서도 다른 한편으론 반대 방향으로 줄창 달리고 있는 듯한 기분에 자주 자주 사로잡혔다.

그러며 도착한 곳이 그 먼 아바시리 카이간쵸 12번지였다.

낯선 풍광 낯선 억양 낯선 인상들, 촌스런 기차역과 적막에 감싸인 감옥박물관이 주는 정취는 내가 먼 곳에 왔으되 아주 다른 곳에 도달했다는 자각을 불러일으켰다. 시게하루와 텐도 요코의 끈을 붙잡고 찾아든 곳이긴 했으나, 어쩌면 그들과는 아무 상관도 없는 지역에 불시착한 느낌.

모든 현실적 이유와 목적과 동기가 갑자기 단절되었다는 의식이, 홀연한 깨달음처럼 몰려와 나를 흔들었다. 약간의 현기증 속에서 시게하루와 텐도 요코의 존재가 그때까지의 절실함을 잃고 스스로 저만치 물러서는 것 같았다.

'무얼까 이것은?'

그러다 꼬마가 들이닥치는 것을 피하지 못했다. 다행히 꼬마는 아무렇지도 않게 제 머리를 긁적이며 일어섰으나 나는 한동안 더 얼떨떨했다.

'그 누구도 아닌, 나만의 멀고도 다른 곳인 것만 같은 이곳은 어디일까?'

누구래요? 라고 꼬마가 물었을 때도 나는 내 질문에 빠져 있었다.

'나는 어디에 도착해 있는 걸까?'

긴데 뉘기라요? 라고 남자가 다시 한 번 물었으나 나는 대답하지 못했다. 내가 누군지를.

그리고 마침내 여자도 물었던 것이다.

"……어, 디서 오셨지요?"

"도쿄에서 왔습니다."

내 대답이 여자에겐 대답이 아니었다.

"……그, 걸 물은 게 아니라."

"아."

나는 말이 막혔다.

'나는 어디에서, 왜 왔을까?'

시게하루와 텐도 요코의 존재가 아득히 멀어졌다.

나는 가까스로,

"조선에서 왔습니다. 윤동주의 시를 찾으러."

대답하고 화들짝 놀랐다. 나 스스로 시게하루와 요코의 존재를 밀어내다니.

멍한 눈으로 여자가 고개를 끄덕였다.

"……어, 쨌든 텐도 상의 물건에 관해서라면."

"아시는 바가 있습니까?"

다급하게 물었다.

본래의 말 313

"……해, 일이 왔을 때 잠겼어요. 다."

그러곤 그녀 또한 다급하게 집 안으로 뛰어 들어갔다. 꼬마가 또 무언가를 쓿어안고 넘어진 모양이었다.

"오래전 일일쉐다, 벌써."

등 뒤에서 남자가 나타났다. 거친 바람이라도 뚫고 온 사람 같았다. 목소리의 서슬이 그랬다.

"쓸려갔나요, 다?"

결국 다시 막다른 골목에 서게 되었단 말인가. 나는 약간 몸을 떨었다. 알 수 없는 냉기 가운데 서 있는 기분이었다.

"텐도 상 돌아가시기 한 해 전 해일이 왔읍지. 뭐 종종 있는 일입매. 젖은 물건들은 옮겼쉐다. 대개 오래된 책들이었고, 가재도구 같은 기야 뭐 우리가 고쳐 쓰고 있긴 합지."

"옮겼다면?"

"아마 사루군沙流郡 니부타니二風谷 아닐까 싶쉐다. 가져간 사람도 알 수 있을 겝세. 무라야쿠바 민원실에 가면."

그가 고갯짓을 하며 앞장섰다.

"무라야쿠바까지 내 차로 태워다 드리게우다. 냄새가 좀 나긴 하지만서리."

물가에서 나눈 말

동주의 원고를 야쿠시지에 그대로 놔뒀어야 했을까. 굳이 가져와 끌어안고 어찌할 바를 모를 거였다면.

그럴 순 없었다. 나는 당초부터 알고 있었던 것이다. 동주의 유고가 원본 아닌 번역본이라는 사실을. 그 사실이 나로 하여금 유고를 찾아 나서게 했다. 특고의 강압에 못 이겨 스스로 번역한 시. 그런 거라면 동주의 시가 아니며 그의 시여서도 안 된다는 게 나름의 신념이었고, 그것이 유고 추적의 계기였다.

동주는 후쿠오카 형무소에서 이십대 청춘으로 삶을 마감했다. 처참하게 메마른 육신이 마지막으로 남긴 말은 '알 수 없는 큰 외침'이었다. 간수가 그 말을 들었으나 무슨 뜻인지 알 리 없었다. 생을 놓으면서 토한 외마디가 어찌 일본어였을까.

말을 회복하지 못하고 죽어간 동주를 떠올릴 때마다 그의 당숙이 남겼던 말을 아프게 되새겼다. 동주는 그렇게 죽어가고 있었노라는.

말을 앗긴 것도 모자라 자신의 시를 자신의 손으로 훼손했어야만 했던 치욕과 능멸을 어찌 외마디 비명으로 다 감당할 수 있었겠는가. 시인 윤동주는 이미 시모가모 경찰서에서 죽은 거였다. 그리하여 시인 윤동주의 존재란 그의 시가 조선어였을 때까지만 온전하다는 주장을, 나는 감히 내세우려는 것이다. 검사국과 재판소와 형무소로 이동해 죽어간 건 그의 빈 육신이었다.

이후의 것들, 수사의 편의를 위해 강제로 번역된 시는 없는 거나 마찬가지였다. 있어서도 안 된다는 게, 아집과 독단일진 모르지만 내 생각이었고 지금도 그 맘에는 변함이 없다. 원본이 있고 애정과 전문성을 담은 번역시와는 근본적으로 다른 문제니까.

시가 아닌 그의 산문이라면 어떨까. 그러나 산문조차 없다. 그가 소설처럼 써 내려갔던 글은 야쿠시지 여인의 감상鑑賞 속에만 있었고, 이제는 내게로 옮겨온 기억에 부분적으로 남아 있을 뿐이다.

야쿠시지 여인의 감상과 내 기억이란, 엄격하게 말할 것도 없이 동주의 글 그대로는 아니다. 야쿠시지 여인이 탐독하며 간직했던 느낌들, 그리고 그에 대한 나의 소략한 의견일 뿐이다.

왜곡과 와전의 위험을 무릅쓰고 부분적으로나마 동주의 산문 내용을 여기에 소개하려는 까닭은 뭘까. 그것은 내가 동주의 시 원고를 찾아 나선 이유와도 관련이 있다. 나는 단순히 학자의 양심으로 동주의 시와 일생에 다가서려는 것이 아니다. 내 나이 열다섯에서 열여섯에 이르는 십 개월 동안 한집에서 한솥밥을 먹고 지냈던 사람이 동주이기 때문이다.

나는 함부로 그를 대했고, 그가 잡혀간 데도 적잖은 책임이 있다. 철없던 계집아이가 지극한 후회로써 동주를 기억하고 이해하려는 것이다. 이제 와 무슨 소용일까마는, 그가 어째서 그토록 망설이고 머뭇거렸으며 다른 조선인 학생들의 공분과는 달리 아침마다 조용히 걷고 걸었는지를 안다는 건 나 자신에 대한 성찰과도 맞닿는 일이기에 조심스럽지만 기억을 되살리고픈 것이다.

내 성장의 시간들과는 상관없이 어느 책에서나 뒤늦게 그를 알았다면 나는 그의 시를 읽고 좋아하는 것으로 그만이었을 것이다. 그가 나와 함께 타케다 아파트에서 아옹다옹 지내지 않았다면. 함께 교진을 아는 사이가 아니었다면. 그도 나도 말과 말의 영토를 앗긴 사람이 아니었다면. 본래의 이름을 잃은 존재가 아니었다면. 한때의 관계도 관계지만 동주 안에서 나를 발견하지 못했더라면.

나는 적개심을 안고 공부했다. 늦게 시작한 공부에서 그럭저럭 빠른 성과를 얻을 수 있었던 것도 분노와 증오 같은 얼마간의 네거티브한 열정 때문이었다. 아이누에 서럽게 빠져 있었다. 원통하고 슬플수록 묘한 에너지가 차올랐다.

 세상에서 몇 안 되는 아이누어 전문가로 인정받았다. 내게 아이누어를 배웠거나 배우는 학생들이 적지 않다. 시간 속에 소멸한 아이누의 풍속을 발굴하고 생태지도를 재생해 그 안에다 후손들의 삶을 안치시키는 것이 내 열망이며 숙원이다.

 그러나 야쿠시지 여인에게서 동주의 얘기를 듣기 전까지만 해도 나는 편치 않았다. 학교와 지방정부의 지원과 격려를 받으면서도 내 의욕들이 못내 불편했다. 동주의 이야기를 들은 뒤로 나아졌다는 말은 아니다. 다만 내 열망이 아이누에 지나치게 치우쳐 있다는 사실을 자각케 했고, 그러한 역편견의 불균형이 불편을 초래한다는 점을 알게 되었을 뿐이다. 나에게도 동주의 간도와 같은 '사이의 섬'이 필요하다는 것을.

 이와 같은 이유들로 나는 동주가 쓴 이야기의 일부를 여기에 적으려는 것이다. 그랬다. 그것은 간도 이야기였다.

 나는 왜 이런 생각을 못했던 걸까.

 명준이 내민 시집을 보고 동주는 깜짝 놀랐다.

 그래……. 이러면 될 것을.

 동주는 손바닥으로 시집을 쓰다듬었다. 한 글자 한 글자 정성스럽게 베낀 백기행白夔行의 시집이었다.

동주가 꿈에도 갖고 싶었던 시집이었다. 그러나 구할 수 없었다. 당시 조선에선 시집을 백 부 내외의 한정본으로 출간하는 것이 관례였다.

자신이 다니던 평양의 숭실중학교 도서관에서 동주는 겨우 그 시집을 읽을 수 있었다. 겹으로 접은 한지에 인쇄하여 두툼하면서도 고급스런 느낌이 들었다. 와락 훔치고 싶을 만큼 좋았다. 평양 말에 점차 익숙해지던 시절이었다. 평안도 사투리가 그대로 시가 되어 편편마다 절경絶景을 이루고 있었다.『사슴』이라는 시집 표지에 적힌 시인의 이름은 백석白石이었다.

그 시집을 갖고 싶어 안달했던 건 동주뿐만이 아니었던 것이다.

역시 명준······.

신음을 흘리듯 동주는 감탄했다. 존경과 부러움 섞인 눈길로 친구의 얼굴과 필사본 시집을 번갈아 바라보았다. 글 읽고 시 짓는 일이라면 밥 먹는 일도 마다했던 명준이었다. 곁에 있는 것만으로도 동주를 분발케 하고 충동하던 친구.

밀영에 있으면서 어떻게 귀한 시집을 만났을까?

동주가 물었다.

명준은 중학교 진학을 포기했다. 일찌감치 밀영으로 들어가 항일대오에 가담했다. 중국공산당 동만당 지구대 소속이었다. 명동소학교 동창 한명준. 어느새 둘은 열아홉의 건장한 청년이 돼 있었다.

산구석에서 이런 시집 만난다는 건 어렵지.

명준이 말했다.

그러게 말이야. 숭실학교에도 딱 한 권뿐이거든.

실은 나도 놀랐어.

친구의 말을 얼른 알아듣지 못해 동주는 잠자코 그를 바라보았다.

우리 대오에, 동주 너만큼이나 시를 좋아하는 동지가 있어.

시라면 나보다 네가 몇 수 위 아닌가?

달달달 외고 있는 거야, 그분. 전부.

백석의 시집을? 그 많은 것을?

백석의 시 말고도 아마 오백 편은 너끈히 욀 거야. 정지용의 시도 거의 다 외지.

그렇다 해도 이건 출간된 지 얼마 안 된 시집인데.

시가 많아서 못 외는 게 아니라, 없어서 못 욀 정도지.

놀랍군.

정말 놀라워.

그분이 외운 걸 받아 적었단 말이야? 정확하지 않을 수도 있겠네.

정확해. 지금껏 틀리는 걸 본 적이 없어.

그분은 어떻게 백석의 시를 접했을까?

후방연계 투쟁하러 하얼빈도 가고 장춘도 가지. 내가 이렇게 은밀히 용정에 나타나 자넬 만날 수 있는 것도 그 때문이고.

음.

동주는 고개를 끄덕였다. 명준이 말했다.

시가 좋아 시를 찾아 다녔다기보단, 시를 좋아하는 사람을 시가 쫓아다닌 거겠지.

말하는 것도 여전하구나, 너.

동주 네 방 책장에 쌓여 있는 많은 시집들도 그래. 네가 사들인 거지만, 시가 널 쫓아온 건지도 모르잖아.

그러니까 산속 비밀스런 진중에도 언제나 시는 있다?

그렇고말고.

학교로 돌아가는 대로 나도 당장 시집을 필사해야겠어. 필사. 그래, 이러면 되는 것을…….

나한테 부족한 건 종이일 뿐이야.

그가 말했다.

명준이 네 것도 하나 더 베껴 올게.

나는 이미 있는걸.

구두법 하나 정도는 잘못됐을 수도 있지. 너도 알겠지만 백석의 표기법 운용이 워낙 임의적인 데가 많잖아. 내 새로 깨끗이 원본을 필사해 올게. 좋은 종이에다. 선물하고 싶으니까.

네 글씨라면 달리 맛을 느낄 수도 있겠다.

받아줄 거지.

암!

동주는 학교로 돌아가자마자 도서관에 붙박여 백석의 시를 단숨에 베꼈다. 명준이 언제 다시 산에서 내려오게 될지는 알 수 없었다. 내려오게 되더라도 반드시 동주에게 기별하란 법도 없었다. 토벌대의 삼엄한 감시를 피하는 게 우선이었다. 그래도 동주는 이틀 만에 두 권의 시집을 묶었고 주말에 용정으로 향했다.

그즈음 동주의 숭실학교는 휴교 상태였다. 학생들이 신사참배를 거부했다는 이유로 조지 매퀸 교장이 파면 당했다. 교장의 복귀를 요구하는 데모가 연일 계속되었고 결국엔 학생들과 일경이 충돌했다.

기약 없는 무기 휴교 사태가 계속되자 학생들은 하나 둘 학교를 떠나기 시작했다. 동주도 자퇴를 하고 용정으로 복귀해 학업을 계속할 뜻을 두고 있었다. 이래저래 심란한 상태였다.

가슴에 백석의 필사본 두 권을 품고 열차에 올랐다. 함께 공부하던 숭실학교 친구들이 검거되었다. 명준이 내려오길 기다릴 게 아니라, 곧장 친구의 밀영으로 가 함께 총을 들어야 하는 것 아닐까. 평양에서도 간도에서도 일제의 폭압은 극심해져만 갔다. 그들의 만행으로부터 자유로울 수 있는 곳은 어쩌면 산속 항일대오뿐일지도 몰랐다. 하루를 살더라도 적을 향해 총을 겨누겠다. 동만당에 입당한 이들의 염원이었다.

그러나 산속 항일대오라 해서 결코 안전한 게 아니었다. 간단없고 무자비한 일경의 토벌작전도 작전이지만, 그보다 더 끔찍한 참극이 조직 내부에서 횡행하고 있었다. 어제까지만 해도 생사를 함께했던 가장 가까운 동지에게 살해를 당했다. 하루를 살기 위해 적이 아닌 동지에게 총을 겨누는 알 수 없는 일들이 벌어졌다.

간도의 모든 이들이 알고 있었다. 동주가 모를 리 없었다. 이미 수백 명의 목숨이 그렇게 사라졌다는 것을. 동만당 항일대오가 그렇게 스스로 와해되고 있다는 것을. 명분도 사명도 없이 그들은 죽어갔다. 수 명도 수십 명도 아닌 수백 명의 목숨이.

밖에서는 일제의 토벌대가 그들을 쏘아 죽였고, 안에서는 자기들끼리 쏘아 죽였다. 그곳에서 살아남는다는 게 기적처럼 여겨질 때였다. 수백 명의 목숨이 사라지는 동안 명준은 살아 있었다. 백석의 필사본 시집을 동주에게 보여줄 때만 해도. 동주가 한 권 더 베껴 선물하겠다며 받아줄 거지? 하고 물었을 때 암! 이라고 의연히 대답할 때까지만 해도.

그래서 동주는 학교로 돌아가 서둘러 시집을 필사했던 것이다. 좋은 종이에. 그것 하나만을 위해 먼 길을 오가는 것이 흐뭇했다. 그렇게, 시집을 가슴에 품고, 계속되는 휴교로 써늘해진 겨울 교정을 나와 열차에 몸을 실었던 것이다.

용정에 다시 돌아온 건 딱 일주일 만이었다. 일주일이 지났을 뿐인데, 동주가 돌아왔을 때의 용정은 다른 용정이었다. 명준이 없는 용정.

그렇다.

아버지의 대답이었다. 아버지는 입을 열어 말하지 않았다. 동주도 입을 열어 묻지 않았다. 차마 물을 수 없었다. 아버지에게 허둥대며 달려가 다만 눈으로 물었을 뿐이다.

정말인가요?

아버지도 눈으로 대답했다.

그렇다.

곁에 있던 어머니와 동생이 마을 바깥 꽁꽁 언 벌판으로 젖은 눈길을 돌렸다.

명준이 죽었다는 게 사실이었다.

동주는 언제나 고종사촌과 함께였다. 교실에서도 늘 나란히 앉았다. 동주는 소심했고 눈물이 많았다. 사촌은 활달했고 언변이 분명했다. 둘은 모두 글을 읽고 쓰는 걸 좋아했다. 글이라면 문익환도 뒤지지 않았다. 모두 명동소학교 같은 반 급우였다.

사촌과 익환은 활동적이어서 동주보다 발표도 앞섰다. 문집에도 그들의 글이 먼저 실렸다. 사촌과 익환은 동주를 격려했다. 분명한 건 그거였다. 사촌과 익환은 동주를 격려한 쪽이었고 동주는 그들로부터 격려를 받은 쪽이었다는 것.

명준은 동주를 격려하지 않았다. 글을 잘 쓰지도 못했다. 명준 스스로 한 말이었다. 자신은 글을 잘 못 쓴다는 것.

하지만 명준도 선생님께 칭찬받는 아이였다.

동주 머리 위로요…….

언젠가 명준이 입을 열었다.

말해보렴.

따뜻한 눈길로 선생님이 명준을 바라보았다.

비둘기가요, 흰 비둘기가요…….

봄날이었다. 교실 창문 밖에 박태기꽃이 몽글몽글 피어오르고 있었다.

계속해보려무나.

창문 안으로 나른한 봄볕이 쏟아져 들어왔다. 정수리가 따가웠다.

내려앉고 있어요.

동주는 뒤돌아 명준을 바라보았다. 정수리가 따가운 게 비둘기 발톱 때문일까. 동주는 자신의 머리를 손끝으로 더듬어보았다.

교실 안에는 미세한 먼지들이 떠다녔다. 봄볕에 반사되어 반짝거렸다. 날개를 가진 생명체 같았다.

그러니까…….

선생님이 말했다.

동주 머리 위로, 흰 비둘기가, 내려앉고 있다는 말이니?

명준은 대답하지 않았다. 그런 말 한 적 없다는 듯 멍하니 선생님과 동주를 번갈아 바라보았다.

보였니?

선생님이 다시 물었다.

……네.

목소리가 늦고 아득하여 선생님 질문과는 상관없는 대답 같았다.

생각이 아닌 감각이로구나. 그걸 공책에 적어보거라. 동주 머리 위로, 흰 비둘기가, 내려앉는다, 라고.

명준은 영문을 모른 채 공책에 받아 적었다. 영문을 모르기는 동주도 사촌도 익환도 마찬가지였다.

그걸 말이다.

선생님이 말했다.

아까 네가 봤던 걸 다시 떠올리며, 읽어보겠니? 천천히.

명준이 주변을 한 번 멋쩍게 둘러본 뒤 읽었다. 천천히.

동주 머리 위로…… 흰 비둘기가…… 내려앉는다…….

됐다. 너는 시를 쓴 거야.

선생님의 말에 교실과 아이들과 세상이 잠깐 정지하는 듯했다. 명준은 최고의 찬사를 받은 거였다.

명동학교에는 글 잘 쓰는 애들이 많았다. 동주는 그 사실이 신기했다. 다들 글 잘 쓰는 걸 자랑으로 여겼다. 글 잘 쓴다는 말을 최고의 칭찬으로 알았다. 선생님들도 모두 조선말과 글을 지극히 사랑했다. 그곳이 간도였기 때문이었을까. 간도에는 여러 말이 있었다. 간도였기에, 여러 말이 있었기에, 절로 그리되었을까. 유독 조선말과 글을 사랑하게 됐던 걸까.

시를 쓴 거래…….

누군가 중얼거렸다. 아이들의 시선이 모두 명준에게 쏠렸다. 놀라움과 부러움 섞인 눈빛에 시샘을 감추고 있었다.

너는 시를 쓴 거야.

선생님은 아무에게도 그런 말을 하지 않았다. 명준이 처음이었다. 동주는 기분이 좋았다. 칭찬을 들은 명준의 시에 자신이 등장한 거였다. 동주 머리 위로, 흰 비둘기가, 내려앉는다……. 저 뒷자리에 앉은 명준이 자신을 보고 있었다는 사실이 좋았다.

명준은 동주에게서 멀었다. 어깨를 마주 걸을 만한 거리에는 언제나 사촌이 있었다. 양팔을 뻗어 닿을 수 있는 거리에는 익환이 있었다. 일부러 눈을 들어 찾아야 명준의 모습이 보였다. 작은 소리는 들리지 않을 저만치에.

명준은 조용한 아이였다. 움직임이 느껴지지 않았다. 동주와 어쩌다 눈이 마주치면 그는 은근히 웃어버리고 말았다. 명준의 눈빛은, 아이답지 않게 안정돼 있었다. 어른들은 그런 아이를 보고 말했다. 속에 할애비가 들앉아 있다고. 칭찬인지 놀림인지 알 수 없는 말이었으나 동주가 보기에 명준이 딱 그런 아이였다.

말이 없고 행동 또한 눈에 띄지 않으나 그의 존재감은 분명했다. 늘 번잡스러운 교실 공기가 그의 주변에서는 움직임을 문득 멈추는 듯했기 때문이었다. 급장의 차례가 돌아간 적도 없었다. 그러나 그에게서 풍기는 색다른 의젓함은 만년 급장 감이었다.

학교가 파하고 집으로 돌아가는 길에 동주는 명준에게 물었다.

정말 봤어?

명준은 대답하지 않았다.

비둘기 말야.

그제야 명준이 싱긋 웃었다.

봤어.

어떻게 됐는데?

명준이 또 대답하지 않았다.

비둘기 말야.

몰라.

몰라?

응.

봤다며?

거기까지.

거기까지라니.

본 데까지야. 그러곤 몰라. 흰 비둘기가 네 머리 위로 내려앉았어. 그뿐.

그 비둘기가 어떻게 됐는지 모른다구?

동주가 다시 물었다.

느낌이 거기까지였으니까. 내가 말한 게 시라면 거기까지여도 상관없지 않을까. 시라는 건 아는 게 아니라 느낌이라고 선생님께서 말씀하셨잖아.

생각이 아닌 감각이라고 하셨지 않나?

그게 그거 아닐까.

그런 것도 같다.

동주는 정작 묻고 싶은 게 따로 있었다. 열 걸음쯤 걷고 물었다.

근데 그게 어째서 내 머리였을까?

명준도 열 걸음쯤 걷고 대답했다.

다른 애들의 머리 위에도 봄볕이 쏟아져 내리고 있었어. 그런데 흰 비둘기는 네 머리 위로 내려앉았어.

하필이면 날까?

잘 모르겠어. 내 눈이 본 것뿐이니까. 혹시…….

혹시 뭐?

네 시가 그렇게 생겨나는 건 아닐까 싶었는지도. 봄볕이 비둘기로 내려앉아서.

내 시라니? 나는 시를 쓴 적 없어.

나는 봤어. 들었어. 네가 가끔 혼자 중얼거리는 말들.

시였다고?

나는 네가 부러웠는걸. 네 말들.

동주는 어리둥절해서 걸음을 멈췄다. 길가 나무들 가지 끝끝에서 참새 부리만 한 새순이 움트고 있었다.

글은 내 사촌이나 익환이 잘 써. 나는 못 써.

동주가 말하자 명준은 늘 웃던 웃음을 지어 보였다.

나도 글 못 써.

선생님이 칭찬하셨잖아.

한범*이나 익환이 같은 글을 못 쓴다는 거야.

시랬잖아, 선생님이. 시도 글 아닌가?

아……닌 것 같아.

동주는 걸음을 멈추었다.

시가 글이 아니라고?

한범이나 익환이 같은 친구들이 쓰는 게 글일 거야.

어떻게 다른데?

한범이는 주장을 잘해. 뚜렷하고 유창해. 사람을 움직여. 그런 글이라야 글이라고 할 만하겠지.

익환이는?

형체가 없는 말들을 잘 부려. 사랑, 고난, 구원, 신념, 정의, 평화, 그런 것들. 꿈과 희망을 갖게 해. 역시 그런 게 글이겠지.

---

* 韓範. 송몽규의 아명.

너?

뭐라 말할 수 없어. 말할 수 없는 걸 말로 하려니 글이 안 되는 거지. 그냥 느낌 덩어리?

감각 덩어리?

어쩌면.

그럼 내 말도 그런 유란 말이야?

나보다야 결기가 더 있긴 하지만, 선생님 말씀대로라면…… 네 말은 시야.

그렇다면 뭐 엉터리겠지.

천만에.

아니라는 거야?

나는 너한테 시에 대해 말할 주제가 못 돼. 감히 잘 쓰라는 격려도 못 해. 그런 거라면 네가 나한테 해주어야 해.

그 정도라는 거야, 내가? 내 말들이?

맹세코.

풀싹 돋는 길 위에 동주가 주저앉은 것은 어지러운 아지랑이 때문이 아니었다. 무언가가 오금을 꺾어 주저앉혔던 것이다. 명준의 말이었다.

동주는 시를 쓰고 싶었다. 그러고 싶었으나 종이 위에 적지 못했다. 선생님조차 그런 동주의 맘을 알지 못했다. 항상 저만치 멀리 있는 듯했으나 정작 동주의 가슴속까지 들여다본 건 명준이었다.

늘 걷던 길이 아니었다. 나무와 들판, 바람과 하늘이 아니었다. 한 차례 눈 비비고 나자 거기엔 어제보다 더 눈부신 민들레가 피어났고 시를 아는 명준이 선지자처럼 말했으며, 터질 듯 설레는 가슴을 문지르는 동주 자신이 있었다. 놀랄 만큼 부쩍 달라진 봄이 달려와, 동주를 손가마에 태우고 끝도 없는 들판을 가로지를 것 같았다. 다른 세상이었다. 기분과 몸이 상쾌하고 깨끗했다. 요한에게 세례 받는 예수가 떠올랐던 건 왜였을까. 명준의 말 때문이었을까. 명준의 말이 두고두고 잊히지 않을 것 같았다. 나는 너한테 시에 대해 말할 주제가 못 돼. 감히 잘 쓰라는 격려도 못 해. 그런 거라면 네가 나한테 해주어야 해…….

멀리 바라다보이는 마을 교회당, 뒷산의 삼형제 바위, 송아지 부르는 어미 소와 빈 달구지들도 사뭇 다르게만 보였다. 그날의 그 길을, 동주는 평생 기억하리라 다짐했다. 길 위에 돋던 새움 새싹 새순처럼 새롭게 자각되던 자신의 존재를 온전히 지켜나가리라고. 벅찬 다짐은 명준이 있어 가능했다. 동주에게는 소중한 축복이었다. 운명의 지침을 돌려놓게 하고, 그 순간을 함께해주었던 명준이.

저기로 내려가자.

동주는 선바위골로 길게 빠져나가는 물길을 가리켰다. 명준이 말없이 동주 뒤를 따랐다. 물길이 하늘과 햇빛을 반사해 번쩍거렸다. 여린 풀끝들이 일제히 지표면을 뚫고 올라오고 있었다. 들판은 온통 청라靑羅

였다. 광활한 벌판에 사람이라곤 동주와 명준 둘뿐이었다.

여기서 나에게 말해줘.

동주가 물가에 다다라 걸음을 멈췄다. 명준은 동주와 눈길을 마주쳤다. 동주의 다음 말을 기다렸다.

네가 한 말을 책임지겠다고.

내가 한 말?

명준이 물었다.

응. 지금까지 네가 한 말.

네가 내 말을 받아들인다면.

받아들이겠어.

정말 너는 누구보다 시를 잘 알고 잘 느끼고 잘 말하며 잘 쓸 거고, 고스란히 네 시를 잘 살아낼 거라는 내 판단을 받아들인다면.

받아들이겠어.

나와 시를 나누고 나를 외면하지 않고 나를 격려해달라는 부탁을 받아들인다면.

받아들이겠어.

그럼 말해봐. 어떻게 책임지면 되는 건지?

나와 시를 나누고 나를 외면하지 않고 나를 격려해줘. 고스란히 네 시를 살아내줘. 기필코.

동주, 너는 정말 못 말리겠어. 너 없인 못 살 것 같아.

책임지라고 했어.

동주가 말했다.

그러겠어.

명준이 말했다.

기필코.

서로 시를 나누고 서로 외면하지 않고 격려해주기로 했잖은가?

동주가 명준에게 그 말을 다시 상기시킨 것은 사 년이 지난 어느 날이었다.

그랬었지.

명준의 대답은 침울했다.

그들은 더 이상 어린아이가 아니었다. 코 밑이 거뭇해지고 목소리도 한껏 굵어져 있었다. 열여덟 살이었다.

그런데 넌 지금 내 곁을 떠나겠다고 해.

동주가 명준을 바라보았다. 명준은 먼 산을 바라보았다.

어차피 멀어질 수밖에 없잖나? 그동안도 멀었지.

명준은 중학에 진학하지 않았다. 그동안 멀었다는 건 그걸 두고 하는 말이었다. 동주는 은진중학교에 입학했고, 사촌과 익환이 먼저 가 있는 평양 숭실중학교로 곧 편입할 계획을 갖고 있었다.

평양은 먼 곳이 아니라는 거 명준이 너도 잘 알잖아. 자주 집에 들를 거고……. 용정에 네가 없다면 무슨 뜻으로 시를 읽고 배울까.

평양이 먼 곳이 아니라니 다행이군. 평양이 먼 곳이 아니라면 석인구石人溝*는 더더욱 멀지 않은 곳이지. 연길 안에 있으니까. 어차피 멀어질 수밖에 없다고 생각했는데 네가 먼저 그렇게 말해주니 고맙군. 우린 결국 멀어지는 게 아닐 테니까.

그러나 평양과 석인구는 다른 곳이잖은가. 나야 기차를 타고 언제든 용정에 나올 수 있지만, 네가 가려는 데는 산구山區 깊은 곳이 아니던가. 더구나 유격대원이 되면 내부 규율에 따라야 하고 일만군경들의 눈을 피해야 해. 어쩌면 전혀 만나지 못할 수도 있어.

명준이 가려는 곳은 중국공산당 동만東滿특별위원회 연길현위延吉縣委 산하 석인구 항일유격구였다. 중국공산당 조직이긴 했으나 연길현위 유격대들은 대대장과 중대장을 비롯해 대원들 구 할 이상이 조선인이었다. 중공당의 반제투쟁 노선과 조선족의 민족해방 염원이 함께 이루어낸 무장항일대오였다. 창립 초기에 동만당은 이미 오백팔십칠 명의 당원을 갖고 있었고, 그중 오백칠십오 명이 조선인이었다. 창립 일 년도 채 안 되어 당원 수는 천이백 명에 육박했다.

그러나 명준이 입대하고자 했을 때의 동만당 사정은 달랐다. 당초 연길현위의 항일혁명유격 근거지는 반경 이백오십 킬로미터에 달하는

---

* 명준이 가겠다는 항일유격구.

넓은 지역이었으나 일만군경의 반복되는 대토벌로 해당 부락의 주택들이 모조리 소각당하고 주민들은 학살당했다.

평원에서 산악지대로 옮길 수밖에 없었으므로 삶의 터전도 주민구역이 아닌 산간벽지가 될 수밖에 없었다. 더구나 당시 이 년 넘게 동만당 내부에서 완강하게 진행해온 이른바 '반민투反民生團鬪爭'로 인해 조직은 스스로 와해될 위기에 처해 있었다. 대원들끼리, 끝없이, 죽이고 죽었다. 산간벽지의 위태로운 그 유격구로 떠나려는 명준을 동주는 말리고 싶었다.

유격구의 사정이 전과 같지 않다는 건 나도 잘 알아. 우리가 다시는 만나지 못할지도 모른다는 네 말이 무슨 뜻인지도 알아. 내가 굳이 사지로 떠나려는 사람처럼 보일 테니까.

명준이 말했다.

아니라고는 못 하겠어.

동주는 명준을 똑바로 바라보았다.

하지만 이대로 가다간 조선이고 간도고 가망이 없어. 동만당이나 조선인항일혁명대오가 극좌경화되어 조직의 존망이 경각에 이르렀다고는 하나 기댈 곳이라곤 그곳밖에 없어. 지금으로선 그래.

정도가 심하다는 거야. 자중지란에서 헤어나지 못하고 있잖은가.

알아. 그러나 과분한 의욕도 의욕이네. 외부의 위협이 가중될수록 대오는 정예화되고 그만큼 민감해지지. 일만군경의 토벌이 가혹해지는

데 따른 피할 수 없는 정황이기도 해. 감수해야지.

어처구니없는 죽음이 너무도 많아.

그래도 그곳엔 사람이 있네. 그곳에 사람이 있어. 갇혀 있는 게 아니라, 스스로 남아 있는 거네. 나는 그들을 믿기로 했어. 믿기 때문에, 죽음을 두려워하지 않기로 했어. 시란…….

시는 어쩌려는가? 나와의 약속은?

시란…… 말이 있어야 하고 말은 말의 영토가 있어야 하지. 조선과 조선의 말이 있어야 시도 있는 거잖아. 지금 조선도 말도 다 빼앗기고 있어. 시를 지킨다는 게 말을 지키는 거라면, 말의 영토부터 지켜야겠지. 되찾아야겠지. 꼭.

아직 우리는 우리의 말을 하고 있어. 영원히 그럴 거야. 저들이 아무리 말을 압살하려 해도 우리가 쓰면 우리의 말인 게지. 명준이 네가 목숨을 걸고 유격구에 가려 하듯 목숨을 걸고 말을 지키면 조선은 없어지지 않아. 결코 없어지지 않아. 우리가 그 일을 해야 하고, 반드시, 모두가 그 일을 하도록 해야지. 너와 내가.

동주 네 말마따나 조선인민 모두가 끝까지 조선말 투쟁을 한다면 아무리 악독한 일제라 해도 조선민중을 다 죽이진 못하겠지.

그렇다면 조선은 살아 있는 거네. 말이 총은 아니나 총보다 못한 무기는 아니지. 밀영에서 총을 닦듯 우린 밖에 남아 말을 닦으면 되지 않겠나.

너나없이 목숨 걸고 조선말을 지키면, 저들이 조선민중을 다 죽이진 못하겠지만, 삼분의 일은 죽일 거야. 나는 단 한 명이라도 저들에 의해 죽임을 당하는 동족을 구할 수 있으면 구하고 싶어. 그럴 거야.

사람을 죽여 땅을 차지한 지배는 인류 역사에 없어. 그것은 지배가 아니니까. 지배란 복종 없이는 이루어지지 않아. 복종하지 않는다면 총을 들지 않고도 시와 조국을 지킬 수 있어. 목숨 거는 일이 한결같은 거라면 석인구에 가나 이곳에 있으나 다르지 않은 일이야. 나는 이곳에서 목숨을 걸겠어.

인도의 지도자 같은 말을 하는구나.

영토를 지켜 말을 보존하는 거나 말을 지켜 영토를 보존하는 거나 같다는 거야. 다만 너와 나는 시를 지켜야 한다는 거지. 너는 시인이니까. 그것이 우리의 약속이었어.

영토와 말 중 어느 쪽이 우선일 수 없기에, 둘 다 우선이기에, 너는 너대로 나는 나대로 틀리지 않다고 생각해. 다만 너는 공부하기로 했으니 부디 남아서 말을 지켜. 나는 이 땅에서 저들을 몰아내겠어. 그러면 우리는 결국 시를 지키는 거야.

약속도 지키는 거고?

물론.

총으로 시를 쓸 수 있을까? 시인이?

진정으로 네가 나를 시인이라 부른다면.

시인이야, 넌.

그렇다면 총 끝에서도 시가 나오겠지. 시란…….

시란?

그곳이 어디든, 언제든, 무엇을 하든, 시인의 가슴에 거하는 거니까.

이렇게 너는…….

동주는 얼른 말을 잇지 못했다. 천천히 숨을 고른 뒤 입을 뗐다.

이렇게 너는 또…… 나에게 시를 나누어주는구나. 네 시는 귀하다. 눈물겹다.

언제 어디서든 나는 동주 너와 함께할 거다. 너는 시인이니까.

명준은 석인구로 떠났고, 동주는 사촌과 익환이 있는 평양의 숭실중학교로 떠났다. 동주는 명준을 잡지 않았다. 명준은 동주에게 함께 가자고 말하지 않았다.

방향을 달리해 멀어졌으나 그들은 등지지 않았다. 자신의 길을 향했으되 서로 마주 보는 일마저 그만둔 건 아니었다.

그들은 처음부터 그랬다. 동주 곁에서 어깨를 겯던 건 사촌이었다. 손 뻗으면 닿을 곳엔 익환이 있었다. 명준은 늘, 조금 큰 소리로 불러야 들릴 거리에 있었다. 그러면서도 서로의 존재를 놓치지 않았다. 눈길이 닿을 만한 곳에 언제나 머물렀다.

동주가 눈을 들어 찾으면 그는 멀지 않은 곳에서 은근한 웃음으로

화답했다. 명준도 동주를 그윽이 바라보았다. 그랬으므로 동주의 머리 위에 흰 비둘기가 내려앉는다고 말할 수 있었던 거였다.

봄풀이 푸른 비단처럼 펼쳐진 물가에서 나눴던 약속도 서로를 구속하지 않았다. 명준은 중학 진학을 포기해야만 할 만큼 집안이 넉넉지 않았다. 일찌감치 평등 세상을 꿈꾸며 레닌의 어록을 외우던 그였으나 자신의 계급의식에 동조하기를 친구에게 바라지 않았다. 사양하는 그를 굳이 교회로 이끌지 않았던 동주처럼.

명준의 이념과 동주의 신앙은 서로 비교하거나 상대가 될 만한 성질의 것이 아니었다. 그랬던 만큼, 한번 부딪히면 커다란 충돌로 이어져 회복할 수 없는 형편에 이를 수 있었다. 그 위험성을 잘 알았기에 둘은 충돌을 피했다. 그들은 오로지 시로 만났고 시로 자랐다. 각자의 세계가 시나브로 크고 성숙해져 갈수록, 서로가 품은 꿈이 다르면서도 궁극엔 동질의 열망임을 확인할 수 있었다. 그걸 깨닫게 해준 것이 그들이 읽고 쓰고 나누고 살았던 시였다. 그들에게 시란 이념과 종교와 신분과 꿈마저 함께 아우르는 우주의 깊은 품이었다.

생각과 형편에 대해 비판을 했으되 상대를 향하지 않았다. 오히려 자신의 내부를 향했다. 그럴 때마다 맹세와도 같던 물가의 약속을 떠올렸다. 벅찬 다짐과 소중한 축복으로 빛나던 봄날을.

서로의 관계가 좀처럼 은밀하지 않고는 내부를 향한 비판을 함부로 드러낼 수 없었다. 내부란 각각 공산당 단조직團組織과 교회를 말하는 거였다. 명준과 동주는 모두 자신의 내부에 대해 비판적이었다.

입당 전이긴 했으나 명준은 당시 진행되고 있던 동만당의 민생단 척결투쟁에 관련해, 좌경 관료화된 지도부의 독선과 오류를 따졌다. 동주는 기독교를 받아들이지 않으면 안 되었던 간도 사회의 특수한 현실을 인정하면서도, 가부장화되어가는 교회의 지나친 율법주의를 견디지 못했다. 실제로 동주는 한동안 신앙생활을 소홀히 했으며 예배에도 참석하지 않았다.

결국 명준과 동주는 자신들의 신념적 갈등을 더 높은 가치로 치환하여 유격구와 교회에 속하기는 했으나, 은밀한 속내를 서로에게만큼은 망설임 없이 털어놓던 관계였다. 각자의 소신을 인정하면서도 시의 품 안에서 소통하는 친구였기에 가능한 일이었다. 다른 방향을 향하되 등지지 않고, 멀어지되 언제까지고 마주 볼 수 있었던 것도.

일 년 가까운 시간이 지날 동안 동주는 명준을 세 번 만났다. 여름과 가을에 한 번, 그리고 겨울에 한 차례. 명준은 얼굴이 검어지고 고양나무 줄기처럼 몸이 가늘고 메말랐다. 눈은 좀더 크고 형형해졌다. 산속에 살아서 그런지 모습도 산속 나무를 닮아갔다. 말랐지만 쇠약해 보이진 않았다. 골바람을 맞아 피부는 번들거렸다.

그동안 평양의 사정은 날이 갈수록 어려워졌다. 무엇보다 신사참배 문제로 시국은 고비를 맞고 있었다. 만주사변을 일으킨 뒤 일제는 국민정신 총동원이란 구실로 전 조선인에게 신사참배를 강요했다.

기독교계 학교와의 마찰이 심했다. 선교사 교장들은 교리 수호 차원에서 저들의 강요에 불응했다. 숭실학교 교장이 자리에서 끌어내려졌다. 학생들은 동맹휴교를 맺고 연일 일경과 대치하며 시위를 벌였다. 학업은 이루어지지 않았다.

만주사변 이후였으니 평양보다 만주의 정세가 더 혹심했고, 특히 항일유격구 사태는 걷잡을 수 없는 지경에 이르고 있었다. 조직 안에 친일민생단이 잠입했다 하여 색출하고 처형하는 데 아무런 근거도 원칙도 없었다.

유격구에서 흘러나오는 말대로라면 산구는 더 이상 혁명을 꿈꾸는 자들의 영용한 집결체가 아니었다. 한 여성 통신대원의 경우에 국한해 보더라도 그 무규칙의 실태가 어떠했는지 알 수 있었다.

부대에서 그녀에게 옥수수를 갈아 밥을 지으라고 하였다. 병으로 앓고 있던 여성은 밥을 제대로 짓지 못했다. 그러자 민생단의 작용作用이라 하여 체포해 처단했다.

심지어는 총알을 낭비했다는 이유로, 표적을 맞추지 못한 대원을 민생단이라 무고하였고, 밥을 흘리거나 방귀를 뀌었다는 사실로 민생단의 누명을 씌워 야만적인 육체 고문과 핍박공술을 받게 했으며, 일단 공술을 받기 시작하면 대부분 처형으로 마무리되었다.

유격대원들에 대한 악의적인 소문 따위가 아니었다. 죽어나간 사람의 숫자만으로도 실상을 짐작하기에 충분했다. 반민투 시작 후 삼 년

동안 억울하게 학살된 동만당 조선인 간부와 일반대원의 수는 오백에 이르렀다.

평양과 만주의 사정은 그토록 안 좋았다. 평양뿐 아니라 조선은 전국이 그러했고, 간도는 중국과 만주국, 조선과 일본, 서양과 러시아, 정규군과 비적匪賊의 이해가 첨예하게 충돌하는 곳이었으므로 좀더 복잡하고 어지러웠다. 게다가 각 진영의 내부에서 벌어지던 권력투쟁과 정적에 대한 배척과 음모가 격심하여 적과 아의 구별은 날이 갈수록 혼란한 양상을 띠어가고 있었다.

말 한마디 행동거지 하나가 곧바로 목숨을 위협하던 시절이었다. 아무리 절친한 동주와 명준이라 할지라도 그러한 세태를 무시할 수 없었다. 그들이 무시한다고 해도 만주의 정세가 그들을 좌시하지 않을 건 뻔했으니까.

하지만 둘은 만났다. 산구에서 내려올 때마다 명준은 동주에게 은밀히 연통을 넣었다. 명준이 자주 내려올 수 없었던 데다 동주 또한 평양에 있었기에 기회만 닿으면 놓치지 않으려 했다.

조직은 명준을 신임했다. 용정 사회의 정세를 파악하고 학교와 교회, 구역 내 민족주의 세력들과의 연줄을 유지하는 데 그를 활용했다. 산 아랫사람들 또한 명준을 신임했기에 가능한 일이었다.

그렇다고는 해도 워낙 안팎의 분위기가 거칠던 때였다. 한 사람의 운명이 성실과 신임 따위로만 결정되던 때가 아니었다. 동주가 항상 불안해했던 게 그 점이었다.

나야 그다지 위험할 건 없어.

동주가 말했다.

네가 위험하지 않다면 됐어.

명준이 말했다.

나는 평양의 숭실학교 학생이고, 설령 내가 뭔가를 잘못했다 하더라도 나를 처벌할 주체는 어떻게든 법으로 따지려 할 거야. 하지만 네가 속한 쪽은, 내가 보기엔, 법으로 따지려 하지 않아. 규율이라는 것 자체가 지나치게 영도領導 중심이고, 그래서 임의적이고 가혹해. 이해 못할 바는 아니야. 산구의 급박한 사정으로선 그래야만 조직이 유지될 테니까. 하지만 결단과 처형이 즉각적인 만큼 위험성이 크지. 돌이킬 수도 없는 거고. 너무 많이 죽었어. 걱정 안 할 수가 있나.

명준은 가만히 고개를 끄덕였다.

죽음을 두려워했다면 내가 유격구에 들어가지 않았을 거라는 거, 동주 너도 잘 알잖아. 나에게 중요한 건, 죽는 날까지 하늘을 우러러 한 점 부끄러움이 없느냐 있느냐는 거야. 육신의 있고 없음은 나에게 하등 중요치 않아. 그 육신이 무엇을 품고 있느냐가 요긴한 것이지. 나로 인해 네가 위험하지 않길 바랄 뿐이야.

무엇을 버리고 무엇을 끝내 간직할 것이냐……. 내 친구 명준. 너는 지금 내가 평생을 궁구해야 할 숙제를 주었어. 또 이런 식으로 나에게 시를 나누어주는 거고. 나도 너와 같길 바라. 살아도 사는 게 아니며 죽어도 죽는 게 아니라는 말을, 봄날의 물가에서 했던 약속과 함께 간직하겠어. 이와 같은 시를 가슴에 품고 있으면 우리가 어디에 있든, 그곳이 저승이라 할지라도, 우리를 못 만나게 할 수는 없을 거야.

그러고 나서 동주는 혼자 중얼거리듯 자꾸 외웠다.

죽는 날까지 하늘을 우러러 한 점 부끄러움이 없기를. 죽는 날까지 하늘을 우러러 한 점 부끄러움이 없기를…….

그렇게 동주를 만났으면서도 명준은 유격구의 자세한 일에 대해서는 함구했다. 동주는 그런 명준을 이해했다. 결행한 길을 다만 묵묵히 가는 자의 의연한 뒷모습을 보는 것 같았다. 시비 다툼이 행보를 어지럽히는 경계를 명준은 이미 훌쩍 넘은 사람 같았다. 때론 산구의 일을 유감스러워하고 슬퍼하는 빛을 보이면서도, 애초에 품었던 믿음을 버리지 않았다. 조직과 이념에 대한 신뢰이기도 했으나 무엇보다 그곳에 있는, 산나무들 같은, 사람에 대한 믿음 때문이었다.

명준을 만날 때마다 동주는 그에게 자신의 시를 주었고 이상화와 김해강의 시를 함께 읽었으며 김영랑과 정지용을 놓고 토론했다. 아무래도 동주가 대화를 주도할 수밖에 없었다. 자신의 시가 최초로 활자화된 숭실중학교 학우지를 보여주었을 때 명준의 눈빛이 흔들렸다.

내가 시를 쓸 수 있을까.

명준의 음성이 침울했다. 시를 쓸 수 없을 거라는 암울한 암시가 아니었다. 동주가 그걸 모를 리 없었다.

명준이 너는 시를 한시도 잊지 않았어. 내가 공연한 말 하지 않는다는 거 네가 가장 잘 알 거야.

그래. 산속은 더욱…… 시를 잊고서는 살 수 없는 곳이기도 하지.

네 속에 시가 자라고 있어. 거친 겨울 산에도 여전히 나무가 자라듯. 내 눈엔 보여.

동주가 말했다.

그럼 우리 약속 하나 더 할까?

명준이 동주를 바라보았다. 눈이 크게 반짝였다.

뭐든.

네가 학교를 마치고, 내가 혁명투쟁을 완수했을 때…….

그래, 말해봐.

서로 지게 하나씩을 지고 만나는 거야.

지게?

그 지게 위에는 우리가 쓴 시로 가득할 거야.

꼭 지켜. 네가 제안하지 않았다면 내가 했을 거야.

산에 돌아가면 우선 튼튼한 지게부터 만들어야겠다.

둘은 웃었다.

그리고 한 계절이 지났을 때 명준은 백석의 필사본을 품고 나타났던 것이다. 동주가 그토록 갖고 싶었던 시집이었다. 겨울산 깊은 곳에서 총을 들고 밤낮없이 토벌대와 맞서면서 한 자 한 자 적어 만들었을 시집이 동주에게는 충격이었다.

숭실중학교에는 책이 산더미처럼 쌓여 있었다. 백석의 『사슴』도 한 권 있었다. 가질 수 없는 한정판이라는 이유로 속으로만 애태웠던 시집이었다. 동주는 백석의 필사본이 반가웠고 명준이 존경스러웠다. 그런 마음 한편으로 자괴감이 쌓여가고 있었다.

언제든 시를 찾아 읽을 수 있는 풍요로운 환경 속에서 오히려 자신의 시가 나태하고 빈곤해진 건 아닐까. 서둘러 학교로 가 이틀 만에 두 권의 시집을 필사한 이유도 그래서였다. 참회하듯 벼리듯 한 자 한 자 눌러 적었다.

절판되어 구할 수 없는 시집이라면 앞으로도 두 권씩 필사하기로 하자. 그중 한 권은 언제나 명준에게…….

구두법까지 완벽하게 필사한 두 권의 시집을 손에 넣고서야 동주는 자괴감에서 얼마간 벗어날 수 있었다. 명준을 위해 더 많은 시를 필사하는 자신의 모습을 미리 상상했다. 시집을 든 산속의 명준을 그렸다. 오백 편의 시를 달달 왼다는 그의 동지도 떠올렸다. 용정으로 향하는 동주의 몸은 오랜만에 가벼웠다.

그러나 시집을 전할 수 없었다. 친구가 세상에서 영영 사라져버리고 말았다는 소문이 사람들 입에서 오르내렸다.

동주는 아버지에게 물었다. 차마 입을 열지 못하고 눈으로만.

정말인가요?

아버지도 눈으로 대답했다.

그렇다.

허공중에 떠도는 말

동주가 불안해하던, 그러나 친구만큼은 끝까지 피해가길 바랐던 불행이, 기어코 닥친 거였다. 역시 반민투 때문이었다. 제국주의 침략 세력을 만주에서 몰아내고자 일떠섰다는 명색 혁명의 일꾼들이 삽혈歃血의 동지들을 먼저 몰아내고 있었다. 그렇잖아도 철저히 고립된 밀영이었으나 조직의 팔과 다리를 제 손으로 자르는 미친 피바람은 그치지 않았다.

　친구를 잃은 슬픔과, 저들 당 지도부에 대한 분노를 넘어, 동주는 극심한 허탈감에서 헤어나지 못했다. 일만군경의 무자비한 토벌로 겨우 형해만 남았던 유격구. 그것을 지켜낸다는 명분으로 저들이 자행한 짓은 동지의 가슴과 머리에 끝없이 총알을 박는 일이었다.

그들은 뿔 달린 괴물도 외부의 이방인도 아니었다. 동주와 함께 공부하고 함께 들판을 달리고 함께 멱을 감던 친구였다. 인자하고 늠름한 형이었다. 언제나 웃음을 잃지 않았던 이웃의 어른들이었다. 누구보다 조선을 사랑했고, 그리하여 일본의 조선 침탈을 슬퍼하고 분노했던 지사들이었다. 오직 조선의 해방과 독립을 열망했던. 그러지 않고는 간도의 해방과 독립도 무망한 것이라 믿었던.

누구의 땅이라고도 할 수 없던 만주였다. 중국의 중심과 변방, 국민당과 공산당, 만주국와 일본과 조선, 그리고 러시아와 지역 토착세력, 서양 선교단체와 비적의 무리들까지 얽혀 대단히 복잡한 정세를 이루고 있었다. 간도의 조선인 진영도 성향에 따라 친일과 반일과 항일로 나뉘었다. 항일 진영도 독자적 민족해방노선과 중조中朝통합 공산혁명노선 등이, 난립은 아닐지라도 각자 수립한 정강과 투쟁 전략을 고수하고 있었다.

그중 명준이 소속했던 그룹은 중국공산당 동만당 연길현위로서 국제공산당의 반제국주의 혁명투쟁 이념 아래 뭉친 한족과 조선족의 연합체였다. 연합체라는 말조차 쓰지 않을 만큼 한족과 조선족의 구분을 일절 허용하지 않는, 명실상부한 탈민족주의 항일혁명대오였다.

영도를 비롯한 대원의 구 할 이상이 조선인이었음에도 중국공산당이라는 이름에 아무도 이의를 달지 않았던 것은 그 때문이었다. 제국주의 세력을 몰아내는 데는 나와 남이 있을 수 없었다. 명준이 유격구로 떠나면서 굳이 민족과 명칭 따위를 구분하거나 따지지 않았던 데에도 그러한 까닭이 있었던 것이다.

그러나 조직 내부의 반민투 양상이 지나치게 좌경화되어가면서 사정은 달라지기 시작했다. 민족을 초월하여 일본 제국주의 세력을 몰아내고자 했던 동만당은, 갈수록 잔혹해지는 일만군경의 토벌작전에 쫓기면서 스스로 분열되고 와해되기 시작했다. 그리고 불안과 위기의 원인을, 가중되는 대토벌 사태에 두는 대신 조직 안의 민족분파주의 탓으로 돌리려는 의도를 뚜렷이 드러냈다.

민족분파주의의 해악은 말할 필요도 없이 조선인들로부터 초래된 것으로 간주됐다. 동만당 유격대원 대부분은 조선인이었다. 민족분파주의의 해악을 일소한다고 했을 때 그 주체와 대상이 모두 조선인일 수밖에 없었다. 이름은 중국공산당이었으나 구성원은 조선인이었으며, 그리하여 민족분파주의 일소라는 명분으로 죽이는 자도, 죽는 자도 조선인일 수밖에 없었다. 동만당 내 조선인의 비극은 그렇게 시작되었다.

조직 안에 침투한 민생단을 색출 처결한다는 반민생단투쟁은 결국, 적들에게 포위된 사면초가의 상태에서 눈 감고 동지를 살해하는 광란으로 돌변해버렸던 것이다. 반민투에 대한 동주의 생각도 그와 다르지 않았다. 눈 감고 휘두르는 총질일 수밖에 없다고 여긴 까닭이 있었다. 학살의 구실로 내세웠던 민생단. 그것은 유령 같고 도깨비 같은 핑계였을 뿐 실체가 없는 단체였기 때문이었다.

전혀 없었던 게 아니라, 1932년 2월 15일에 공개적으로 조직되어 1932년 5월 14일에 해체된 반공친일 사회단체였다. 구십 일간 존속하는 동안에도 결성 주체들의 잇단 이탈로 활동다운 활동조차 없던, 창립되자마자 해산된 거나 다름없던 단체였다. 해산이나 해체라는 말과도 어울리지 않을 정도였다. 조직과 인원과 활동이 자연 소멸되었다고밖에 할 수 없었다.

9·18 만주사변 직후 일본의 간도 진출을 본격화하기 위해 일본 간도 총영사와 박석윤 경성 매일신보 부사장이 손을 잡았다. 동만에서의 '조선민족 대동단결을 실현하고 자유천지를 건설한다'는 게 선동의 내용이었으나 속셈은 달랐다. 조선을 확고히 병탄한 일본이 자국 인민이나 다름없는 간도의 조선인을 보호한다는 구실로 간도 안에서의 입지를 확대하려는 게 목적이었다. 그러니 결성 취지문의 수사修辭도 그런 투가 될 수밖에 없었다.

그러나 '조선민족의 대동단결을 실현하고 자유천지를 건설한다'는 그들의 계획과 간도 조선인의 호응은 출발부터 중국과 총독부 양측으로부터 심한 견제를 받았다. 그들의 계획이 중국에게는 '간도 지역 분할 독립'으로 비쳤고 총독부에게는 '조선민족 독립'으로 비쳤기 때문이었다. 총독부에게서까지 견제를 받으면서 계획을 진행시킬 간도 총영사가 아니었다. 총독부와의 조율 끝에 그는 슬쩍 발을 뺄 수밖에 없었고, 박석윤 혼자 감당할 이유도 없어졌다. 시작은 있었으나 끝은 없었던, 해프닝에 가까웠던 짧은 출몰이었다.

그처럼 1932년 5월에 자연 소멸되고 만 민생단이 동만당 안에서만 오래 오래 남아 두억시니처럼 대원들의 목숨을 집어삼켰다. 피바람은 1936년까지 그치지 않았다.

항일무장투쟁 참가자인 여영준이라는 사람의 회고에 따르면, 동만특위 비서처장인 '고양이 아바이(별명이었다. 다른 하나의 별명은 옥편玉篇이었다. 별명과 직무를 보아 한자를 많이 아는 지식인으로 추측된다)'는 글자 하나를 잘못 써서 민생단으로 몰렸다. 공술을 핍박하는 고문에 시달리다가 자살하고 말았다. 제8구 서기 이신중이라는 사람은 아버지와 처자 모두가 일본 토벌대에게 학살되었는데도 민생단으로 지목당하여 죽었다. 대오 내에서는 집 생각만 해도 민생단 작용이라 몰아붙였다.

동북인민혁명군 제2군 독립사 제4단 전사 전흥문은 자신이 민생단으로 지목되었다는 소식을 듣고 대오를 떠나 달아나면서 다음과 같은 내용의 글쪽지를 남겼다. "나는 공산당원이지 민생단원이 아니다. 당신들이 나를 잡으려는 것은 백분의 백으로 틀린 것이다. 나는 산에서 내려가지만 절대 주구는 되지 않을 것이다. 나는 가지만 나의 총은 계속 혁명해야 한다. 나는 총을 큰 나무 밑에 묻어놓았다." 그의 말대로 과연 그 나무 밑에서 총을 찾게 되었다.

그리고 1934년 음력 4월에 중공 훈춘현위 선전부장 김규봉이 민생단으로 체포되어 압송될 때 있었던 일이다. 갑자기 말발굽 소리가 들려왔다. 그를 압송하던 유, 최 등은 적들의 토벌대가 덮쳐오는 것으로 오인한 나머지 김규봉을 버리고 급급히 도망쳤다. 하지만 김규봉은 홀로 그들을 따라 이십여 리를 쫓아갔다. 그들을 따라잡은 김규봉은 "당신들을 파견하여 나를 체포하라 하였는데 나를 데리고 가지 않으면 당신들은 어떻게 되겠는가?"라고 말했다. 하지만 유, 최 등은 갈 길이 멀고 또 적들을 만나게 되면 위험하다고 하면서 그 자리에서 김규봉을 총살해버렸다 한다.*

어째서 명준이 비명에 갈 수밖에 없었는지 동주는 알 수 없었다. 알 수 없었으나 모를 바도 아니었다. 유격구 안에서는 살고 죽는 데 특별한 이유가 있지 않았다. 토벌대와의 전투에서 죽으면 죽는 거고 살면 사는 거였다. 그리고 민생단으로 지목되면 죽는 거고 지목되지 않으면 사는 거였다.

둘 중 하나였을 거라 생각할 수밖에 없었다. 토벌대에게 사살 당했거나 민생단으로 지목 당했거나. 자명한 것은 명준이 더 이상 세상에 없다는 거였고, 시를 나누던 친구가 산속 차가운 땅 어딘가에 묻혀 있다는 사실이었다. 확인할 수 없는 소문만 무성했을 뿐 그가 죽은 내력은 한동안 밝혀지지 않았다.

유격구 내에서의 반민생단투쟁이 공식적으로 종료된 이듬해인 1937

---

* 김성호, 『1930년대 연변 민생단 사건 연구』, 백산자료원, 175~177쪽.

년에 이르러서야 명준의 소식을 자세히 들었다. 동주는 광명중학교 5학년 졸업반이었다. 평양 숭실학교를 자퇴하고 용정으로 돌아와 있었다.

동주에게 명준의 소식을 전한 사람은 김용식이었다. 중국인 소학교 동기. 동주는 명동소학교를 졸업하고 십여 리 남쪽에 있는 중국인 소학교에 6학년으로 편입해서 일 년간 다닌 적이 있었다.

김용식. 그가 명준과 함께 석인구 유격대에서 활동했었다는 사실도 그때 처음 알았다. 명준은 동주에게조차 대원들의 신원을 발설하지 않았던 것이다. 규율이 그러했다.

김용식에게서 명준의 소식을 자세히 들을 수 있었던 건 김용식이 더이상 유격대원이 아니었기 때문이었다. 그가 대오에서 이탈해 민가에 은거하게 된 까닭도 명준 때문이라 했다. 명준의 죽음을 눈앞에서 목격한 뒤 산을 떠날 기회만 엿봤노라고.

명준은 늘 자네 얘길 했지.

김용식이 말했다. 그에게는 여전히 만주어의 억양이 남아 있었다. 그의 어머니는 만주인이었다.

소학교 시절 모습이 어렴풋이 떠오르는군.

동주가 말했다. 그러나 강퍅하면서도 어딘지 몹시 지쳐 보이는 그에게는 어린 시절 모습이 거의 남아 있지 않았다.

우리도 어느새 스물하나일세. 그동안 너무도 거친 바람이 우리를 할퀴었어. 조국을 앗긴 슬픔보다 친구와 동지를 잃은 아픔이 더 커. 일본의 죄가 씻을 수 없이 큰 이유는 중국 사람 조선 사람 할 것 없이 모두를 알 수 없는 지옥으로 내몰았다는 거야. 자국민들까지.

일본 국민들까지?

죽고 죽이는 싸움의 소용돌이에 휩싸이면 다들 미치는 거니까.

명분은 간 데 없고, 오로지 내가 살기 위해 남을 죽이는 거겠지.

거기엔 적도 아도 없어. 끔찍함만 있어. 지옥이 아니고 뭐겠나.

명준의 죽음을 눈앞에서 목격했다고 했나?

꿈에서도 그토록 처참한 건 다시없을 걸세.

진저리치는 김용식의 눈이 파랗게 빛났다. 입술은 검었고 얼굴 피부는 자작나무 표피처럼 군데군데 허옇게 일어서고 있었다.

한동안 그는 말없이 허공을 응시했다. 동주는 재촉하지 않았다. 그의 숨이 다시 잦아들 때까지 기다렸다.

명준은 처형당했다. 조직 내 심판 조직자들의 짓이었다. 민생단 첩자라는, 너무도 흔해서 이유 같지도 않았던 이유를 씌웠다.

명준은 양측으로부터 첩자로 몰렸다. 자위단원들에게 잡혔을 때도 첩자라 불렸고, 그들에게서 도망쳐 유격구로 돌아왔을 때도 첩자라 의심받았다.

명준이 자위단에게 붙들린 것은, 동주를 만난 이틀 뒤였다. 동주가 숭실학교로 가 백석의 시집을 깨끗한 종이에 옮겨 적고 있을 때였다.

자위단은 간도 사회의 치안을 담당한다는 명분으로 조직된 민간 청년단체였다. 도난이나 화재 따위의 재난에 대비해 긴급 출동 태세를 갖춘다는 게 그들이 내세운 목적이었으나 실은 일본 군경과 총영사관의 지령을 받드는 위장된 민간 행동대였다.

때로는 암중비약暗中飛躍하고 때로는 저들로부터 공공연한 호위를 받으면서, 간도 사회 저변의 반일세력들을 색출하고 처단하는 일을 서슴지 않았다. 그들의 덫에 명준이 걸려든 거였다. 오래전부터 그들은 명준을 주시하고 있었다.

명준이 주의력을 게을리 해서는 결코 안 되었던 대상이 산에서는 토벌대였고 민간에서는 자위단일 수밖에 없었다. 산에 있을 때 명준은 유격구의 전사였으나 용정의 민간에서는 정치공작원이었기 때문이었다.

자위단에게 명준은 첩자임이 분명했다. 그들에게 붙들려 처형장으로 끌려갔던 것까지는, 불운했으나 어디까지나 운명이었다. 명준 스스로 택한 길이었기에 운명을 탓하지 않았다.

그러나 민생단 첩자는 아니었다. 구사일생으로 살아나 천신만고 끝에 유격구로 되돌아온 그를 대원들은 의심하지 않았다. 그를 민생단으로 몰아 처형한 것은 어디까지나 조직 내 심판 조직자들, 즉 구대장을 비롯한 징벌위원회의 정치일꾼들이었다.

나츠메 카즈토시夏目万年와 내통했다는 죄목이었다.

간도 조선인 사회를 둘러싼 민감한 정세를 파악하고 영도부에 보고

하는 것이 정치공작원의 일차 임무였다. 그러나 필요에 따라서는 민간단체나 중요 인물의 활동 영역 깊숙이까지 침투하지 않으면 안 되었다. 자칫하면 오해와 의심의 표적이 되는 역할이었다. 어지간한 믿음이 아니고는 임무를 부여받을 수 없는 직분이었다. 그만큼 명준은 안팎의 신뢰를 얻고 있었다.

카즈토시가 어떤 인물인지 몰랐단 말인가?

선전부장이 물었다.

알고 있었습니다.

명준이 대답했다.

알고 있었다고 선선히 자백을 하니 내통에 대해 더는 물을 필요 없겠군.

알고 있었기에 접근한 것입니다. 카즈토시가 필부에 지나지 않았다면 뭣 하러 그를 탐색했겠습니까. 그를 만났다는 이유만으로 죄가 성립될 수 없습니다. 저는 임무에 충실했을 뿐입니다.

명준은 물러서지 않았다.

대원들 모두 빙 둘러선 한가운데 명준은 서 있었다. 산속에 어둠이 내리고 있었다. 명준 앞에는 동북인민혁명위에서 파견 나온 연장連長과 구대장, 선전부장, 통신원, 두 명의 배장排長이 나란히 자리하고 있었다. 일종의 공개재판이었다. 이른바 공술을 받는 자리. 김용식도 대원들과 함께 명준의 공술을 지켜보았다.

나츠메 카즈토시라는 자의 배후에는 히다카 헤이시로日高丙子郞라는 자가 있어. 그 뒤에는 미우라 마사오三浦昌男가 있지.

배장 중 하나가 말했다.

알고 있습니다. 이미 제가 보고한 내용이지 않습니까. 카즈토시에게 접근한 이유도 뒤에 더 큰 세력의 움직임을 포착하기 위해서였습니다. 구대장님과 사전에 조율한 내용이고 저는 임무의 범위를 한 치도 벗어나지 않았습니다.

구대장의 얼굴이 굳는 것을, 김용식은 놓치지 않았다. 구대장의 표정에서 김용식은 명준의 운명을 어느 정도 짐작할 수 있었다.

자네의 능력과 당성을 인정한 것은 사실이나 생각했던 것보다 빠르고 정확했지. 자네의 활약이 그 정도일 거라는 건 미처 예상하지 못했어. 내가 모르는 사실이 있지 않고서야 그토록 공작이 수월할 수는 없는 거지.

구대장이 말했다.

명준이 구대장을 똑바로 바라보며 입을 열었다.

히카다 헤이시로라는 자는 저에게 낯선 인물이 아닙니다. 광명학교를 다녔던 사람들은 물론이고 용정 사람이라면 거의가 다 아는 사람이기도 합니다. 기독교 학교였던 영신永新이 히다카 헤이시로에게 매각되어 친일계 광명학교로 개명할 때 제 외숙이 그자 측의 대리인으로 탈법에 간여한 바가 있어 크게 비난받고 구속된 적이 있습니다. 그러한 까닭으로 제가 그들에게 접근하는 일이 수월했을 뿐입니다. 산구의 공작원이라는 사실을 알았다면 어찌 그들이 저를 깊이 받아들였겠습니까. 저는 그들에게 단지 외숙의 조카였을 뿐입니다. 공작원이라면 의당 그들 편인 것처럼 위장해야 하는 것 아닙니까. 당에서 저를 정치공작원으로 임명한 까닭도 저에게 그런 외숙이 있었다는 사실이 작용한 것 아니겠습니까. 그런데 이제 와서 그런 이유로 의심받는다는 건 앞뒤가 맞지 않는 사태입니다.

명준의 비운을 짐작했던 건 김용식만은 아닌 듯했다. 산구의 삼엄한 공술과 처결을 피해갈 수 없을 거라는 걸, 누구보다 명준 자신이 잘 알고 있었던 것 같았다. 그의 눈빛, 그의 결연한 음성이 그랬다.

명준은 가만히 서 있기조차 힘든 처지였다. 대원들은 심판 조직자들과 명준 사이에 오가는 말의 내용보다, 명준이 처한 상황을 안타깝게 지켜보았다. 귀밑에서 흘러내린 엄청난 피딱지가 명준의 어깨를 온통 뒤덮고 있었다.

유격구에 모습을 나타냈을 때의 명준은 이미 주검과도 같은 모습이었다. 목숨이 붙어 있다는 게 믿기지 않을 정도로 처참했다. 피를 뒤집어쓴 몰골에서 명준의 얼굴을 분간해내는 데도 적지 않은 시간이 걸렸다.

귀밑과 뒤꼭지의 패인 상처에서 흘러내린 혈액이 목덜미로 흘러들어가 커다란 혹처럼 굳어 있었다. 검고 흉물스러운 등짐을 지고 있는 듯했다. 뛰기는커녕 걷지도 못하고 구르고 기어서 동지들의 근거지로 돌아왔던 것이다.

바위와 나무 등걸에 긁힌 상처가 온몸을 뒤덮었다. 손마디는 북두갈고리처럼 오그라들었고 손톱들은 저마다 젖혀져 벌벌 떠는 손가락 끝에서 덜렁거렸다.

그런 그를 심판 조직자들은 공술대에 세웠다. 살아 돌아온 사람에게 씌운 유일한 혐의란, 살아 돌아왔다는 사실뿐이었다. 김용식이 보기에 그랬다. 공술을 지켜보던 대원들의 생각도 다르지 않았을 거라는 게 김용식의 느낌이었다.

목숨을 구걸할 생각 따위 명준은 일찌감치 포기한 것 같았다. 너무도 많은, 어처구니없는 죽음을 보아왔던 그였다. 주검처럼 서서 끝까지 결연한 눈빛과 음성을 발했던 뜻도 살고자 하는 데 있지 않았다.

언제 또다시 자신과 같은 처지를 당해 한 맺힌 죽음을 맞게 될지 모를, 남아 있는 대원들을 위한 웅변이었고 마지막 당당함이었다. 육신이 스러지더라도 양심과 신념의 순결한 맹세를 끝내 저버리지 않겠노라는.

저물어가는 산속 참담한 공술의 현장에서, 김용식은 뭔가에 단단히 교착된 채 암운을 안고 괴멸해가는 밀영의 앞날을 보았다. 그리고 자신은 명준처럼 희생당하지는 않을 거라 다짐했다. 조직에 의한 희생이든 자기 맹세에 의한 희생이든.

김용식은 궁금했다. 공술의 절차가 끝나고 처벌의 여하를 공개적으로 물을 때 대원들은 어떻게 반응할지. 눈치 볼 것 없이 자신부터 나서서 표명하리라 마음먹었다. 부否.

자위단에게 체포되기 전날 길림에 갔었다는 게 사실인가?

동북인민혁명위에서 파견 나온 연장連長이 나섰다. 키가 크고 목소리가 우렁우렁했다. 대원들이 모두 그를 주목했다.

사실입니다.

명준이 대답했다.

그곳은 자네의 임무 소관을 벗어난 지역일뿐더러 떠나기 전에 구대장과도 아무런 연락을 취하지 않았다던데 까닭이 뭔가? 숨기는 게 있다면 지금이라도 공술하라.

상황이 시급했기 때문입니다. 서둘러 길림으로 떠나는 나츠메 카즈토시를 따라잡아야 했습니다. 길림이 제 임무 소관을 벗어난 지역이라는 것도 알고 있었습니다. 하지만 그들은 제 소관 지역과 관계없이 움직이는 사람들입니다. 사전에 구대장님과 연락을 취할 수 없다 하여 중요한 사태를 그냥 넘길 순 없었습니다. 보고는 나중에 해도 된다고 생각했고 저에게는 그 정도의 독단이 주어졌다고 믿었습니다.

중요한 사태란 무엇인가?

공술은 밤늦도록 계속되었다.

명준이 나츠메 카즈토시를 따라 길림에 갔던 것은 기시 노부스케岸信介와 미우라 마사오의 회동을 염탐하기 위해서였다. 두 거물이 길림의 요정 '만선滿船'에서 회합한다는 사실을 나츠메로부터 알게 되었고 명준은 가방모찌를 자청했다.

물론 명준의 선도先導는 길림까지였다. 두 거물의 회합 장소에 얼마큼 접근할 수 있을지는 명준도 알 수 없었다. 조심스레 기회를 엿보아야 했을 뿐이다.

기시 노부스케는 만주국 산업부 차장이었다. 일본이 자국 자본을 만주에 체계적으로 이식하기 위해 수립한 만주 개발 5개년 계획의 실질적인 책임자였다.

그동안 일본의 만주 경영은 일본제국 두뇌집단이라 할 수 있는 만주철도주식회사滿鐵에 의존하고 있었다. 하나의 철도 회사라고 하기엔 만주 산업 전반에 분에 넘친 영향력을 행사하고 있었다. 기시 노부스케는 만주 개발 5개년 계획을 효율적으로 추진하기 위해 만철을 배제시키는 대신 새로운 경영 주체를 찾아 나서기 시작했다. 새로운 경영자이되 미쓰이나 미쓰비시 같은 기존의 거대 기업이어서는 안 되었다. 만만하면서도 의욕적인 파트너로서의 신흥 기업이 그에게는 절실했다. 그의 눈에 띈 것이 닛산日産이었다.

기시는 일본을 부지런히 오가면서 닛산의 투자를 적극 설득하는 한편, 그들이 안착할 환경을 조성하기 위해 만주 내 일본인 활동가들을 두루 접촉하고 있었다. 그중 하나가 미우라 마사오였다.

미우라 마사오는 거물급 대륙낭인이었다. 그는 셀 수 없을 만큼 많은 수하를 거느리고 있었다. 그중 빼놓을 수 없는 심복이 용정을 무대로 토착자본 잠식에 혈안이 돼 있는 히다카 헤이시로였다. 영신학교도 그에게 팔려 광명학교가 되었다. 히카다는 민가의 개인 토지는 물론이고 농장과 학교, 심지어는 교회까지 매입했다. 매입지는 일본의 조계나 다름없었다. 광명학교에서 일본어를 가르치지 않으면 안 되었던 것도 그래서였다.

나츠메 카즈토시는 그런 히카다 헤이시로의 지국이었다. 결국 미우라 마사오에 접근하기 위해서는 나츠메의 끈을 놓을 수 없었던 것이다. 그 때문이었다. 윗선으로부터 부름을 받고 바삐 길림으로 떠나는 나츠메를 명준이 따라나섰던 것은.

기시 노부스케라면 나도 멀찍이서 본 적이 있지.

연장이 말했다.

저는 그자의 목소리만 겨우 들었습니다.

명준이 말했다.

간사하게 웃는 모습이 쇼와昭和의 요괴라는 별명과 딱 어울리더군. 그자와 미우라 마사오의 회합을 염탐한다는 건 쉽지 않은 일이었을 텐데 굳이 위험을 무릅쓰려 했던 까닭이 무언가.

간도의 반일진영을 기반부터 옥죄고 있는 미우라와 그의 세력을 무력화시켜야만 혁명의 연대가 소생할 수 있을 거라 판단했기 때문입니다.

무력화라고 했나? 그럴 가능성이 엿보였단 말인가?

가능성에 대해 구대장님께 보고한 바 있습니다만 심증이었을 뿐입니다. 기시와 미우라의 회합에서 확증을 얻고자 했습니다. 분명한 답을 얻으면 그들에 대한 우리의 와해공작이 실패하지 않을 거라 믿었습니다.

와해공작이라…….

그렇습니다.

자세히 말해보게.

다른 대륙낭인들도 마찬가지지만, 특히 미우라는 일본 국내에서 막대한 활동자금을 모금했습니다. 그 모금 방법이 악랄하고 대범하여 한편으론 원성이 자자했지만, 만주에서의 활동이 일본 우익으로부터 든든한 지지를 받는 터였고 일본 정부와 경찰이 그를 비호하고 있어 살인과 공갈죄를 아랑곳 않고 날로 세력을 키워나갔습니다. 그게 미우라 마사오라는 자입니다.

그런데?

그런 미우라를 일거에 축출해 세력을 와해시킬 방법이란 그가 기대고 있는 저 막강한 지지와 비호를 무너뜨리는 수밖에는 달리 도리가 없다는 말입니다.

그럴 가능성이 보였다?

대륙낭인은 정부로부터의 금전적 보수에 개의치 않고 국가 발전에 큰 뜻을 품은 자들이라고 스스로를 내세웁니다. 항상 나라를 위한 근심과 걱정의 단심丹心을 가진 지사들로 알려져 있습니다. 그들의 가장 큰 관심사는 오직 나라의 일뿐이고 모든 사고나 행동을 보국報國이라는 대의명분에 귀착시키고 합리화합니다. 정치권력이나 고위 관직을 추구하지도 않고 개인적 부나 명예를 위해 행동하지도 않는다는 거지요.*
그들의 막심한 오류와 죄행이 그런 명분으로 가려집니다.

자네 말을 알 것도 같네. 말하자면 미우라 마사오는 그런 인물이 아니다?

결코 그런 자가 아닙니다. 그가 본국에서 긁어모은 막대한 활동자금은 고스란히 개인금고로 흘러듭니다. 몇 단계를 거친 부동산 매입과 매각, 그리고 수하들을 내세워 수차례 소유자 명의를 바꾸면서 세탁된 자금은 다시 일본 은행으로 유입되면서 확고한 개인의 재산이 됩니다. 히다카 헤이시로와 나츠메 카즈토시 같은 자들은 앞잡이입니다.

관료인 기시 노부스케가 그런 자를 만나려고 했다면…….

이용하려는 거였지요. 알고 있었습니다. 기시는 오로지 만주국 산업부 차장으로서 자신에게 부여된 만주 개발 5개년 계획을 성사시키는 게 급선무였습니다. 그러기 위해서는 닛산을 끌어들여야 했고, 닛산을 움직이게 할 만한 매력적인 조건을 만주에 조성해야 했습니다. 비리만큼이나 많았던 미우라의 자금이 필요했던 거지요.

과연 쇼와의 요괴다운 발상이군.

길림의 요정에서 그들은 노골적인 속내를 드러내며 협상할 수밖에

---

* 한상일, 『아시아 연대와 일본 제국주의』, 오름, 19쪽.

없었던 겁니다. 무슨 수를 써서라도 저는 길림의 만선 요정까지 따라가지 않을 수 없었습니다.

자네의 추론이 적중했다면 미우라를 매장시키는 건 시간 문제겠군. 성과는 있었던가?

예상했던 대로였습니다만, 용정에 돌아와 자위단에 잡혔습니다.

이상하지 않은가? 염탐한 사실이 탄로나 잡힌 거라면 어째 길림이 아니라 용정에서였단 말인가?

나츠메에게 발각되었기 때문이었습니다. 대동한 사람이 염탐꾼이라는 사실이 그들에게 밝혀지면 자신 또한 의심을 받을 것 같아 시침 뚝 떼고 용정으로 돌아온 뒤 자위단에 신고한 거지요.

동만당의 첩자라 했겠군.

그렇습니다.

그런데 어째서 우리의 심판 조직자들이 자네를 민생단이라 의심하는지 아는가?

자위단에 잡혀 함께 형장으로 끌려갔던 인원이 스무 명이었습니다. 아무도 살아남지 못했습니다. 기적이 아니라면 저도 살아올 수 없었습니다. 기적을 믿어달라고 말하는 제가 의심스러울 거라는 거, 저도 이해는 합니다.

이해?

갑자기 연장의 목소리가 높아졌다. 대원들은 깜짝 놀랐다.

⋯⋯.

명준은 고개를 숙였다. 어깨에서 목이 떨어져 내릴 것처럼 위태로워 보였다. 연장이 말했다.

기껏 그런 이유로 조직 심판자들이 자넬 의심하는 거라 생각한단 말이지?

명준은 대답하지 않았다. 감히 그렇다고 말하기에는 공술 분위기가 엄중했다.

처단해야 합니다.

선전부장이 나섰다.

살아 돌아왔다는 이유 말고는 자신이 민생단이라는 증거가 없다고 말하지 않는가?

연장이 선전부장에게 물었다.

한명준은 임무 소관 지역을 벗어났을 뿐만 아니라, 소관 지역 안에서도 지휘계통을 이탈해 사사로이 친구와 가족을 만났습니다. 외숙을 통해 나츠메를 접촉했으면서도 한동안 나츠메와의 관계를 숨겼습니다.

그건⋯⋯.

명준이 말하려 했으나 선전부장이 가로막았다.

유격구 안에 민생단이 있어 보고와 발설을 조심할 수밖에 없었다는 것이 그가 내세운 이유입니다만, 구대장과 정치부원들에게까지 함구했던 것에 대한 옹색한 변명에 지나지 않습니다. 그의 말이 타당하다면,

그는 무엇이든 저 혼자 결정하고 저 혼자 행동해도 되는 것이었습니다. 간악하게도 실제로 그는 그렇게 움직였습니다. 그렇게 나츠메와 내통했습니다.

명준은 고개를 가로저었다. 몇 번만 더 저으면 정말로 그의 목이 툭 떨어져 내릴 것만 같았다.

또 그 지겨운 반복. 김용식은 치를 떨었다. 공술은 처형을 위한 요식 절차에 지나지 않았다. 심판 조직자들의 내부 결정을 추인 받는 과정일 뿐이었다. 명준도 알고 있는 듯했다. 살고자 자신을 변호하는 게 아니었다. 죽더라도 진실을 말하고자 할 뿐이었다. 그러나 죽음으로도 진실은 지켜지지 않았다. 사실도 진실도 심판자의 몫이었다. 언제나 똑같은 결론. 김용식은 치가 떨릴 만큼 지겨웠다.

한명준의 공술은 예사롭지 않은 내용입니다.

선전부장의 말은 계속되었다.

그런 만큼 그의 말을 믿었다간 돌이킬 수 없는, 치명적인 함정에 빠지고 맙니다. 두고 볼 것도 없습니다. 가차 없이 처단하여 추상같은 규율을 대내외에 떨쳐 보여야 합니다.

아무리 들어봐도 살아 돌아왔다는 이유 말고는, 명준이 죽어야 할 이유가 없었다. 존폐의 기로에 놓인 조직을 회생시키려는 영도부의 딱한 충정이 무고한 동지들을 죽음으로 몰아넣는 것일 뿐, 그것이 자멸의 길이라는 사실을 그들은 알려 하지 않았다. 충정이랄 것도 없었다.

혹독한 두려움을 감추려는, 단호함을 가장한 비겁일 뿐이었다. 불안할수록 그들은 더 완강한 무지의 너울 속에 몸을 웅크렸다. 허공중에 흩어지는 헛된 자기기만의 말들에 취해 밤마다 거짓된 정의를 부르짖으며 애꿎은 목숨을 앗았다.

공술은 자정을 넘어 계속되었다.

김용식은 문득 고개를 들어 하늘을 쳐다보았다. 소름 끼치게 맑고 밝은 별들이 바람에 스치고 있었다. 명징한 것들로 가득한 거대한 궁륭. 그것을 머리 위에 두고 사람의 날선 말들은 더러운 먼지처럼 허공중에 떠돌았다.

대원들은 뜻을 밝히시오!

우렁우렁한 연장의 목소리가 허공을 휘저었다.

밤하늘의 유성이 하늘을 가르며 김용식의 얼굴 위로 떨어져 내렸다.

처형은 부당합니다!

김용식의 목소리가 하늘을 향해 뻗어 올라갔다. 대원들이 모두 그를 향했다. 그때까지도 김용식은 하늘을 올려다보고 있었다.

어찌 부당한지 말하오.

연장이 말했다.

지금까지 들은 바대로입니다. 부당합니다.

김용식은 고개를 내려 연장을 바라보았다.

부당합니다.

다른 누군가 무리 중에서 말했다.

부당합니다.

또 다른 누군가 호응했다.

어찌 부당한지 말하오.

지금까지 들은 바대로입니다. 부당합니다.

김용식처럼 그들은 대답했다.

심판 조직자들의 낯빛이 흔들렸다. 어둠 속이었으나 분명히 느낄 수 있었다.

부당합니다.

마땅하다는 대답은 누구의 입에서도 나오지 않았다. 공개 공술이 도입된 이후 처음 있는 일이었다.

부당합니다.

대원들의 뜻이 이어졌다.

결국 명준은 즉결처분을 면했다.

좀더 시간을 두고 조사와 검열을 진행하여 최종 판결한다는 결정이 내려졌다. 나츠메와 히다카의 동정을 살펴 명준과의 관련성을 캘 공작원도 새로 임명됐다.

그러나 그날 새벽, 명준은 누군가의 칼에 찔려 절명했다. 아무도 범인을 알 수 없었으나 아무도 범인을 모르지 않아 아무도 범인을 찾아낼 수 없었다. 날이 밝자 김용식은 미련 없이 산구를 떠났다.

오로지 유격구로 돌아오기 위해 사지에서 살아온 명준이었다.

그를 형장으로 끌고 간 자위단원들은 다른 처형자들과 함께 그를 한 줄로 엮었다. 나란히 세워놓고, 한 사람 한 사람씩 목을 쳐서 죽였다. 코앞에서 사람의 목이 몸통과 분리되는 것을 보았다. 피가 튀고 나면 머리통이 바람 빠진 공처럼 풀썩 땅 위로 떨어졌다.

명준도 그 형벌을 면할 수 없었다. 그의 차례가 왔고 섬뜩하고 날카로운 것이 그의 목을 지났다. 그런데 이상하게도 그의 목은 땅에 굴러 떨어지지 않았다.

그 대신 목의 살과 가죽이 훌렁 벗겨져서 등에 가 붙고 온몸이 피범벅이 되었다. 죽음 자체보다 더 고통스러운 치명상이었다.

명준이 정신을 잃고 쓰러진 사이에 적들은 사형장을 떠나가 버렸다. 밤중에 정신을 차리고 형장에서 가까스로 일어난 그는 이를 악물고 아픔을 참으면서 등에 가 붙은 살가죽을 목에 끌어다 붙이고, 옷을 찢어 동여맨 다음 육십여 리의 험한 산준령을 배밀이로 기고 굴러서 마침내 유격구로 돌아왔다.

그러나 명준의 상처가 완치되기도 전에 조직 내 좌경분자들은 그를 군중심판장으로 끌어냈던 것이다. 그가 적의 주구로서 혁명대열 내에 깊숙이 잠복하려고 일부러 목에 상처를 내 유격구로 돌아왔다는 것이었다.

좌경분자들은 명준의 죄행을 늘어놓았으나 심판장의 군중들은 그들의 판결을 한 사람도 찬성하지 않았다. 심판의 조직자들은 명준을 살려두고 일정한 기간 검열을 통해 그의 정체를 밝힌다는 판결을 내렸으나 뒤에 돌아가서 그를 암살해버렸다.* 이것이 김용식을 통해 동주가 뒤늦게 전해들은 명준의 최후였다.

용정 사람들의 입에 오르내릴 때만 하더라도 명준의 죽음이 그토록 참혹했다는 사실을 동주는 알지 못했다. 아버지의 눈빛으로 친구의 죽음을 확인하던 때만 하더라도.

명준은 그렇게 갔던 것이다. 가눌 수조차 없던 몸으로 심판 조직자들의 질문에 일일이 답하던 명준의 말들은, 병들어 바람에 흩날리는 시든 낙엽보다 더 허망했다. 춥고 삼엄한 어둠 가운데 버티고 서서 신명을 다해 쏟아낸 최후의 진술들이 심판자들의 귀에 가닿기도 전에 허공중에 흩어졌던 것이다.

명준의 말만 그리된 건 아니었다. 조직 사수라는 다급한 구실로 동지의 진심을 외면한 저들의 거짓된 대의도 함께 무너져내린 거였다. 반제, 혁명, 강철, 대오, 인민, 해방, 투쟁 따위의 말들은 고립된 산속 밀영에서 어이없고 망령되이 흩어져버렸다.

목숨 걸고 떨쳐 일어선 항일대오 내의 형편과 사정마저 그러하다면, 과연 어디서 공정한 도리를 기대하고 누구와 함께 참된 맘을 나눌까.

---

* 김성호, 『1930년대 연변 민생단 사건 연구』, 백산자료원, 177쪽.

산을 버리고 내려와 홀로 은거하던 김용식. 이제 어느 편의 말에도 귀 기울일 수 없노라 토로하는 그에게, 동주 역시 아무 말 할 수 없었다.

용식의 두려움은 실망과 배신 따위에서 비롯된 게 아니었다. 숭고한 이념이라 하는 것들이 기껏 허랑한 말로 유지되거나 부정되던 현실. 그것을 용식은 받아들일 수 없었던 것이다. 자신이 품었던 정신의 순수가 누군가에겐 목숨을 위협하는 비수가 될 수 있다는 깨달음이 그를 좌절케 했다. 조직의 심판자들은 그로 하여금 옳고 그름, 정당과 부당을 스스로 판단할 수 없게 했으며 그리된 것이 용식은 무섭고 불안했다. 텅 빈 상념보다 충일한 의기가 훨씬 위험하다는 사실이.

그는 한순간도 더는 산구에 남아 있을 수 없었다. 동주가 아무 말 하지 않았던 것은 김용식의 그런 의중을 알아차렸기 때문이었다. 김용식에겐, 눈에 보이는 적과의 투쟁에 앞서 자기 안에 출몰하는 요망한 말들과의 싸움이 우선이었다. 헛된 말과 오염된 판단으로는, 해방이랍시며 조직을 억압하고 혁명이랍시며 동지를 살해할 뿐이었다. 반성과 망설임, 회의와 부끄러움을 죄악시하고 오로지 한뜻으로 총력 단결한 결과란, 지휘부의 극단적인 좌경화였다. 대원 상호간에 불신만 깊어졌다. 민족이 민족이 아니며 조국이 조국이 아니고 해방이 해방이 아니었다. 그 모든 말들은 다만 사람을 의심하고 모함하여 살해하는 데 필요한 허름하고 잡스러운 부스러기일 뿐이었다.

그렇다면 그런 말들은 일제와 그들의 주구들이 내세우는 내선일체와 동조동근과는 어떻게 다를까. 아시아가 힘을 합쳐 서구의 동점東占 야욕을 분쇄하자는 오족협화론五族協和論*과는 어떻게 다를까. 명준의 죽음을 전하는 김용식 앞에서 동주는 몸을 움츠려 떨 수밖에 없었다. 심지어는 가족 어른들과 조선인 사회의 지도자들, 학교와 교회 사람들 말에서도 미미하게나마 느껴졌던 이질감과 거부감까지 문득 문득 떠올라 괴로웠다.

그럴수록 동주는 명준이 그리웠다. 방향을 달리해 멀어졌으나 결코 등지지 않았던, 각자의 길을 향했으되 마주 보는 일을 끝까지 그만두지 않았던, 극지에서도 시를 잃지 않았던 명준. 그리웠던 만큼 그의 부재가 견딜 수 없이 고통스러웠다.

명준의 죽음이 용정에 전해지고 난 뒤 얼마 안 있어 나츠메 카즈토시도 자신의 사무실에서 살해당했다. 미우라 마사오의 지시에 의해 암살된 걸로 알려졌다.

암살이었던 만큼 그의 죄목 같은 게 있을 리 없었다. 시간이 지나면서 조금씩 밝혀진 바로는, 조심성 없이 명준을 길림까지 대동한 죄라고 했다. 더구나 기시 노부스케와의 회합을 명준이 엿들었으며, 그 사실을 적발해내고도 보고하지 않은 잘못을 물은 거라 했다. 나츠메 카

---

* 한족漢族, 만족滿族, 몽골족蒙古族, 조선족朝鮮族, 화족和族. 일본족이 협력하여 서구를 몰아내고 아시아를 번영시키자는 주장.

스토시는 명준을 자위단에 넘겨 살해해버리는 것으로 마무리 지으려고 했을 것이다.

그러나 명준은 살아서 유격구로 갔고, 심판자들 앞에서 미우라의 축재를 고변했다. 비록 명준은 비명에 가버리고 말았으나 미우라에 대한 동만당 차원의 와해공작은 본격화되었다. 압박을 느낀 미우라가 앞뒤 정보를 수집한 끝에 나츠메의 불찰을 알아내게 되었고 그를 견책하여 살해한 거라고 했다.

동만당의 공작으로 미우라 마사오는 한동안 궁지에 몰리는 듯했다. 그러나 기시 노부스케의 적극적인 비호에 힘입어 머지않아 회생했다. 축재 비리 사실은 동만당 정치공작부의 날조로 날조되어 미우라의 행악은 오히려 날개를 단 듯 더욱더 거침없어졌다. 닛산의 만주 투자 계획도 박차를 더해갔다.

동주는 위험을 무릅쓰고 명준의 무덤을 찾았다. 토벌대와 유격대원들의 감시를 피하기 위해 날이 저물기를 기다렸다. 더 위험했던 건 김용식이었으나 동주를 위해 기꺼이 동행해주었다.

날이 저물고 산이 깊어 명준의 무덤을 찾는 게 쉽지 않았다. 변변한 비목 하나 갖추지 못한 무덤이라 더 그랬다.

얼마간 산속을 헤매던 김용식이 걸음을 멈추고, 희끄무레한 돌무더기를 말없이 가리켰다. 땅속도 아닌, 듬성듬성 틈새가 벌어진 돌무더기 속에 명준의 시신이 육탈되어가고 있었던 것이다.

바람이 불 때마다 돌 틈들이 공명하며 옅고 음울한 울음을 토했다. 당적唐笛의 지공을 빠져나오는, 길고 낮은 흐느낌이었다. 동주는 돌무더기 앞에 무릎을 꿇었다. 품속에서 그동안 전해주지 못했던 백석의 필사본을 꺼내 무덤 앞에 가만히 놓았다.

김용식은 그날처럼 고개를 들어 밤하늘을 쳐다보았다. 언젠가 명준과 함께 맘속으로 외웠던 구절을 동주는 되새겼다. 하늘을 우러러 한 점 부끄러움이 없기를. 하늘을 우러러 한 점 부끄러움이 없기를.

외로운 주검이 누워 있는 딱딱한 돌무더기 위로, 그리고 뒤늦게 찾아온 스물한 살 두 동갑내기의 머리 위로, 무심한 것들이 맑고 밝게 빛났다. 별이 바람에 스치웠다.

꽃의 말

야쿠시지 여인에게서 전해 들었던 기억을 이타츠 푸리 카가 되살려 적은 내용은 거기까지였다.

한 사람도 아닌 두 사람이 얼마간의 시차를 두고 바통을 이어받듯 재생해낸 기억이었다. 두 번에 걸쳐 걸러진 거였고, 그만큼의 분량이 소실된 거였다.

온전한 원고의 행방은 둘 중 하나였다. 명준의 시신처럼 시멘트 폐허 속에 영원히 갇혔거나 인멸 세력의 수중에 들어갔거나. 시게하루는 어떻게 되었을까. 어디까지 추적했을까. 나처럼 홋카이도에 당도했을까. 아니면 내가 모르는 다른 루트를 따라갔을까. 니부타니로 향할 때까지 궁금한 것투성이였다.

시게하루가 이타츠 푸리 카의 유고를 나보다 앞서 발견하지 못했다는 사실은 분명했다. 홋카이도 사루군 니부타니 마을에 도착해 내가 접하게 된 오래된 갈대 바구니 속 원고는 그때까지 누구의 손도 타지 않고 있었다. 바닷물에 잠겼다가 마른 종이 덩어리는 나무토막처럼 딱딱했다. 종이와 종이가 엉겨붙어 조심스레 다루지 않으면 부서질 것 같았다.

아바시리 시 카이간쵸 12번지의 남자는 나를 무라야쿠바까지 데려다주었다. 짠내가 진동하는 그의 트럭을 타고 갔다. 가는 내내 오호츠크 해의 검푸른 바다가 왼편 창밖으로 넘실거렸다.

무라야쿠바 민원 담당자가 가르쳐준 곳이 니부타니 아이누 민속자료관이었다. 이타츠 푸리 카의 유품을 정리해 가져간 사람의 이름도 알려주었다. 가야노 시게루萱野茂. 민속자료관 건립자라고 했다. 늦깎이 대학생 요코에게 민속학을 권하고 기거할 집과 일자리를 주선해주었다던 사람.

미리 전화를 하고 니부타니로 향했다. 가야노 시게루는 석 달 전에 고인이 되어 있었다. 그의 부인이 나를 맞았다. 이타츠의 유품들은 미처 정리되지 못한 상태였다. 자료관 부설 창고 어둠 속에 그녀의 장서들과 함께 쌓여 있었다.

민속자료관 운영위의 결정에 따라 이타츠의 유품들은 감

정과 선별 절차를 거쳐 전시실로 옮겨질 예정이라고 부인은 말했다. 일을 담당할 외부 전문 인사 촉탁 안이 운영위에서 심의 중이라고.

나는 한 시간쯤에 걸쳐 내가 니부타니까지 가지 않으면 안 되었던 사연을 얘기했다. U의 출현과 도서 검색 아르바이트, 친구 시게하루의 증발과 의문의 서고 내 인물, 그리고 미즈하라 부녀 얘기와 미우라 마사오 혹은 야스다 사쿠타로라는 존재에 대해.

부인은 관심을 갖고 경청해주었다. 특히 일본에 유학했던 젊은 조선 시인의 원고를 추적한다는 얘기에 흥미를 보였다. 시인의 원고를 추적했거나 현재 추적하고 있는 사람은 이타츠 푸리 카 말고도 나를 포함해 셋이나 더 있다고 말했다. 비밀리에 원고를 보관했던 야쿠시지의 타케우치 스님과 그곳의 로오에 대해서도 밝혔다.

"운영위원장을 만날 수 있도록 주선해 드리지요."

선반에서 오래된 바구니 하나를 꺼내며 부인이 말했다.

바구니 위에는 감자 분말 같은 뽀얀 먼지가 앉아 있었다. 부인의 손바닥이 스치자 비로소 촘촘한 날줄이 드러났다. 그제야 나는 그것이 갈대로 짠 바구니란 것을 알았다.

냄새가 먼저였다. 그걸 열었을 때 확 끼친 것.

잠시 숨을 멈추었다. 매캐한 안개 같던 냄새가 옅어졌다. 시야가 걷히고 종이뭉치가 보였다. 백상지. 오래되어 고지처럼 누렜다.

색깔과 탄력을 모조리 잃은 종이뭉치는, 한 덩이 나무토막이었다. 그것을 담고 있던, 오래된 바구니 빛깔과 다르지 않았다. 한 장의 종이를 따로 들어 올리는 것마저 어려웠다. 다른 종이가 붙어 따라 올라왔다.

첫 장의 글자들은 희미하고 어지러웠다. 연필로 쓴 히라가나였다. 드문드문 가타카나와 한자가 섞여 있었다. 두번째 종이는 잉크 글씨였다. 선명하고 가지런했다.

선명하고 가지런한 잉크 글씨가 분량의 대부분을 차지하고 있었다. 로마자였다. 읽을 수는 있었으나 소리일 뿐이었다. 해독 가능한 단어는 단 한 개도 없었다.

"아이누 말이니까요."

부인이 말했다.

체계를 알 수 없는 언어 앞에서 나는 한동안 망연했다. 윤동주 원고와 시게하루의 행방이 다시 함께 묘연해졌던 것이다.

"글을 늦게 배웠다. 말하는 것처럼 쓰지 못했다. 열다섯 살이었다. 열다섯에 처음 히라가나와 가타카나를 배우고, 조금씩 한자를 익혔다……."

부인이 떠듬떠듬 잉크 글씨를 번역했다.

"이걸 모두 번역하게 될까요? 그렇다면 언제쯤이나 가능할까요?"

나는 종이뭉치에서 눈을 떼지 못했다.

"번역하고 안 하고는 운영위와 해당 전문가가 논의를 거쳐 결정하겠지요."

"개인적으로 번역을 의뢰해도 될까요? 필요 경비는 물론 부담하겠습니다."

"운영위원장과 상의해보세요. 제가 할 수 있는 일은 위원장을 소개해 드리는 일뿐인 것 같습니다."

그리고 부인은 덧붙였다.

"이곳까지 오시게 된 사정을 잘 들었습니다. 개인적으로도 관심과 흥미를 갖게 되었습니다. 이런 제 맘을 위원장에게 따로 각별히 전하겠습니다."

"위원장님을 어떻게 뵐 수 있겠습니까?"

내가 물었다.

해일이 와도 왠지 고요히 움직일 것만 같은 부인이 고요히 말했다.

"지금 뵐 수 있습니다."

"가까운 데…… 계시나요?"

"바로 아랫집입니다."

그러고는 역시 고요히 걸음을 옮겼다. 나는 부인의 뒤를 따랐다. 그제야 나는 그녀가 상중喪中이라는 사실을 떠올렸다.

부인을 따라 작은 고샅길을 내려가는데 주머니 속의 휴대폰이 울렸다.

"어디야?"

후유미 목소리였다.

"웬일이야?"

나는 조용히 물었다. 고요히 걷는 부인의 뒤를 따르자니 왠지 그래야만 할 것 같았다.

"시게하루 찾아 나선 것 아니었어? 아니었나 봐?"

오랜만에 받는 후유미의 전화였으나 특별히 반갑거나 그러진 않았다. 그런 느낌이 후유미에게도 전해졌을 것이다.

야쿠시지 여인 로오로부터 윤동주의 시 원고를 넘겨받았다는 이타츠 푸리 카의 기록. 나는 그것에 접근해 있었던 것이다. 윤동주 원고의 행방을 안다는 것은 시게하루에게 가까워진다는 뜻이기도 했다. 이타츠 푸리 카의 기록을 어떻게 해득할 것인가. 나는 그 문제에 골몰해 있었다.

"그런데?"

내가 되물었다.

"내가 잘못 알고 있었나? 나는 겐타로가 시게하루를 찾아 나선 걸로 알고 있었거든."

"그러니까 용건을 말해봐."

"내가 공연한 전화를 한 건가 보다."

"말해봐. 전화를 왜 했는지. 큰 소리로 전화를 받을 수 없어서 조용히 말하는 것뿐이야."

"어제 시게하루를 봤거든."

"누구?"

나는 걸음을 멈추었다.

"아무래도 지금 전화할 사정이 아닌가 보다, 너."

"괜찮아, 말해."

"시게하루를 봤어."

"어디서?"

"동네서."

"동네?"

내가 걸음을 멈추자 앞서 걷던 부인도 걸음을 멈추었다. 나는 다시 걷기 시작했다.

"치카와 함께 있던걸."

"치카와?"

"걔네들 다시 만나기로 한 거야?"

꽃의 말 391

후유미가 물은 말이었다.

"나는 시게하루를 찾아 지금 홋카이도에 와 있어."

"겐타로도 그럼 모른다는 거야?"

"시게하루를 찾아 홋카이도에 와 있다니까."

"식당이야 카페야?"

"식당도 카페도 아닌 북섬 홋카이도."

말하는 사이 나는 오래된 2층짜리 건물 앞에 당도해 있었다. 전화 받는 나를 부인이 기다려주었다.

"아, 후유미, 미안. 내일 도쿄에서 보자. 아니 이따 다시 전화할게."

입추를 이틀인가 앞둔 날이었을 것이다. 소리 없이 사라졌던 시게하루가 그렇게 다시 소리 없이 나타났던 것이다.

과연 이것을 동주의 시라고 할 수 있을까. 특고 경찰의 감시와 압박 앞에서 수사의 편의를 위해 급히 번역된 원고. 다른 누구도 아닌 피의자가, 피의자 자신의 조선어 시를 일본어로 바꾸어놓은 것.

동주의 유고를 찾아 나설 때 나는 이미, 지금의 질문에 대한 답을 갖고 있었는지도 몰랐다. 과연 그것을 동주의 시라고 할 수 있을까. 답은 아니다, 였다. 그냥 아닌 것이 아니라, 아닌 것이어야만 했다.

홋카이도 대학 박물관 자료실에서 『昨日の滿洲を話す』라는 책자를

접했을 때부터 내 맘은 움직이기 시작했다. 미즈하라 쥰의 글 속에 동주와 동주의 유고가 언급돼 있었기 때문이었다.

이미 오래전에 없어진 출판사의 책이었다. 미즈하라 쥰의 소재를 찾으려고 삼십 년 치 출판연감을 일일이 뒤져야 했다. 그는 이미 고인이 돼 있었고, 유일한 혈육인 딸이 신오쿠보에서 외로운 노년을 보내고 있었다.

'유고'라는 말이 충동한 것은 내용에 관한 궁금증이 아니었다. 동주는 그때 이미 죽어가고 있었노라던, 동주 당숙의 한마디였다.

동주를 면회하고 곧장 타케다 아파트로 왔던 당숙은 방 안에 흩어진 동주의 물건들을 챙겼다. 유품을 수습하듯 거두어간 것들은 머지않아 정말로 유품이 되어버리고 말았다. 당숙은 동주의 죽음을, 예고한 것이 아니라 목격한 거였다.

죽음의 시점時點이 달랐을 뿐이다. 자연인으로서의 죽음보다 시인으로서의 죽음이 앞섰다. 자연인 동주는 후쿠오카 형무소에서 반복된 바닷물 주사로 사망했으나 시인 동주는 이미 시모가모 경찰서에서 숨이 다한 거였다.

시인의 죽음을 몰고 온 그 번역이라는 것은, 일반적 의미의 번역이 아니었다. 시인의 생명을 빼앗는 선고였고 무자비한 집행이었다. 말을 빼앗는 것도 모자라 자신의 시를 자신의 손으로 훼손케 하는 능욕이었다. 뭘 썼는지 봐야겠다, 그러니 허튼 수작 말고 똑바로 옮겨 적어라,

정신과 사상을 감정하겠다……. 을러대는 특고 앞에서 적바림된 것들이 어찌 글일 수 있으며 동주의 시라 할 수 있을까.

그것이 '유고'라는 것의 정체였다. 시도 뭣도 아니었다. 말에 대해서라면 누구보다 사무친 게 많았던 나로서는, 그것을 시가 아니라고 말해버리고 말 수도 없었다. 내 움직임은 거기서 시작된 거였다.

새삼 망설일 필요는 없었다. 동주의 '유고'가 평상적인 뜻의 유고가 아니기 때문이었다. 번역시로서의 한계, 혹은 미숙한 번역에 관련한 문제도 아니었다. 유실되어 온전치 못하게 전하는 일반 유작들과도 성격이 달랐다.

동주의 '유고'는 장애 혹은 불구라고도 할 수 없었다. 폭력으로 유린된 세계였으며 강음당해 찢긴 영토였다. 세상에 내보일 수 없는 참경이었다. 모든 역사적 유물이란 보존 상태의 양 불량을 떠나 응당 보호 유지되어야 한다는 명제와도 다른 사태였다.

아무리 참혹하게 훼손되었다 할지라도 훼손 이전의 원본이 존재한다면 나의 고민은 우습게 되고 마는 거였다. 추적 또한 불필요했다. 원본이 있는 경우라면 오히려 유린되고 찢긴 번역본은 반드시 '있어야' 했다. 왜곡의 실태를 적나라하게 드러내줄 테니까. 그러나 동주의 번역 원고에는 원본이 없었다. 내가 나선 이유였다.

내가 나선 이유가 그거였다면 내가 갖고 있는 번역 원고는 '있어서는 안 될' 것이었다. 동주의 시가 아니었다. 시여서도 안 되었다. 답은

진작부터 나에게 있었다. 찾아 없애기 위해 나는 동주의 번역 유고를 따라 움직였던 것이다.

그런데도 망설였던 이유는 뭐였을까. 마지막까지 나를 붙들었던 고민. 내 멋대로 그리해도 될까라는 것이었다. '있어서는 안 될' 거라는 건 어디까지나 나 개인의 생각이었다. 나를 판단하는 게 나일 수밖에 없다는 점. 그 지점에서 나는 맴돌았다.

저녁마다 나는 글을 적어나갔다. 동주를 불러다 마주 앉히기 위해서였다. 그를 처음 만났을 때부터 그가 형사에게 끌려갈 때까지. 열다섯에 적어놨던 요코의 서툴고 짧은 글을 재료 삼아 동주를 회상했다. 이따금 그는 방안의 어둠을 타고 내려와, 글 쓰는 나를 지켜보곤 했다.

나는 몇 차례나 그에게 물었다. 당신은 당신의 '번역' 원고가 세상에 알려지기를 바라는가. 당신의 이름을 달고 돌아다닐 텐데 괜찮은가. 생전에도 그랬듯 그는 말없이 미소 지었다. 환청이었을 테지만 딱 한 번 "요코가 마침내 종족의 꽃을 그리고 있네"라고 말했을 뿐이다.

그도 찬성할 거라는 확신에는 이르지 못했으나 적어도 그가 이해할 거라는 판단에 다다랐을 때, 나는 눈을 질끈 감았다. 내가 장차 시달릴지도 모를 자책과 후회, 세인의 비난 따위를 미리 당겨 한꺼번에 꿀꺽 삼켜버렸다. 크고 헛헛하고 아린 결절이 목구멍 아래로 힘겹게 넘어갔다.

동주의 심장은 후쿠오카 형무소에서 박동을 멈추었다. 그러나 그의 언어가 멈춘 것은 교토 시모가모 경찰서에서였다. 그의 심장박동이 멈출 때 숨도 따라 끊어진 거였으나 시인으로서 품었던 그의 정서가 끊어졌던 것은 언어가 멈췄을 때였다. 육신이 멸하면서 그의 가족과 고향이 영원히 상실된 거라면, '소통 공간' 또는 '차이로서의 장소'를 상실했던 건 언어와 정서가 끊겼던 지점, 시모가모 경찰서에서였다. 육신의 동주는 후쿠오카에서 죽었고 시인 동주는 교토에서 죽었다는 말이다. 그가 간신히 발 딛고 섰던 사이의 섬 '간도' 또한, 시인의 죽음과 때를 같이하여 소멸해버리고 말았다.

시인의 죽음은 뭘 뜻하는 걸까. 그 조용했던 죽음이 웅변하는 것은 뭘까.

만화萬花가 만개하므로 아름다워지는 것이 꽃숲이라면, 각각 다른 존재가 제 모습을 오롯이 보전할 때 세상은 평화로울 것이다. 소리칠 필요가 뭐 있을까. 알아 달라 뽐낼 필요가 뭐 있을까. 묵묵히, 의연히, 그렇게 피어 있으면 그것으로 그만인 것을. 피어 있는 것 자체가 생명의 이치를 따르고 지키는 신념인 것을.

조선 시인이 조선어로 시를 쓰는 것, 일본 시인이 일본어로, 만주 시인이 만주어로, 중국 시인이 중국어로, 아이누인이 아이누어로 시를 쓰는 것. 그것은 마치 간도의 산야를 물들이던 진달래, 개살구꽃, 산앵두꽃, 함박꽃, 나리꽃, 할미꽃, 방울꽃의 아름다움과도 같지 않을는지. 버들숲 방천에 버들강아지 만발하여 꽃향기 속에 파묻힌 무릉도원 같은 건 아닐지.

시가 꽃이라면 각각의 언어가 그대로 꽃이요, 시인은 꽃잎을 받치고 선 꽃대일진대 언어를 앗아 시를 유린함에 어찌 꽃대인들 저 홀로 생명이라며 하늘을 우러를 수 있을까. 꽃나무는 그렇게 하늘 아래 홀연히 꽃 피우고 서 있는 것으로 존재의 사명을 다하는 것일 터, 그걸 일컬어 감히 누가 미미하고 유약하다 할 것인가. 말을 앗기고 잃는 순간 저절로 생명이 소멸해버리는 시인의 운명이 어찌 가엽고 안타깝기만 할까. 가엽고 안타까운 것은 말을 앗기고도 살아 있는 유사 시인일 뿐, 말과 존망存亡을 함께한 시인은 굳세고 늠름하다 불리기도 전에 이미 본분에 살고 본분에 죽어갔던 것을. 아, 나는 알겠다. 가모오하시 다리 밑에서 했던 교진의 말들이 내 입을 통해 고스란히 흘러나오고 있다는 것을.

나 이타츠 푸리 카가 보기에 동주의 죽음은 저항인의 저항적 죽음이 아니라, 시인의 시적 죽음이었다. 그의 망설임과 부끄러움은 연약한 이의 성정이 아니라, 세상의 온갖 가차 없는 것들에 대한 반성이었으며 고요한 자기 응시였다. 굳이 저항이었다고 한대도 그것은 국가나 민족 차원의 것이었다기보다는 더 근본적으로, 모든 여지없는 것들에 대한 의도적 머뭇거림이었으며 성찰적 저항이었다.

가차 없는 것이라면 제국주의는 물론 학교와 교회와 해방투쟁을 막론하고 그는 분연해했으며, 분연해했으되 끝내 자기의 자기 됨, 즉 시인으로서의 자신을 지키는 방식을 택했다. 시가 죽을 때 그를 동반한 것도 그 때문이었다. 마침내 민족 시인을 넘어 그를 인류의 시인이라 부를 수 있는 것도.

그는 시와 함께 죽었다. 그랬으므로 죽음 이후의 시, 강제 번역된 시는 시가 아니며 더구나 그의 시일 수 없다. 그가 영원한 시인으로 우리 곁에 살아남으려면 시와 함께 죽기 이전으로 돌아가야 한다. 원본 없는 강제 번역 원고는 마땅히 사라져야 한다.

나는 시게하루를 정확히 이해할 수 없었다. 그의 증발과 증발의 이유를. 그를 다시 만나고 나서도 반년 가까이나 그랬다. 어디로 종적을 감추었던 건지 알 수 없었다.

물론 그는 나에게 말했다. 특이한 기업의 면접 프로그램에 참가했었다고. 그곳에서 그는 졸업 후 채용을 보장받았노라 했다.

"특이한 기업?"

내가 물었다.

"기업이 특이한 게 아니라, 면접 프로그램이 특이했던 거지."

그가 말했다.

"아프가니스탄에 다녀오는 것이기라도 했단 말이야?"

가족과 친구에게까지 비밀로 하고 그토록 오랜 시간 감쪽같이 사라져야만 하는 면접이라니. 그런 면접을 시행하는 기업이 있다면 특이한 기업이 아닐 수 없었다.

"일종의…… 추적 게임 같은 거였어."

"추적은 내가 했지. 널 찾아서."

"그동안 날 찾았다는 거 치카한테 들었어. 부모님한테도. 미안. 그렇게 됐어."

"그렇다면 나한테 가장 먼저 연락을 했어야 하는 거 아닌가? 돌아왔다면."

"게임이 완전히 끝나지 않은 상태였으니까."

"아직도 안 끝난 거야?"

"끝났어. 이걸…… 받았으니까."

시게하루는 자신의 재킷 칼라에 붙은 금박 배지를 가리켰다.

"정식 사원이 된 건가?"

"당장 출근해도 상관없지만 학교는 마치기로 했어. 한 학기 남았을 뿐이잖아. 월급은 이번 달부터 받기로 했고."

"월급 받으면서 학교엘 다니는 거군. 급료는?"

"풍성. 이제 지긋지긋한 아르바이트는 끝."

"그리되었다니 축하해. 부럽다."

"너도 나처럼 될 수 있었는지도 몰라."

"무슨 말이야?"

"너도 게임 같은 추적을 했을 거잖아."

"추적이라고 다 같은 추적일 리 없잖아. 난 널 찾은 거야. 넌 일자리를 찾았던 거고."

"그런가? 하지만 나를 추적했다니 어쩌면 루트는 같았을지도 모르지."

"제대로만 찾았다면 나도 그 기업에 취직이 가능했을 거라는 말로 들려."

"그랬을지도."

"그런데 시게하루."

나는 정색했다.

"응, 겐타로."

"제대로 찾는다는 게 뭘까. 나는 너를 찾았을 뿐인데, 그게 제대로 찾는 일이었는데, 제대로 찾을 것이 따로 있었던 것이 아닌데, 제대로 찾았다면 나도 취직이 가능했을 거라니?"

"말하자면……."

"말하자면?"

"……뭐 그렇다는 얘기지."

스피드 퀴즈 게임 끝내듯, 시게하루는 말끝을 흐렸다. 주어진 짧은 시간이 지나면 대화 중 맥없이 끝나는 게임.

애당초 말이 안 되는 대화였다. 그토록 오랫동안 세상으로부터 사라지는 면접이라니. 그런 게 있을 수 있다는 전제에 동의하지 않는다면 진척될 수 없는 대화였다.

동의해서 시작한 대화가 아니었다. 시작해놓고 동의할 만한 내용을 찾으려 했을 뿐이다. 그러나 시게하루는 말끝을 흐렸다.

나도 섣불리 시게하루에게 그 여름의 추적에 대해 말하지 않았다. 전봇대도 미즈하라도 야쿠시지도. 그런 얘기라면 그가 먼저 해야 맞는 순서라 생각했다. 친구를 찾아다닌 내 노고를 생각해서라도 그는 자신의 행적을 밝혔어야 했다. 그런데 그는 농담처럼 말했을 뿐이다. 추적 게임 같은 면접 프로그램에 참여했을 뿐이라고.

"지도도 뭣도 없이 깜깜한 산야를 헤매는 거야. 한 지점에 천신만고 다다라야 새로운 정보를 가까스로 얻을 수 있지. 그 지점에 도달하지 못하거나 주어진 새로운 정보를 잘못 분석하면 물론 최종 목적지에 다다를 수 없어. 아 참 거 어려웠지."

"자위대의 야간 훈련 같은 거네."

내가 말했다.

"자위대?"

"네 말을 듣고 있으면 별이나 나뭇가지의 상태를 살펴서 집결지를 찾는 독도법讀圖法 훈련을 받고 온 사람처럼 보이니까."

"아, 그래그래. 뭐 일종의 그런 거지. 그런 거야. 응, 그런 거. 끝없이 이어지는 단서를 물고 늘어지는 거니까. 그럴 동안은 정말 밤길을 헤매는 것과 다르지 않았으니까."

시게하루는 신기한 비밀을 혼자 간직한 아이처럼 상기돼서 너스레를 떨었다. 그러나 정작 내가 알고 싶어 던지는 질문은 슬쩍 비켜갔다. 미우라 마사오라든가 윤동주라든가 이타츠 푸리 카 같은 인물은 물론 구체적인 지명들도 그의 말에는 등장하지 않았다.

나도 건성건성 반응했다. 시게하루를 찾기 위해 만났던 사람, 지나쳤던 장소, 들었던 내용들에 대해 말하지 않았다. 대화가 길어질수록 시게하루의 석연찮은 너스레는 점점 과장됐다. 터무니없이 자신만만한 목소리만큼 어색한 이질감도 커져만 갔다. 우정과 친근함 따위를 내세워 내 질문을 얼버무려버렸다.

사실은 감추어지고 이야기는 자꾸 동화처럼 윤색되어 엉너리가 되었다. 대화가 길어질수록 시게하루와 나 사이에는 헛거품만 꾸역꾸역 부풀었다.

시게하루에 대한 궁금증을 나 스스로 덮어두었다. 진정성이 결여된 친구의 말을 물고 늘어진다는 건 지겨운 일이었다. 그를 추적했던 사연도 끝내 덮어둘 수밖에 없었던 이유였다.

어정쩡한 시간들이 지나갔다. 반년이 그렇게 흘렀다. 둘도 없는 친구 사이에 그토록 오랫동안 어정쩡할 수 있다는 게 이상하고 신기했다. 그럴 순 없는 거라 생각했으나 그리되었다. 더 이상하고 신기했던 건, 그리된 사태를 서로가 심각하게 받아들이지 않았다는 점이다.

그랬다. 이타츠 푸리 카의 글이 내 손에 들어오기 전까지 나는 시게하루를 정확히 이해할 수 없었다.

이타츠 푸리 카의 글은 아이누어 전문가에 의해 번역되었다. 복사본 한 권이 나에게 배송되었다. 가야노 부인의 배려였다.

그것을 기다리는 데 꼬박 반년이 걸렸다. 나는 그것을 받고서야 시게하루가 왜 사라졌었는지, 그의 현재 사정이 어떠한 건지, 비로소 짐작하게 되었다.

번역 복사본을 싼 택배 포장지가 물기로 젖어 있었다. 도쿄에 육십 년 만의 폭설이 내린 날이었다. 먼 북섬 홋카이도의 바람과 눈이 택배에 실려 몰려온 듯했다.

택배를 받아들고 나는 한동안 아바시리 시의 검푸른 오호츠크 해를 떠올렸다. 둥둥 떠다닐 거대한 유빙들도. 그 바다 끝자락이 넘쳐 이타츠 푸리 카의 집이 한때 잠겼던 것이다. 그때 젖었던, 갈대 바구니 속 그녀의 기록. 깨끗한 종이에 번역되고 복사되어 나에게 배달된 거였다.

  단숨에 읽었다. 그리고 한 부 더 복사하여 시게하루에게 전했다. 며칠 기다려 시게하루에게 전화했다.

"그리된 건가?"

그렇게만 물었다.

"그리된 거지."

시게하루도 그렇게만 대답했다.

졸업을 이틀인가 앞둔 날이었다.

더 이상 묻고 대답하지 않았다.

서로 어정쩡할 수밖에 없었던 이유도 드러난 셈이었다.

이타츠 푸리 카의 글을 다 읽고 난 나의 짐작은 이러했다.

  윤동주의 친구 한명준의 얘기 속에 등장하는 한 명의 일본인이 있었다. 명준을 길림까지 대동했다는 이유로 조직으로부터 제거당한 나츠메 가즈토시. 그가 나츠메 시게하루의 조부라고 나는 거의 확신했다.

  나츠메 가즈토시의 윗선에는 히다카 헤이시로가 있었고 그 정점은 거물급 대륙낭인인 미우라 마사오였다. 미즈하라 준에 의하면 미우라 마사오는 현재 막대한 부동산 재력을 기반으로 여러 계열사를 거느리고 있는 H재벌의 창업자 야스다 사쿠타로였다.

그러니까 야스다 사쿠타로는 만주국 산업부 차장 기시 노부스케의 비호 아래 본국에서 강제 모금한 엄청난 후원금을 사사로이 빼돌려 축적했던 미우라 마사오였던 것이다. 종전 후 신분을 감추기 위해 개명을 했으나 그를 기억하는 사람들의 '기록'이 간간이 남아 있어 U를 비롯한 '기록 인멸 세력'이 조직적으로 암약하게 되었던 것이다.

조부의 사연을 알고 있었을 시게하루에게는 두 가지 선택지가 있었다. 하나는 야스다 사쿠타로의 신분을 폭로하는 거였다. 그로써 자신의 빈곤의 기원이라 할 수 있는 조부의 몰락을 애도하고 감추어진 재벌 창업자의 비리를 뒤늦게나마 고발하는 거였다.

다른 하나는 그들에게 접근해 타협함으로써 가족을 빈곤 이전의 상태로 환원시키는 거였다. 첫번째 경우든 두번째 경우든 시게하루에게는 '근거'가 필요했다. 그 근거가 명준의 죽음을 회고하는 윤동주의 산문 유고였던 것이다.

나는 시게하루의 갑작스런 취업과 재킷 칼라에 붙어 있던 H기업의 금박 배지를 떠올렸다. 보수가 풍성하다는 말도. 졸업을 한 달 앞둔 시점부터 시게하루는 이미 직장에 출근하고 있었다. 그래서 나는 한마디로 물었던 것이다.

"그리된 건가?"

내가 보낸 이타츠 푸리 카의 원고를 읽은 시게하루는 대답했다.
"그리된 거지."
그것으로 그만이었다.

뒤통수를 얻어맞은 기분이었으나 아프다는 느낌은 없었다. 분노하지도 않았다. 실망스럽지도 않았다. 어이없지도 않았다. 잠깐 김용식이라는 인물이 떠올랐을 뿐이다. 대원들의 청원을 무시하고 심판 조직자들이 명준을 살해해버리자 미련 없이 산을 내려온 윤동주의 중국인 소학교 동창. 그도 왠지 그랬을 것 같았다. 뒤통수를 얻어맞은 기분이었으나 아프지도 분노하지도 실망스럽지도 어이없지도 않았을 것 같았다. 이미 아무 미련도 남아 있지 않았을 터이기에. 나도 그랬다.

시게하루가 보았을 윤동주 산문 유고의 소재에 관해서도 궁금하지 않았다. 니부타니 아이누 민속자료관 부설 창고에 쌓여 있는 이타츠 푸리 카의 유품 어디에도 윤동주 시 원고는 없었노라는 가야노 부인의 전언을 들었을 때도 그랬다. 시게하루에게도 가야노 부인에게도 나는 더 이상 묻지 않았다. 내가 가지고 있던 이타츠 푸리 카의 긴 원고뭉치의 무게를 가만히 가늠했을 따름이었다. 늦게 배운 아이누어로 한 땀 한 땀

적어나간 그녀의 글을.

그해 여름 내가 찾아 나섰던 건 시게하루였다. 그를 찾기 위해 윤동주의 유고를 추적했다. 시게하루는 다시 마을로 돌아왔다. 걸어서 십 분이면 지금도 그의 집에 당도할 수 있다. 윤동주의 유고를 더는 찾아 나설 수 없게 되었다. 시 번역 원고는 이타츠 푸리 카에 의해 인멸된 게 분명했고, 시게하루는 산문 원고의 소재를 끝내 나에게 말하지 않을 테니까.

나는 생각했다. 그 여름이 나에게 무엇을 남겼던 건지. 아무것도 없었다. 있다면 허망함, 혹은 시게하루와의 사이에 완강하게 들어선 서먹한 거리감뿐이었다. 아득했다. 무엇으로도 메울 수 없을 것 같았다.

그러나 허망하기만 했다면 나는 이 글을 쓰지 않았을 것이다. 시게하루와 윤동주의 유고를 찾고자 했으나 씁쓸함 이외의 그 어떤 것도 남아 있지 않았다면.

나에겐 각인된 게 있었다. 요코였다. 그해 여름의 무더위만큼이나 강렬했던 이타츠 푸리 카의 존재감.

추적의 끝에 있었던 것은 시게하루가 아닌 이타츠 푸리 카였다. 궁극적으로 나는 그녀와 만난 거였다. 시게하루, 그리고 어쩌면 윤동주마저도 그녀에게 다가가기 위한 징검다리였을지도 몰랐다. 나는 생각했다. 그 여름이 나에게 남긴 것은 이타츠 푸리 카였노라고.

나는 줄곧 이타츠 푸리 카를 떠올렸다. 그럴 때마다 울컥울컥 맹렬해졌다. 한국어에 대한 말할 수 없는 궁금증이 일었다.
나는 또 내내 윤동주를 떠올렸다. 그럴 때마다 혹독한 갈증에 시달렸다. '사이의 섬'에 닿고자 하는 열망이 나를 충동했다.
그동안 나는, 더도 덜도 아닌 일본인이었다. 일본에 태어나 살았다. 일본인으로서 일본말을 하고 일본인 친구를 사귀었고 일본인 학교에 다녔다.
모어母語가 일본어였다. 너는 조선인이다, 라고 했던 어머니의 말조차 일본어였으니까.
그러나 나는 일본에 속해 있지 않다는 걸 알았다. 일본말에도 일본인 친구에게도 속해 있지 않다는 걸 알았다. 그것들은 내가 속한 영토가 아니었다. 아니었음에도, 속해 있지 않을 수 없었던 게 나였다. 나는 그런 존재였다. 아니면서도 아닐 수 없는.
나는 조선(한국)인이었다. 모어는 일본어였으나 모국어母國語는 한국어일 수밖에 없었다. 그러나 나는 한국어를 한마디도 할 줄 몰랐다. 일본이 내가 속한 영토가 아니었음에도 속해 있지 않을 수 없었던 까닭이다.

분명한 건 그거였다. 나는 애당초 일본과 한국 사이에 끼어 있을 수밖에 없었다는 것. 모어와 모국어 사이에 놓여 있을 수밖에 없는 존재였다는 사실. 그러면서도 한국과 한국어가 배제된 시간 속에서 배태되고 성장함으로써 존재의 본질이 본의 아니게 은폐되고 자기 정체성의 불균형을 숙명처럼 안게 된 것이었다.

 내가 온전히 나이기 위해서는 지금부터라도 일본과 일본어를 물리쳐 제외해야 할까. 한국과 한국어로 맹렬히 달려간다면 과연 온전한 내가 될까.

 온전한 나란, 내가 깨달아 알게 된 나여야 했다. 일본과 한국, 일본어와 한국어 사이에 놓여 있는 나. 내 영토란 '사이의 섬'일 수밖에 없다고 자각하는 나. 비단 일본과 한국 사이뿐 아니라 모든 세계의 경계에서 균형감을 유지하려는 나여야 했다.

 그러기 위해서는 지금껏 발 딛고 있던 영토 바깥의, 또 다른 영토가 필요했다. 그것이 나에게는 한국이고 한국어였다. 나를 스스로 '사이'에 세우기 위해 긴요했던 것.

 비로소 나는 일본과 한국, 모어와 모국어 '사이'를 확보하고 그곳에 '섬'을 마련하는 거라 여겼다. 감정적인 충격과 분노와 실망이 완충되는 곳. 양쪽을 두루 봄으로써 한쪽을 제대로 볼 수 있게 되는 곳.

나에게 없던 지점이었다. 이제 나는 한국어로 이토록 긴 글을 쓸 수 있게 되었다. 동주가 간도를 그리워했고 요코가 평생을 걸려 홋카이도에 도착했듯이, 나도 어딘가에 있을 나만의 영토를 향해, 비록 온 생애가 걸리더라도 거슬러 오르고 오르겠다는 염원의 결과라 할 수 있다.

일본도 한국도 아니면서 일본이며 한국인 곳. 그곳에 살 수밖에 없는 숙명이므로 그곳에 제대로 당도하고 싶었다. 언제까지고 나를 망실한 채 살아갈 수는 없었으므로.

걷잡을 수 없이 한국어에 빠져들었다. 나도 이타츠 푸리 카처럼 모천을 오르며 기록을 남기고 싶었다. 그리고 그녀처럼 모족어母族語 이름을 갖고 싶었다. 한국 사람이 이름을 짓는 전통적인 방식을 따라 김경식金慶植이라 지었다. 시조가 고대 신라의 신화적 인물이라는 점이 흥미로웠다.

나는 이제껏 썼던 글 중 가장 긴 글을, 이렇게 한국어로 남긴다. 좋고 나쁘고를 떠나, 현재 나의 존재 좌표를 정확히 하기 위해, 내가 무엇이며 누구며 어디에 있는지를 잊지 않기 위해, 이 글을 썼다.

시게하루를 추적하는 일로 시작된 거였지만 나는 이타츠

푸리 카에 닿았고, 결국엔 한국어를 배워 긴 글을 남기게 되었다. 기억 니은도 몰랐던 때를 생각하면 놀랄 만한 일이다. 사년 전의 나와 지금의 나는 같으면서도 아주 많이 다른 나다.

나는 지금도 윤동주의 시를 읽으며 생각한다. 누구의 영토도 아니면서 모든 이의 영토였던 간도를 떠올린다. 많은 민족과 언어가 공존했고 정치적 영향력을 확대하기 위해 배후가 다른 여러 세력들이 첨예하게 대립하던 곳. 이중 삼중의 복잡한 정치문화 환경 속에서 조선어로 시를 쓰고자 서원을 세우고 생명이 다할 때까지 그것을 지켜낸 시인의 결기를 잊지 않으려 한다. 그는 한 국가와 민족과 모국어에 치우친 애정으로서가 아니라, 깊이 염려하는 마음으로 모든 국가 모든 민족 모든 언어가 한 점 부끄러움 없이 만화萬花의 숲을 이루기를, 인류의 시인으로서 염원했다.

나는 이제 글을 마치려 한다. 윤동주를 알고 이타츠 푸리 카를 만났던 그해 여름을 추억하며. 이전의 나와는 다른 나로서.

한국과 한국어를 열심히 배우고 한국어로 긴 글을 써낸 이 지점은 내가 거슬러 올라 발견하고 발 딛게 된 '사이의 섬' 간도가 아닐 수 없다. 윤동주와 이타츠 푸리 카의 삶을 평생 잊을 수 없는 이유이기도 하다.

비록 경계인으로서의 번민이 지속되더라도 그것은 더 이

상 갈등이나 아픔만은 아닐 것이다. 어쩌면 내 앞의 삶을 좀 더 다채롭고 고르게, 의연하고 강인하게 지탱해줄지도 모른다. 두 눈과 두 다리를 갖게 되었으니까.

마지막으로, 2009년 2월 20일자 『아사히신문』에 게재됐던 기사 한 토막을 여기에 옮기고자 한다. 기사는 한 여인의 블로그에 실린 것을 그대로 퍼온 것이다. 여인의 이름은 본인의 요청에 따라 밝히지 않기로 한다.

신청하지도 않은 『昨日の滿洲を話す』라는 책자를 은밀히 내주고 미즈하라 부인의 소재를 나에게 알려줬던 일본 국회 도서관 서고 안의 인물이라고만 밝힌다.

역시 작은 메모지를 통해 그녀는 윤동주를 조사했던 특고경찰의 딸이라고 자신의 신분을 조심스레 털어놓았다. 퇴직한 부친이 윤동주의 유고를 무기로 야스다 사쿠타로와 모종의 협상을 벌이다 의문의 죽음을 당했다고 했다.

원인은 아무래도 부친이 소장하고 있던 원고뭉치 때문인 것 같아 쓰레기로 위장해 집 담장 아래 두었다가 잃었다는 것이다. 그 원고가 서적상을 거쳐 미즈하라 쥰에게 유입되었다는 사실까지 그녀는 알고 있었.

도서관 내부에 과거의 기록들을 지우려는 세력이 존재한다는 사실을 그녀를 통해 확인할 수 있었다. 그녀는 책 냄새

가득한 깊은 서고 저 안쪽에서 기록 인멸 세력들과 조용하면서도 팽팽한 싸움을 벌이고 있었다. 소멸되어가는 기록과 언어들을 안타까워하는 그녀의 애틋한 맘이 블로그 곳곳에 배어 있었다.

『아사히신문』 기사를 특별히 여기에 옮기는 이유는 그 내용도 내용이지만 일본인 네티즌들이 달아놓은 댓글 때문이다. 어쩌면 그녀도 길게 이어지는 댓글들 때문에 자신의 블로그에 기사를 실었는지도 모른다. 쓸쓸하면서도 그걸 자꾸만 읽게 되는 이유는 뭘까.

〈세계 2,500언어 소멸 위기, 일본은 8개어 대상. 방언과 독립언어. 유네스코〉

유네스코는 세계에서 약 2,500개의 언어가 소멸의 위기를 맞고 있다는 조사 결과를 19일 발표했다. 일본에서는 아이누어가 가장 위험한 상태에 있는 언어로 분류된 것 외에 하치죠八丈 섬과 오키나와의 각 방언도 독립된 언어로 간주, 약 8개 언어가 리스트에 등재됐다.

조사에서 전 세계 6,000개 안팎의 언어 중 538개의 언어가 가장 위험한 '극히 심각'으로 분류되었다. '중대한 위험'이 502개, '위험'이 632개, '취약'이 607개였다.

또한 1950년대 이후 소멸한 언어가 219개이며, 최근에는 2008년 알래스카 북부의 이약어가 최후의 화자가 사망함으로써 소멸했다.

일본에서는 아이누어를 할 줄 아는 화자가 15명으로 추산되어 '극히 심각'으로 평가되었다. 재단법인 아이누 문화진흥연구추진기구(삿포로 시)는 "아이누어를 일상생활에서 말하는 사람은 거의 없다"고 했다.

이외에 오키나와 현의 아에야마八重山어, 요나구니与那国어가 '중대한 위험'으로, 류큐어, 쿠니가미国頭어, 미야코宮古어, 가고시마 현 아마미奄美제도의 아마미어, 도쿄 하치죠 등지의 하치죠어가 '위험'으로 분류되었다.

유네스코의 당국자는 "일본에서는 이들 언어를 사투리라고 생각하지만 국제적인 기준으로 볼 때 하나의 독립된 언어로 보는 게 타당하다고 생각한다"고 말했다. (중략)

ID: EES89OSn

세계가 하나의 언어로 통일되면 분쟁이 줄어들지 않을까.

ID: tA2asEO2

조선어라든가 오사카어같이 없어졌으면 하는 말들은 좀처럼 사라지지 않네.

ID: ldd5GvoB

자연 소멸한다면 보존할 필요는 없어.

ID: y9z4yNqe

영어 수업을 줄여라.

ID: yHQpkDyc

하루에 50개 이상의 언어가 사라지는 지금 와서 어쩌라는 건지. 언어가 하나였던 바벨탑 이전으로 돌아가자.

ID: k07HLkyD

다른 언어를 보존할 필요는 없다.

ID: Rlir7ypF

바벨탑이 부서지기 전의 상태로 돌아가는 것뿐이다.

ID: oMld5j26

다른 말을 배울 필요가 없어지니까 좋은 거 아냐?

ID: EmX/uxGJ

빨리 사라져버려.

ID: 1rsSUAro

오사카어도 사라진다. 그러니 화자인 나를 보존해다오.

ID: HwdNvKQx

고대 문헌을 해독할 때 빼곤 필요가 없으니 사라져도 하는 수 없다.

ID: O70Inr0S

별로, 사라져도 불편하지 않습니다만…… 오히려 표준어를 쓰게 되어 편리하잖아? 언어 보존보다는 사라져가는 생물 보호에나 신경 써라.

ID: rlBXEneq

인류가 확실히 진화한다는 증거가 아닌가.

ID: oidZHWNv

문자가 없는 언어는 어찌해도 소용없다.

ID: /zkI/dGv

세계의 언어는 최종적으로 중국어와 영어로 나뉜다는 것이 언어학자들의 정설.

ID: WN7aQ9ve

아이누인을 멸종시킨 일본인이 중국인이나 미국인이나 러시아인이나 호주인에게 뭐라 말할 자격은 없어요.

ID: sBceBsNx

멸종시키지 않았어. 보호하고 있지 않을 뿐.

ID: rvfR61TG

안타깝지만 더 이대로 쭉 가서 사라진다면 일본은 완전한 단일민족국가가 된다.

ID: DkHd7HGH

어찌 되든 좋아, 빨리 사라져버려.

ID: 2WeyAA8t

쓸 데가 없잖아?

ID: K3Fd/uJz

일본어 최강 전설.

ID: wLhxofex

힘러에 따르면 아이누인은 아리아인의 일부로 천황도 그 피를 이어받았다고 한다.

ID: pUwCO0Tq

쓸 만한 곳도 없고 이래저래 아이누인 자체가 현대 일본인으로서 살아가는 이상 하는 수 없다. 음성기록이나 해둬라.

ID: b4igdSgt

우선 간사이벤은 사라졌으면 좋겠어.

ID: /kw63ORx

사무라이 스피리츠로 어느 정도 알고 있다. 안심해.

ID: /gykacnx

아이누인의 수가 점점 사라지고 있으니까 이렇게 될 운명인 거다.

ID: ohIRj/h4

アンヌムツベ안누 무츠베(아이누어), 의미는 모르겠다.

ID: m4L1RJ2m

사라지는 건 사라지는 것, 사라지는 이유가 있다. 그러한 고로, 필요 없다.

ID: dKy26uUn

아이누어는 더 이상 게임이라든가 만화라든가 라노벨에서도 보이지 않아.

ID: f7TBXqgK

언어는 점차 도태, 통합되어가는 것이 절대적으로 좋다고 생각하지만 단일 지구어 같은 건 불가능한 것 우주 진출 따위와 같은 꿈일 뿐.

ID: scP+isFn

홋카이도는 아이누어 이외에 사용 금지하면 좋지 않아? 어차피 혼슈에는 오지도 않을 거면서.

ID: 7jzckyGK

아이누어란 거 지금 사회에서도 필요한 건가?

ID: 4ALxYSyu

아이누어 버전 하츠네 미쿠를 만들면 좋을 텐데.

ID: ep9nqrr0

사라지는 건 할 수 없지만, 다양한 문화가 남아 있다는 건 그것만으로도 사회는 풍요로워져. 그것을 받아들일 여유가 있다는 자체가. 다양한 문화가 있는 지방에서 다채로운 문화가 남아 있는 것은 좋은 일이다. 최근에는 어디를 가도 비슷비슷해져 가고 있지만.

ID: s8IkmyG2

모두 같은 TV를 보고 있으니까 할 수 없잖아.

ID: WP49/Eb2

어제 아이누 신요집을 읽었는데 굉장했다. 그것은 세계적인 걸작이라고 생각했다. 읽지 않은 사람은 모른다.

ID: ji+4FDvC

오사카벤이 사어가 되는 것은 일본 국민의 뜻.

ID: zg2MUEyl

언어문화 따위 필요 없어. 하나로 통일.

ID: Dp3uF71u

쓸모가 있으니까 좌익과 재일은 아이누를 끌어들이지 않는가. 쓸데없는 반발을 초래하고 있다.

ID: +nCykPa9

신이 언어가 다르면 인간들이 싸운다는 걸 알고 이제야 다시 되돌아가고 있다.

ID: 8uUBDDM7

전 세계에 15명밖에 없다는 아이누어의 화자라. 뭔가 중2병을 자극하는 것 같은…….

ID: oAl9wiV2

아이누어를 공용어로 만들라고 주장해도 전원 일본어를 쓰고, 게다가 일본어 쪽이 아이누어보다 이익이잖아. 아이누어를 몰라도 손해 볼 건 아무것도 없다.

ID: rYTAuFB9

홋카이도만이라도 도로 표지 등에 아이누어를 병기하는 건 어떨까. 최근에 자주 한글 병기든가 의미 불명인 것보다는 훨씬 좋다.

ID: 7G1fvZ2y

아이누 문화는 재미있어요. 아메리카의 고대 문명과 비슷한 분위기가 있습니다. 토템 같은 것이 말이죠. 역시 얼음이 녹기 전 수만 년 전에 건너와서일까요?

ID: 9xIfPUaO

세계 공용어라는 영어도 배우기 바쁜데 일본 내에 언어가 많아지면 좋을 거 하나도 없다. 빨리 사라져야 한다고 생각한다.

ID: hCgd7UAK

언어의 멸종보다 희귀생물의 멸종이 걱정된다.

■작가의 말

『동주』의 주인공이 동주가 아닌 까닭

 소설 제목을 '동주'라 적었다. 윤동주다. 그러나 윤동주는 소설의 화자도 주인공도 아니다.

 화자며 주인공은 요코다. 나중에 이타츠 푸리 카라고 이름을 바꾸는 텐도 요코. 또 하나의 화자가 있다. 야마가와 겐타로다. 나중에 이름을 김경식으로 바꾸는 재일 한국인 3세.

 그리하여 소설에선 요코와 겐타로의 발화와 진술이 교차한다. 윤동주는 요코와 겐타로의 발화와 진술 이면에 등장하며 두 화자의 행동을 유도하고 사고를 유발할 뿐이다.

 요코의 이름이 이타츠 푸리 카로 바뀌는 이유는 일본인이라고 알고 있던 자신이 아이누인이라는 사실을 알게 되면서부터다. 이타츠 푸리 카는 아이누어로 '언어의 비단'을 뜻한다.

겐타로의 이름이 김경식으로 바뀌는 이유는 일본인이라고 알고 있던 자신이 한국인이라는 사실을 알게 되면서부터다. 조상의 성과 항렬을 따른 것이다.

모든 명명의 시작은 이름 짓기이다. 천지가 처음 열릴 때는 이름이 없었다. 이름이 있음으로 해서 만물에 대한 구별적 인식이 싹튼다(無名天地之始 有名萬物之母; 노자 『도덕경』 첫 대목의 한 구절. 이름은 '기호'이며 사물 간의 '차이'를 노정하는 수단이라는 뜻이다). 이름은 비로소 언어(말)로 분화하며 다양한 세계를 구축해간다.

요코의 성명적 자기동일성이 이타츠 푸리 카로, 겐타로의 성명적 자기동일성이 김경식으로 분화한다. 각기 최소한 두 세계를 갖게 된다. 두 세계를 인식하는 순간 주체는 두 세계의 '사이'에 서게 된다.

소설에서 윤동주의 존재는 요코와 겐타로를 두 세계 '사이'에 위치시키는 계기 혹은 동기로서 작용한다. 소설 분량의 대부분을 차지하는 요코와 겐타로의 진술은 그들의 모어인 일본어가 아닌, 모족어인 아이누어와 한국어로 이루어져 있다.

윤동주는 간도에서 태어나 자랐다. 간도^{間島}란 '사이의 섬'이라는 뜻이다. 조선인만 살던 곳도 아니었고 조선어만 쓰던 곳도 아니었다. 중국, 조선, 일본, 만주, 러시아, 미국 등의 영향력이 충돌하는 곳이었다. 중학생 때 이미 중국어, 조선어, 일본어, 만주어, 영어를 익히지 않으면 안 되었다. 윤동주는 숙명적으로 여러 '세계'의 '사이'에 놓일 수밖에 없었다. 유교와 기독교, 자유주의와 공산주의, 국제주의와 제국주의 또한 그를 에워싸고 있던 환경이었다. 게다가 항일무장투쟁조직의 조선인들끼리 서로 모함하여 오백여 명을 살해하는 '민생단 사건'을 목격했다.

와중渦中과도 같은 '사이'에 놓인 존재란 늘 불안하고 위태로울 수밖에 없다. 어지러운 정세 속에서 간도와 평양과 서울을 오가고 조선과 일본을 오가면서 윤동주는 시를 썼다. 하여 그의 시적 화자는 늘 두려워하고 외로워하며 망설이고 머뭇거린다. 그리워하고 부끄러워하며 회의하고 반성한다. '민족 저항 시인'의 면모는 보이지 않는다. 그의 언어는 특정한 가치와 이념, 국가와 민족공동체에 치우치지 않는다. 그는 조선어를 선택한 것이 아니라 모어인 조선어로 시를 썼을 뿐이다. 그것은 시인의 언어였을 뿐 국가와 민족어로서의 조선어가 아니었다. 세계를 바라보고 자신을 응시하며 존재를 통찰하는 언어였을 뿐 특정 가치와 이념과 공동체를 옹호하거나 비판하는 언어가 아니었다. 그럼에도 그는 제국주의 일본의 국가 법률에 의해 '조선 독립'을 꾀했다는 죄목으로 구금되었고, 재판을 거쳐 후쿠오카 형무소에 수감 중 바닷물 주사를 맞고 숨진다. 그리하여 우리는 그를 '민족 저항 시인'이라 부르는 것이다.

'민족 저항 시인'으로서의 윤동주는 후쿠오카 형무소에서 죽은 게 사실이지만 '시인' 윤동주라면 이미 시모가모 경찰서에서 죽음을 맞이했다. 특고 형사가 윤동주 시인으로 하여금 시인의 시를 일본어로 번역하도록 강압하는 순간이었다. 사상을 검증한다는 구실이었다. 시인에게서 시인의 언어를 빼앗아 능욕하는 순간 시인은 더 이상 시인으로 존재할 수 없으며 시인으로서의 생명은 마감될 수밖에 없는 것.

어찌 시인의 경우뿐이겠는가. 분화된 언어가 세계를 형성하는 것이라면 개인에게서 언어를 빼앗는 행위는 세계를 말살하는 폭력이며 결국 존재를 죽음으로 내모는 일이다.

요코와 겐타로는 스스로를 일본인으로 알고 일본어밖에 모르고 살았다. 아이누와 재일 조선인에 대한 은폐와 배제의 역사가 초래한 결과라는 사실을 몰랐다.

두 사람은 윤동주(의 유고)를 추적하는 과정에서 자신들의 존재의 기원을 향한다. 그 지향점의 완성은 새로운 언어의 발견이다. 덮어 감추어졌던, 가리어 숨겨졌던 아이누어와 한국어의 습득이다.

그러나 아이누어와 한국어로의 회귀 혹은 귀환이 아니다. 발굴된 세계로의 경도도 아니다. 하나가 아닌 또 다른 하나. 그것이 언어의 발견과 습득으로 확보되는 것이다. 아이누어나 한국어가 아닌 언어 일반. 이 소설은 '언어/말'에 관한 이야기라 할 수 있다. 소설 제목이 '동주'로 돼 있으나 열두 개의 작은 제목이 모두 '말'로 끝나는 이유다.

어디에 있든 윤동주가 평생 '사이의 섬' 간도에 거하며 망설이고 머뭇거림으로 시적 자아를 일깨웠듯, 요코와 겐타로도 두 개의 말 두 개의 세계 '사이'에 위치하게 된다. 윤동주라는 시인의 애석한 생애가 가열하게 작용한 결과다.

제목은 '동주'되 화자와 주인공이 요코와 겐타로인 까닭은 이 때문이다. 내가 바라보고 내가 속해 있는 세계가 하나뿐이라는 사실을 의심 없이 자명하게만 받아들인다면, 그렇게 인식하는 주체는 어쩌면 그 하나의 언어와 세계 속에서 스스로 함몰되고 말지도 모른다. 그런 삶과 죽음은 단순하다고 할 수 있다. 스스로를 '사이'에 위치시켜 번민하고 괴뇌하여 참담해지는 사태에 비하면 차라리 행복한 일생일지도 모른다.

문제는 그것이 애당초 내가 판단하고 선택한 일이 아니며, 무언가의 은밀하고도 집요한 기획에 의해 강요된 패턴일 수 있다는 점이다. 외부의 자극이든 내부의 발현이든, 두 개 이상의 세계를 궁구하여 스스로를 그 '사이'에 위치시키려는 노력이 필요해지는 까닭이다.

    결론을 얻기 위해서가 아니라 결론에 함몰되지 않기 위하여. 끊임없이.

    작가의 말이 '해설'이 돼버려 심히 부끄럽다. 부족했던 점을 해설로 메꾸어 부끄러움을 덜려다, 아니나 다를까 더 부끄러워지고 말았다.

2011년 가을

구효서

동주

© 구효서, 2011

초판 1쇄 발행 2011년 10월 17일
초판 6쇄 발행 2017년 8월 16일

지은이	구효서
펴낸이	강병철

펴낸곳	더이룸출판사
출판등록	1997년 10월 30일 제1997-000129호
주소	04047 서울시 마포구 양화로6길 49
전화	편집부 02) 324-2347 경영지원부 02) 325-6047
팩스	편집부 02) 324-2348 경영지원부 02) 2648-1311
이메일	munhak@jamobook.com

ISBN 978-89-5707-589-0 (03810)

잘못된 책은 교환해드립니다.
저자와의 협의하에 인지는 붙이지 않습니다.